DRESSLER

Daniel Defoe

Robinson Crusoe

Bearbeitet von Käthe Recheis
Zeichnungen von Bernhard Oberdieck

Cecilie Dressler Verlag
Hamburg

Die englische Originalausgabe erschien erstmals 1719
unter dem Titel *The life and strange surprizing adventures
of Robinson Crusoe, at York, mariner, written by himself*
Die deutsche Übersetzung wurde bearbeitet von Käthe Recheis
Der Text erscheint mit Genehmigung des
Verlages Carl Ueberreuter, Wien
Titelbild und Zeichnungen von Bernhard Oberdieck
Einbandgestaltung: Manfred Limmroth
Gesamtherstellung: Clausen & Bosse, Leck
Printed in Germany 1992
ISBN 3-7915-3518-8

Inhalt

Erstes Seeunglück – Rettung aus höchster Not

Ich wurde im Jahre 1632 in der Stadt York geboren, als Sohn einer angesehenen Familie, die aber nicht aus dieser Gegend stammte. Mein Vater – ein Kaufmann – war aus Bremen eingewandert und hatte sich zuerst in Hull angesiedelt. Dort war ihm das Glück günstig gewesen, und schon nach kurzer Zeit hatte er sich von seinen Geschäften zurückziehen können. Darauf ließ er sich in York nieder und heiratete meine Mutter, die aus der in der Grafschaft York sehr geachteten Familie der Robinson stammte. Nach ihr wurde ich Robinson Kreutznaer genannt. Wie es aber in England üblich ist, änderte man meinen Namen bald zu Crusoe.

Ich hatte zwei ältere Brüder, deren einer Oberstleutnant in einem englischen Infanterieregiment in Flandern war und in der Schlacht bei Dünkirchen gegen die Spanier fiel. Über das Schicksal meines zweiten Bruders habe ich nie etwas erfahren, wie auch meine Eltern später nie wissen sollten, was aus mir geworden war.

Mein Vater, der schon sehr betagt war, als ich heranwuchs, ließ mir eine gute Erziehung zuteil werden, soweit dies bei Hausunterricht und dem Besuch einer Landfreischule möglich war. Nach dem Wunsch meines Vaters sollte ich Rechtsgelehrter werden, aber mein Kopf war voll von phantastischen Plänen. Ich träumte davon, ein Seemann zu werden, die Welt zu umsegeln und gefährliche Reisen zu unternehmen, hörte nicht auf die Ermahnungen, ja, die Befehle meines Vaters, und meine Sehnsucht nach Abenteuern machte mich taub gegen die Bitten meiner Mutter.

Eines Morgens rief mich mein Vater in sein Zimmer, das er

der Gicht wegen hüten mußte. Er war ein erfahrener, ruhiger Mann, der sich Sorgen über meine Zukunft machte, und mit mir über meinen Herzenswunsch – die Seefahrerei – sprechen wollte. Nur die Sucht nach Abenteuern, sagte er, triebe mich, das Vaterhaus zu verlassen und die Heimat aufzugeben, in der ich mein Glück machen könnte. »Hast du nicht die besten Aussichten«, fuhr er fort, »hier ein ruhiges und sorgenfreies Leben zu führen? Nur Menschen in einer verzweifelten Lage oder solche, bei denen ein falscher Ehrgeiz die treibende Kraft ist, gehen außer Landes auf Abenteuer und wollen durch Taten emporkommen, die weit ab vom gewöhnlichen Weg liegen.«

Eindringlich und liebevoll beschwor er mich, nicht unüberlegt zu handeln und mich nicht Hals über Kopf in künftiges Elend zu stürzen. »Du bist noch jung«, sagte er, »und ich habe nur dein Bestes im Auge. Ich werde bestrebt sein, dich allmählich in eine Lebensstellung einzuführen, in der du glücklich und zufrieden sein kannst. Weigerst du dich aber, so trage ich keine Verantwortung für dich, ich habe meine Pflicht erfüllt und dich gewarnt. Wenn du zu Hause bleibst, will ich für dich alles tun, aber wenn du fortgehst, werde ich dir dabei nicht helfen, denn ich will keinen Anteil an deinem Unglück haben. Wie dich habe ich auch deinen Bruder davor gewarnt, in den niederländischen Krieg zu ziehen, doch er ließ sich nicht abhalten, und nun hat er dort den Tod gefunden. Ich werde nie aufhören, mein Sohn, für dich zu beten, aber Gott wird dich gewiß nicht segnen, wenn du das Abenteuer suchst. Später einmal, wenn dir dann niemand mehr beistehen kann, wirst du Zeit finden, über meine Worte nachzudenken, und es bedauern, daß du meine Ratschläge mißachtet hast.«

Er war plötzlich so bewegt, daß er nicht weitersprechen konnte. Ich sah bei seinen Worten, die wahrhaft prophetisch waren, wie Tränen in seine Augen traten, vor allem als er an meinen toten Bruder dachte und an das Schicksal, das mir bevorstehen könnte.
Ich war ergriffen – wie hätte es auch anders sein können? Meine abenteuerlichen Pläne schienen mir nur mehr halb so begehrenswert, und ich beschloß, mich nach meines Vaters Wunsch daheim niederzulassen. Doch schon in wenigen Tagen war alles wieder vergessen, und einige Wochen später wollte ich mich, um den väterlichen Ermahnungen zu entgehen, heimlich auf und davon machen. Diesen Entschluß gleich in der ersten Hitze auszuführen, scheute ich mich aber dann doch. Ich wartete auf einen günstigen Augenblick, und als meine Mutter einmal in einer ungewöhnlich guten Laune war, teilte ich ihr mit, daß ich nicht daheim bleiben könnte.
»Ich bin achtzehn Jahre alt«, sagte ich zu ihr, »und ich bin zu alt, um mich auf eine kaufmännische oder juristische Laufbahn vorzubereiten. Wenn ich es auch versuchen sollte, so weiß ich doch, daß ich nicht die Geduld dazu habe. Ich werde bestimmt meinem Lehrherrn davonlaufen und zur See gehen. Mir fehlt die Ausdauer, ich kann kein Kaufmann oder Advokat werden, ich will die Welt sehen, und es wäre besser, mein Vater würde es mir erlauben, als mich zu zwingen, ohne seine Einwilligung fortzugehen. Ich bitte Euch, ersucht ihn, mich nur eine einzige Seereise unternehmen zu lassen! Nachher, wenn ich die Lust zum Reisen verloren habe, werde ich nie wieder von daheim fortgehen, und die verlorene Zeit läßt sich doch leicht wieder einbringen.«
Die gute Laune meiner Mutter war mit einem Schlag verflogen, und sie antwortete bestürzt, es sei zwecklos, noch einmal

mit meinem Vater darüber zu sprechen. »Dein Vater kennt dich nur zu gut«, sagte sie, »er wird dir niemals die Erlaubnis zu einem so gefährlichen Abenteuer geben. Ich bin erstaunt, daß du nach deiner Aussprache mit ihm noch den Mut findest, an so etwas zu denken.«

Obwohl meine Mutter sich weigerte, dem Vater meine Bitte zu überbringen, so erfuhr ich doch später, daß sie ihm alles gesagt hatte und daß er darüber sehr niedergeschlagen gewesen war. »Der Junge könnte daheim glücklich werden«, sagte er, »läuft er aber fort, so wird er gewiß ein unglückseliges Menschenkind werden.«

Erst nach einem Jahr setzte ich meinen Plan in die Tat um. Ich war hartnäckig und taub gegen alle Vorschläge meiner Eltern gewesen, in ein Handelsgeschäft einzutreten, und konnte nicht verstehen, warum sie so entschieden gegen meine Pläne waren. Ohne im geringsten an eine Flucht von daheim zu denken, reiste ich eines Tages in die Stadt Hull. Dort traf ich zufällig einen Freund, der gerade auf seines Vaters Schiff nach London segeln wollte. Er überredete mich, ihn zu begleiten, und gewann mich mit dem gewöhnlichen Verführungsmittel aller Seeleute, daß mich die Fahrt ja nichts koste. So kam es, daß ich, ohne Vater und Mutter zu fragen und ohne sie von meiner Abfahrt zu benachrichtigen, am 1. September 1651, in einer wahrhaft bösen Stunde, an Bord eines nach London segelnden Schiffes ging. Das Mißgeschick eines jungen Abenteurers hat, so glaube ich, nie früher begonnen und länger gedauert als meines.

Kaum war das Schiff aus dem Hafen, als sich ein heftiger Wind erhob und die See hoch ging. Da ich nie zuvor auf einem Schiff gewesen war, fürchtete ich mich und fühlte mich sehr elend. Ich begann darüber nachzudenken, was ich getan hatte, und alle guten Ratschläge meiner Eltern fielen mir ein. Ja, jetzt bereute ich die Flucht aus meinem Elternhaus, und ich machte mir Vorwürfe, daß ich nicht auf die Bitten meines Vaters gehört hatte.

Der Sturm nahm zu, die Wellen gingen hoch, wenn auch nicht so hoch, wie ich es später erleben sollte, aber es genügte, um mich – unerfahren, wie ich war – in heillose Angst zu versetzen. Ich glaubte, jede Welle würde uns verschlingen, und sooft sich der vordere Teil des Schiffes senkte – wie mir schien bis auf den Meeresgrund –, meinte ich, daß er nie wieder auftauchen würde. In meiner Angst faßte ich die besten Vorsätze. Sollte ich mit dem Leben davonkommen, würde ich im nächsten Hafen an Land gehen und heimreisen und niemals wieder meinen Fuß an Bord eines Schiffes setzen. Wie gut war es mir daheim gegangen! Nie hatte ich daran gedacht, daß ein Sturm auf dem Meer so entsetzlich sein konnte! Ich beschloß, wie der verlorene Sohn aus der Bibel heimzukehren und nicht wieder fortzugehen.

Diese guten Vorsätze währten aber nur so lange wie der Sturm. Am nächsten Tag, als sich der Wind gelegt hatte und die See ruhiger geworden war, fing ich an, mich an das Leben auf dem Schiff zu gewöhnen, obwohl ich noch seekrank, niedergeschlagen und ziemlich mutlos war. Gegen Abend klärte sich der Himmel auf, der Wind legte sich ganz, und ein selten schöner Abend folgte. Die Sonne ging farbenprächtig unter und am nächsten Morgen ebenso farbenprächtig wieder auf, es war windstill, und die glatte, von der Sonne bestrahlte See erschien mir schöner als alles andere, was ich bisher gesehen hatte.

Ich hatte die Nacht gut geschlafen, war nicht mehr seekrank und bewunderte das Meer, das am Tag zuvor so stürmisch und schrecklich gewesen war und sich jetzt so friedlich vor mir ausbreitete. Gerade in diesem Augenblick, damit meine guten Vorsätze ja nicht anhalten sollten, kam mein Freund, der mich verführt hatte, klopfte mir auf die Schulter und rief: »Nun, Bob, wie geht es dir? Ich wette, du warst bei dem kleinen Windstoß schön erschrocken!«

»Das nennst du einen kleinen Windstoß?« antwortete ich. »Es war ein schrecklicher Sturm!«

»Du Narr, ein Sturm?« lachte er. »Das war gar nichts. Gib uns nur ein gutes Schiff auf offener See, und wir machen uns nichts aus einem solchen Windstoß. Aber du bist noch ein Süßwasserseemann, Bob. Komm, wir wollen uns eine Bowle Punsch brauen und alles vergessen. Schau nur, welch prächtiges Wetter wir jetzt haben!«

Der Punsch wurde gebraut, und da ich keine starken Getränke gewöhnt war, stieg er mir bald in den Kopf. Ich wurde leichtsinnig und ausgelassen und ertränkte im Rum meine Reue und meine guten Vorsätze. Mit einem Wort, so wie das Meer, nachdem der Wind sich gelegt hatte, wieder ruhig geworden war, so beruhigte sich auch der Sturm in meinem Inneren. Jede Angst war vergessen, meine früheren Wünsche kehrten zurück, und wenn sich ernste Gedanken einstellen wollten, so schüttelte ich sie rasch ab, suchte die Gesellschaft meines Freundes und trank mit ihm zusammen ein Glas, um den Sieg über diese Launen, wie ich sie nannte, davonzutragen. In ein paar Tagen dachte ich nicht mehr daran heimzukehren, und ich war fest entschlossen, mich durch nichts mehr beunruhigen zu lassen. Ich hatte einen so vollkommenen Sieg über mein Gewissen errungen, wie nur irgendein junger Mensch, der davon belästigt wird, es sich wünschen mag. Aber es stand mir noch eine andere Prüfung

bevor, denn die Vorsehung hatte beschlossen, mir keine Entschuldigung zu lassen, wie gewöhnlich in solchen Fällen.
Am sechsten Tag unserer Fahrt kamen wir auf der Reede von Yarmouth an. Widrige Winde und eine plötzlich eintretende Windstille hatten uns seit dem Sturm nur eine geringe Strecke zurücklegen lassen. Fast eine Woche lang lagen wir, gleich vielen anderen Schiffen, in Yarmouth vor Anker, weil ein heftiger Wind, der nun aus Südwesten wehte, an eine Weiterfahrt nicht denken ließ.
Wir hatten nicht vorgehabt, in Yarmouth zu bleiben, sondern mit der Flut stromaufwärts segeln wollen. Doch der Wind blies zu stark, besonders nach dem vierten oder fünften Tag. Da aber die Reede als ein guter Hafen bekannt und unser Ankertau sehr stark war, verbrachte die Besatzung unseres Schiffes die Zeit sorglos mit Nichtstun und in bester Laune. Am Morgen des achten Tages aber war der Sturm so heftig geworden, daß wir alle Hände voll zu tun hatten, die oberen Segel einzuziehen und alles in Ordnung zu bringen, damit das Schiff ruhig vor Anker liegen blieb. Gegen Mittag schlugen immer wieder große Wellen über Bord, und zwei- oder dreimal dachten wir, unser Anker hätte sich losgerissen. Der Kapitän ließ daraufhin einen zweiten Anker auswerfen.
Der Sturm wütete nun so schrecklich, daß selbst die Gesichter der erfahrenen Matrosen Angst und Furcht zeigten. Einmal hörte ich den Kapitän, als er an Deck hinaufeilte, mit leiser Stimme sagen: »Herr, sei uns gnädig! Wir sind alle verloren!«
Ich hatte mich in meiner Kajüte verkrochen, die im Zwischendeck lag, und als ich den Kapitän sagen hörte, wir seien alle verloren, erfaßte mich eine namenlose Angst. Ich stürzte aus der Kajüte. Nie zuvor hatte ich so etwas Schauerliches

gesehen! Die See ging berghoch und überflutete uns in Abständen von zwei bis vier Minuten. Soweit der Blick reichte, sah ich nichts als Jammer und Elend. Zwei in unserer Nähe vor Anker liegende Schiffe hatten, weil sie zu schwer belastet waren, ihre Masten gekappt, und unsere Matrosen riefen sich zu, ungefähr eine Meile vor uns sei ein Schiff gesunken. Zwei andere Schiffe hatten sich von ihren Ankern losgerissen und trieben ohne Masten hilflos auf die hohe See hinaus. Die leichteren Fahrzeuge waren besser daran als wir, da sie dem wütenden Anprall der Wellen weniger Widerstand boten, doch hatte die Flut einige von ihnen nahe an unser Schiff herangeschleudert, und sie konnten dem Sturm nur das Sprietsegel entgegensetzen.

Gegen Abend baten der Steuermann und der Hochbootsmann unseren Kapitän, den Fockmast kappen zu dürfen. Der Kapitän wollte nicht einwilligen und gab erst dann die Erlaubnis, als der Hochbootsmann erklärte, das Schiff würde sonst bestimmt sinken. Ohne Fockmast erschütterte aber der schwankende Großmast das Schiff derartig, daß die Matrosen auch ihn kappen mußten.

Man kann sich denken, in welchem Zustand ich war, ich, der junge und unerfahrene Neuling, der vorher bei einem viel geringeren Anlaß schon solche Angst gehabt hatte. Doch war meine Angst vor dem Sterben nicht einmal so groß wie meine Reue darüber, daß ich aus dem Elternhaus fortgelaufen war. Der Sturm erschien mir wie eine gerechte Strafe dafür. Aber noch stand uns das Schlimmste erst bevor. Der Sturm tobte mit solcher Wucht weiter, daß sogar die Matrosen gestanden, sie hätten nie ein ähnliches Unwetter erlebt. Unser Schiff war fest gebaut, aber stark beladen, und schlingerte derart, daß immer wieder einer der Matrosen rief: »Wir werden scheitern!« Zu meinem Glück verstand ich die Bedeutung dieses Wortes noch nicht ganz. Doch als der Sturm weiterraste, sah ich etwas, das man nicht oft zu sehen bekommt: Der Kapitän, der Hochbootsmann und einige andere Matrosen knieten nieder und beteten, als erwarteten sie jeden Augenblick, daß das Schiff in die Tiefe sank.

Mitten in der Nacht stürzte einer der Matrosen, der in den Schiffsraum hinuntergegangen war, an Deck und schrie: »Ein Leck! Wir haben ein Leck!«

»Das Wasser steht schon vier Fuß hoch!« meldete ein zweiter, der dem ersten gefolgt war. Alle Mann der Besatzung wurden an die Pumpe gerufen. Ich war auf meinem Bett sitzen geblieben, unfähig, mich zu rühren, als mich einer der Matrosen bei den Schultern packte, mich derb rüttelte und sagte: »Du bist zwar bisher zu nichts nütze gewesen, aber jetzt kannst du ebenso gut pumpen wie jeder andere!« Ich schämte mich, stolperte zur Pumpe und griff tüchtig mit zu. In diesem Augenblick entdeckte der Kapitän einige leichte Kohlenschiffe, die in unserer Nähe vorbeitrieben. Sie konnten dem Sturm nicht mehr standhalten und trachteten danach, das offene Meer zu gewinnen. Der Kapitän befahl, das Notsignal zu geben. Ich hörte den Schuß, wußte nicht, was er bedeuten sollte, und stellte mir vor, irgend etwas Entsetzliches hätte sich ereignet. Ich wurde fast ohnmächtig, aber niemand kümmerte sich um mich, jeder war nur mit sich selbst beschäftigt.

Es dauerte eine ganze Weile, bis ich wieder mitarbeiten konnte. Wir pumpten verzweifelt, doch das Wasser im Schiffsbauch stieg immer höher. Ohne Zweifel mußte das Schiff sinken. Der Sturm hatte zwar etwas nachgelassen, aber unser Schiff, das erkannte sogar ich, konnte sich nicht mehr lange über Wasser halten.

Der Kapitän fuhr fort, Notsignale zu geben. Endlich wagte es ein leichtes Fahrzeug, das dicht vor uns lag, ein Boot auszusetzen. Das Boot trieb zu uns, es war aber für uns ebenso unmöglich hineinzukommen, wie für das Boot, an unserem Schiff anzulegen. Die fremden Matrosen ruderten mit dem Aufgebot all ihrer Kräfte und setzten ihr eigenes Leben aufs Spiel, um uns zu retten. Immer wieder versuchten wir vom Heck des Schiffes, ihnen ein Tau mit einer Ankerboje zuzuwerfen, aber erst nach vielen vergeblichen Versuchen gelang es den Matrosen im Boot, das Tau zu fassen. Wir zogen das Boot bis dicht an das Heck unseres Schiffes heran und stiegen über.

Es war ausgeschlossen, das Schiff, welches uns Hilfe gesandt hatte, mit dem Boot wieder zu erreichen. Wir ließen uns treiben und steuerten, so gut es ging, nach der Küste. Unser Kapitän versprach den Matrosen, ihr Boot zu bezahlen, wenn es am Strand scheitern sollte. Rudernd und vom starken Wind vorwärtsgetrieben, gelangten wir nordwärts an die Küste von Winterton-Ness. Kaum eine Viertelstunde hatten wir unser Schiff verlassen, als wir es untergehen sahen. Jetzt erst begriff ich, was unter dem Scheitern eines Schiffes zu verstehen war, und ich muß gestehen, daß ich kaum wagte, meinen Blick dorthin zu wenden, wo unser Schiff im Wasser versank. Von dem Augenblick an, als mich die Matrosen halb in das Rettungsboot hatten schleppen müssen, war ich vor Schreck und Angst wie erstarrt und halb tot.

Jedesmal, wenn unser Boot von den hochgehenden Wellen in die Höhe getragen wurde, sahen wir am Strand eine Menge Menschen hin und her laufen, die uns beim Landen helfen wollten. Der Sturm trieb uns aber immer wieder von der Küste ab, und erst nachdem wir den Leuchtturm von Winterton-Ness passiert hatten und das dort nach Westen vorgelagerte Land den Wind etwas abhielt, war es uns möglich, die Küste zu erreichen. Wir gingen zu Fuß nach Yarmouth und wurden dort als Schiffbrüchige freundlich aufgenommen. Die städtischen Behörden wiesen uns gute Quartiere an, Kaufleute und Schiffseigentümer versahen uns ausreichend mit Geld. Ich hätte jederzeit nach Hull zurückkehren können. Wäre ich nur so vernünftig gewesen! Mein Vater hätte mich gewiß mit offenen Armen empfangen; anfangs glaubte er, daß mein Schiff gescheitert und ich tot wäre, und erst nach langer Zeit erhielt er Gewißheit darüber, daß ich nicht ertrunken war. Ich weiß nicht, warum ich nicht heimkehrte. Vernunft und Gewissen redeten mir zu, und doch tat ich es nicht. Schämte ich mich, ohne jeden Erfolg und reuig vor meine Eltern hintreten zu müssen? Ich will nicht eben behaupten, ein geheimer Ratschluß treibe uns an, mit offenen Augen in unser eigenes Verderben hineinzurennen. Jedenfalls handelte ich gegen meine innere Überzeugung.

Mein Freund, der Sohn des Kapitäns, war nun eingeschüchterter als ich. Drei Tage nach unserer Ankunft in Yarmouth traf ich ihn zum erstenmal, da wir verschiedenen Quartieren zugeteilt worden waren. Sein Ton war verändert, alle frische Unbekümmertheit war aus seiner Stimme verschwunden, und mit niedergeschlagenen Augen fragte er mich, wie es mir gehe. Er hatte seinem Vater, dem Kapitän, erzählt, daß ich diese Fahrt nur zur Probe mitgemacht habe und daß es mein fester Vorsatz sei, die Welt weiter zu durchkreuzen.

»Junger Mann«, sagte der Kapitän zu mir, »Sie sollten nie wieder zur See gehen. Sie sind nicht zum Seemann geboren.«

»Wie, mein Herr«, rief ich, »wollen Sie denn selbst nicht wieder zur See gehen?«

»Das ist etwas anderes«, antwortete er, »es ist mein Beruf und daher meine Pflicht. Sie aber haben bei dieser ersten Reise einen Vorgeschmack erhalten, was Sie zu erwarten haben, wenn Sie bei Ihrem Vorsatz bleiben. Wer sind Sie, und was hat Sie bestimmt, zur See zu gehen?«

Ich erzählte ihm alles, und als ich geendet hatte, rief er plötzlich heftig aus: »Nicht um tausend Pfund möchte ich meinen Fuß wieder auf dasselbe Schiff mit Ihnen setzen!« Es schien, als wolle er mir die Schuld für seinen Verlust geben, er beruhigte sich aber wieder und redete mir freundlich zu, meine Pläne aufzugeben und zu meinem Vater zurückzukehren. Aber ich war entschlossen, mich durch nichts abhalten zu lassen, und reiste, da ich etwas Geld in der Tasche hatte, auf dem Landweg nach London. In London angekommen, wurde ich wieder unschlüssig. Sollte ich heimkehren oder zur See fahren? Diese inneren Kämpfe quälten mich unentwegt, und letztlich hielt mich nur die Scham von einer Rückkehr nach Hause ab. Was würden die Nachbarn sagen? Wie konnte ich Vater und Mutter gegenübertreten? Alle würden mich verspotten!

Ich habe seither oft bemerkt, wie unlogisch die Menschen sind. Sie schämen sich nicht einer verkehrten Tat, wohl aber der Umkehr, die sie allein wieder als verständige Geschöpfe erscheinen lassen könnte. Je länger ich zögerte, um so mehr verblaßte die Erinnerung an die überstandenen Schrecken. Ich blieb in London und schaute mich nach einer Gelegenheit für eine neue Seereise um.

Mein größter Fehler bei allen meinen künftigen Abenteuern war – so scheint es mir heute –, daß ich mich nie als Matrose anheuern ließ. Auf diese Art hätte ich zwar etwas härter als sonst arbeiten müssen, aber zugleich die Pflichten und den

Dienst eines Seemannes erlernt und mich vielleicht mit der Zeit zum Maat oder Steuermann oder gar Kapitän hinaufgearbeitet. Aber es war wirklich mein Schicksal, mich immer für das Falsche zu entscheiden. Ich hatte Geld in der Tasche und ging stets als feiner Herr an Bord; so hatte ich nichts zu tun und lernte nie viel.

In der Sklaverei – Flucht – Wilde Tiere

In London hatte ich das Glück, die Bekanntschaft eines alten, erfahrenen Schiffskapitäns zu machen, der eben erst von der Guineaküste zurückgekehrt war, dort gute Geschäfte gemacht hatte und eine neue Reise nach Afrika plante. Dieser Kapitän fand Gefallen an mir, ich erzählte ihm von meinen abenteuerlichen Träumen, und er bot mir an, ihn zu begleiten. Ich sollte auf der Reise sein Gesellschafter sein, so sagte er, und er riet mir, einige Waren mitzunehmen, die ich in Guinea vorteilhaft verkaufen konnte. Ich nahm das Anerbieten an und schloß mit dem Kapitän, einem ehrlichen und aufrichtigen Mann, bald Freundschaft.

Nach des Kapitäns Rat brachte ich für ungefähr vierzig Pfund Sterling allerlei Tand und geringfügige Kleinigkeiten an Bord des Schiffes. Diese vierzig Pfund Sterling hatte ich bei Verwandten aufgetrieben, mit denen ich in Korrespondenz stand und die, wie ich glaubte, auch meinen Vater oder wenigstens meine Mutter bewogen hatten, etwas zu meinem ersten Unternehmen beizutragen.

Dies war von allen meinen Reisen die einzige, die ich glücklich nennen mag. Unter Anleitung meines treuen Freundes, des Kapitäns, erwarb ich mir auf dieser Fahrt einige Kenntnisse der Mathematik und des Schiffswesens. Er lehrte mich ein Schiffstagebuch führen, Beobachtungen anstellen, mit einem Wort, das Wichtigste, was ein Seemann wissen muß, und fand ebensoviel Freude daran, mich zu unterrichten, als es mir Freude machte, von ihm zu lernen. So bildete mich diese Reise gleichzeitig zum Seemann und zum Kaufmann aus. Durch die Hilfe des Kapitäns handelte ich nämlich für meine Waren fünf Pfund und neun Unzen Goldbarren ein. In London erhielt ich dafür dreihundert Pfund Sterling. Dieser erste Erfolg erfüllte mich mit den hochfahrendsten Plänen.

Ich war nun ein Guineahändler geworden und beschloß, die gleiche Reise noch einmal zu unternehmen. Leider starb mein Freund, der Kapitän, bald nach unserer Fahrt, und das Schiff stand nun unter dem Befehl des früheren Steuermanns. Ich ging wieder an Bord und nahm diesmal Waren im Wert von hundert Pfund Sterling mit; zweihundert Pfund hatte ich der Witwe des Kapitäns, die es ehrlich mit mir meinte, in Verwahrung gegeben.

Es sollte eine unheilvolle Fahrt werden! Als unser Schiff Kurs auf die Kanarischen Inseln hielt, überraschte uns in der Morgendämmerung ein türkischer Korsar aus Saleh, der mit vollen Segeln auf uns Jagd machte. Auch wir spannten jeden Fetzen Leinwand aus, soviel unsere Rahen und Masten nur tragen konnten, sahen aber bald, daß uns der Seeräuber den Vorsprung mehr und mehr abgewann und uns in wenigen Stunden erreichen würde. So bereiteten wir uns zum Kampf vor. Unser Schiff hatte zwölf Kanonen, der Korsar aber achtzehn. Gegen drei Uhr nachmittags hatte er uns eingeholt, griff uns aber aus Versehen an der Flanke an statt vorn, wie er es beabsichtigt hatte. Wir richteten acht unserer Kanonen auf ihn und gaben ihm eine volle Breitseite, die ihn zurücktrieb. Er erwiderte unser Feuer mit seinen Kanonen; und zweihundert Mann, die er an Bord hatte, feuerten ihre Musketen ab. Doch wurde keiner unserer Leute verletzt, da alle in guter Deckung lagen.

Wieder griff uns der Korsar an, diesmal von der anderen Seite, legte sich dicht an Bord unseres Schiffes, sechzig Mann

enterten unsere Decks und begannen sofort das Segelwerk und die Takelage zu zerhauen. Wir begrüßten sie mit Musketen- und Pistolenschüssen und schlugen sie auch zweimal zurück. Allein, um dieses traurige Stück meiner Geschichte kurz zu machen: Nachdem drei unserer Leute getötet und acht verwundet worden waren, mußten wir uns ergeben, weil unser Schiff vollkommen seeuntüchtig gemacht worden war. Der Korsar brachte uns nach Saleh, einem maurischen Hafen.
Die Behandlung, die mir dort zuteil wurde, war nicht so schrecklich, wie ich zuerst befürchtet hatte. Auch wurde ich nicht, wie die anderen, in das Innere des Landes an den kaiserlichen Hof gebracht; weil ich jung und anstellig war, behielt mich der Kapitän der Seeräuber als seinen Beuteanteil zurück. So war ich von einem Kaufmann plötzlich zu einem Sklaven geworden. Jetzt erinnerte ich mich wieder an die Warnungen meines Vaters, und wie sehr wünschte ich, daß ich seinen Worten gefolgt wäre. Lange Zeit verfiel ich in tiefste Niedergeschlagenheit.
Ich war aber entschlossen, die Hoffnung nicht aufzugeben. Mein neuer Patron oder Herr hatte mich in sein Haus gebracht. Eines Tages, so hoffte ich, würde er wieder zur See fahren und mich mitnehmen, und früher oder später würde ihn ein spanisches oder portugiesisches Kriegsschiff kapern, und ich wäre wieder frei. Aber es sollten zwei Jahre vergehen, in denen ich keine Möglichkeit zur Flucht fand. Wenn mein Patron in See stach, ließ er mich an Land zurück; kam er von einer Fahrt heim, mußte ich in der Kajüte seines Schiffes schlafen und das Schiff hüten. Ich hatte niemanden, den ich ins Vertrauen ziehen konnte, keinen Mitsklaven, der mir hätte helfen können, denn außer mir gab es keinen Engländer, Irländer oder Schotten im Haus des Korsarenkapitäns. Trotz-

dem dachte ich immer an Flucht, fand aber nicht die geringste Gelegenheit dazu.
Zwei Jahre vergingen. Dann ereignete sich ein eigentümlicher Vorfall, der alle meine Pläne, die Freiheit zu erlangen, wieder lebendig werden ließ. Mein Herr blieb nämlich – wie ich hörte, aus Geldmangel – längere Zeit als gewöhnlich zu Hause. Während dieser Zeit fuhr er ein- oder zweimal wöchentlich in einer Pinasse zum Fischfang aus und nahm stets mich und einen jungen Mauren zum Rudern mit. Er liebte die Gesellschaft von uns beiden jungen Leuten auf solchen Ausflügen, und da ich eine glückliche Hand beim Fischfang hatte, erlaubte er mir manchmal, allein mit einem seiner Verwandten und dem maurischen Burschen hinaus aufs Meer zu fahren und für ihn ein Gericht Fische zu fangen.
Als wir an einem windstillen Morgen zum Fischfang ausgefahren waren, fiel der Nebel so dicht ein, daß wir die Küste, von der wir kaum eine halbe Meile entfernt waren, aus den Augen verloren. Wir ruderten den ganzen Tag und auch die Nacht hindurch. In der Morgendämmerung aber sahen wir, daß wir uns nicht der Küste genähert hatten, sondern mindestens zwei Meilen vom Ufer entfernt auf hoher See trieben. Als wir mühselig und nicht ohne Gefahren endlich an Land kamen – der Wind hatte am Morgen recht kräftig eingesetzt –, waren wir völlig ausgehungert.
Unserem Patron war dieser Vorfall eine Warnung, und er beschloß, in Zukunft vorsichtiger zu sein. Niemand mehr sollte ohne Kompaß und Eßvorrat auf Fischfang gehen. Da er noch das Langboot von unserem gekaperten Schiff liegen hatte, ließ er es instand setzen und befahl seinem Zimmermann, auf dem Boot eine kleine Kajüte zu errichten, die aber die Besatzung nicht bei der Bedienung des Segels und des Steuers hin-

dern durfte. Das Boot führte ein sogenanntes Gigsegel oder, wie wir es nennen, ein Hammelschultersegel, die Rahe ragte über die Kajüte, die eng und niedrig war und nur zwei oder drei Leuten Platz bot, einem Tisch und einem kleinen Schrank zur Aufbewahrung von Branntwein, Reis und Kaffee.

In diesem Boot fuhren wir nun oft zum Fischfang aus. Weil ich sehr geschickt war, nahm mich mein Herr stets mit sich. Eines Tages wollte er mit zwei vornehmen Mauren zum Vergnügen eine Fahrt machen. Schon am Tag vorher mußte ich einen größeren Vorrat an Proviant, drei Flinten und Pulver und Blei in das Boot tragen, damit sie sich mit Vogelschießen und Fischfang die Zeit vertreiben konnten. Ich putzte das Boot, schmückte es mit Flaggen und Wimpeln und wartete am nächsten Morgen auf die Ankunft meines Herrn und seiner Gäste. Bald darauf kam mein Herr allein an Bord. Seine Gäste waren durch dringende Geschäfte verhindert, ich aber sollte mit meinen zwei Begleitern wie gewöhnlich allein ausfahren. Da er seine Freunde am Abend erwartete, befahl er mir, sofort nach einem ausgiebigen Fang nach Hause zurückzukehren.

In diesem Augenblick erwachten alle meine alten Fluchtgedanken. Der Zufall wollte es ja, daß ich nun ein kleines Schiff zu meiner Verfügung hatte! Sobald mein Patron fort war, bereitete ich alles vor, nicht für einen Fischfang, sondern für eine lange Fahrt. Ich wußte freilich nicht, wohin sie mich führen würde, ich war nur fest entschlossen, diese Küste zu verlassen.

Unter einem Vorwand versuchte ich von dem Mauren, der mich begleiten sollte, noch mehr Proviant zu erhalten. Ich erklärte ihm, es sei ungehörig, den Brotvorrat unseres Herrn zu essen, und er schleppte bereitwillig einen großen Korb mit geröstetem Zwieback herbei, wie er dort zu Lande üblich ist, und drei Krüge mit frischem Wasser. Ich wußte, wo mein Herr seinen Flaschenvorrat aufbewahrte, und schaffte heimlich ein paar Flaschen ins Boot. Solange der Maure an Land war, trug ich auch noch einen schweren Klumpen Wachs an Bord, eine Rolle Bindfaden, ein Beil, eine Säge und einen Hammer. All das war uns später sehr nützlich, vor allem das Wachs, aus dem ich Lichter fabrizierte.

Dem Mauren, der Ismael hieß, aber meist Muley genannt wurde, stellte ich noch eine andere Schlinge, in die er ebenso arglos wie in die erste hineinrannte. »Muley«, sagte ich, »die Gewehre unseres Herrn sind an Bord. Kannst du nicht etwas Pulver und Blei bekommen? Es wäre ja möglich, daß wir für uns selbst einige Alken (eine Art großer Seevögel) schießen könnten. Ich weiß, die Munition des Patrons liegt im großen Schiff.«

Wirklich holte Muley vom Schiff unseres Herrn einen großen Lederbeutel, der mindestens anderthalb Pfund Pulver enthielt, und einen zweiten Beutel mit Schrot und einigen Kugeln. In der Kajüte hatte ich ebenfalls etwas Pulver gefunden und es in eine der großen Flaschen gefüllt, die leer war.

Mit dem Nötigsten ausgerüstet segelten wir unter dem Vorwand zu fischen aus dem Hafen. Die Wache am Eingang des Hafens kannte uns und beachtete uns nicht weiter. Als wir etwa eine Meile hinausgefahren waren, zogen wir die Segel ein und begannen den Fischfang. Der Wind wehte aus Nordost, also meinem Wunsch entgegen. Hätten wir Südwind gehabt, so hätte ich leicht die spanische Küste oder wenigstens die Bai von Cadiz erreichen können. Trotzdem war ich entschlossen zu fliehen, mochte der Wind wehen, aus welchem Loch er wollte.

Wir fischten einige Zeit lang, ohne etwas zu fangen – wenn ich einen Fisch an der Angel hatte, so bemühte ich mich nicht, ihn herauszuziehen –, und ich sagte zu dem Mauren: »So geht das nicht weiter, damit ist unserem Herrn nicht gedient. Wir müssen in die offene See hinaus.«
Muley ahnte nichts Böses, willigte ein und hißte die Segel. Ich hatte das Steuerruder übernommen und ließ das Boot etwa eine Meile weiter auslaufen. Dann gab ich dem Jungen das Steuer, ging zu dem Mauren und bückte mich, als wollte ich hinter ihm etwas aufheben. Unversehens packte ich ihn und warf ihn über Bord. Er tauchte aber sofort wieder auf, denn er schwamm wie ein Kork, und bat mich, ihn an Bord zu nehmen, er würde mit mir bis ans Ende der Welt gehen. Mit raschen, kräftigen Stößen schwamm er dem Boot nach, das er bei dem schwachen Wind bald einholen konnte. Ich nahm daher eine der Vogelflinten aus der Kajüte, zeigte sie ihm und rief ihm zu: »Wenn du dich ruhig verhältst, so wird dir nichts geschehen. Du schwimmst gut genug, um die Küste zu erreichen. Die See ist ruhig, schwimm zum Land zurück. Ich will dir kein Leid zufügen, aber ich bin fest entschlossen, meine Freiheit zu verteidigen. Wenn du zu nahe an das Boot kommst, muß ich dir eine Kugel in den Kopf schießen.«
Muley drehte schließlich um und schwamm nach der Küste, die er ganz gewiß erreicht hat, denn er war ein ausdauernder und geschickter Schwimmer.
Ich hätte vielleicht ebensogut Muley mit mir nehmen und den Jungen ins Wasser werfen können, aber Muley traute ich doch nicht so ganz. Als Muley über Bord war, wandte ich mich an den Jungen, der Xury hieß, und sagte zu ihm: »Wenn du mir Treue gelobst, Xury, mache ich etwas Großes aus dir. Willst du mir aber nicht treu dienen und schwörst du es mir nicht beim

Bart deines Vaters, so muß ich auch dich ins Wasser werfen.«

Der Junge sah mir ins Gesicht und versprach mir so treuherzig seine Dienste, daß ich ihm nicht mißtrauen konnte. Solange ich den schwimmenden Mauren im Auge behielt, steuerte ich das Boot auf die hohe See hinaus, damit er denken sollte, ich hätte vor, die Meerenge zu erreichen. Jeder vernünftig denkende Mensch hätte dies auch annehmen müssen. Wer sollte sich vorstellen, daß wir südwärts, entlang der afrikanischen Küste segeln würden, entlang der Barbarenküste, wo ganze Völker von Schwarzen uns unfehlbar mit ihren Kanus umzingeln und umbringen würden und wo wir nicht an Land gehen konnten, ohne in Gefahr zu sein, von wilden Tieren und vielleicht noch wilderen Menschen getötet zu werden?

Als der Abend zu dämmern anfing, änderte ich den Kurs und steuerte direkt nach Südost, um der Küste nahe zu bleiben. Da wir guten frischen Wind hatten und die See ruhig ging, segelten wir so rasch, daß unser Boot, als wir am folgenden Tag gegen drei Uhr nachmittags zum erstenmal Land erblickten, nicht weniger als hundertfünfzig Meilen südlich von Saleh entfernt war. Das Reich des Kaisers von Marokko oder irgendeines anderen Herrschers lag also weit hinter uns. Wir sahen keinen Menschen. Trotzdem hielt mich die Furcht vor den Mauren ab – denen ich nicht wieder in die Hände fallen wollte –, an Land zu gehen oder auch nur den Anker auszuwerfen.

Der Wind blieb fünf Tage lang günstig. Dann drehte er sich südwärts. Sollte bisher ein Fahrzeug auf uns Jagd gemacht haben, so ließ es nun sicher von der Verfolgung ab. Ich wagte es daher, mich der Küste zu nähern, und warf an der Mündung eines kleinen Flusses Anker, ohne zu wissen, auf welchem Breitengrad ich mich befand, noch in welchem Land

und was für ein Volk hier leben mochte. Ich sah niemanden und hatte auch keine Sehnsucht nach Menschen. Alles, was ich wollte, war frisches Wasser, und ich beschloß, bei Anbruch der Nacht an Land zu schwimmen und nach Süßwasser zu suchen.
Als aber die Nacht kam, hörten wir vom Land her einen entsetzlichen Lärm, wilde Tiere heulten, brüllten und bellten in einem vielstimmigen Chor. Der arme Junge wurde vor Angst fast besinnungslos und bat mich, nicht vor dem Morgengrauen ans Ufer zu gehen. »Gut, Xury«, sagte ich, »lassen wir es also! Aber es ist möglich, daß wir bei Tag Menschen begegnen, die nicht weniger gefährlich für uns sind als diese wilden Tiere.«
»Dann wir schießen«, antwortete Xury, »und sie werden davonlaufen.« (Xury hatte nämlich während meiner Gefangenschaft in Marokko etwas Englisch von mir gelernt.)
Sein Rat war vielleicht gut, und ich befolgte ihn. Wir warfen unseren kleinen Anker aus und verhielten uns die ganze Nacht ruhig. Schlafen konnten wir nicht. Als es ganz dunkel geworden war, kamen die verschiedensten wilden Bestien ans Ufer, die sich, um Kühlung zu finden, im seichten Wasser wälzten. Ich hatte nie solche Tiere gesehen, und auch Xury wußte nicht, wie sie hießen, sie vollführten aber das scheußlichste Geheul, das ich je in meinem Leben gehört habe.
Xury zitterte vor Angst, und ich war ebenso erschrocken wie er, als wir eines dieser wilden Tiere auf unser Boot zuschwimmen hörten. Sehen konnten wir es nicht, hörten aber sein lautes Schnauben und das Rauschen des Wassers. Xury meinte, es sei ein Löwe, und es mag wirklich einer gewesen sein. Der arme Kerl schrie mir zu, die Anker zu lichten und fortzurudern.

»Nein, Xury«, befahl ich, »wir wollen nur das Kabeltau verlängern und auf die offene See hinausfahren, damit uns diese Bestien nicht folgen können.« Kaum aber bückte ich mich nach dem Kabeltau, als ich das Tier knapp zwei Ruderlängen von uns entfernt im Wasser sah. Es schwamm stetig auf uns zu. Ich stürzte in die Kajüte, holte die Flinte, zielte und feuerte sie ab. Das Tier bäumte sich auf und schwamm wieder dem Ufer zu.

Es ist unmöglich, den wütenden Chor brüllender und heulender Tiere zu beschreiben, der nach dem Knall meiner Flinte an der Küste und weit hinein ins Land einsetzte. Die Tiere in diesem Landstrich hatten wohl noch nie den Knall einer Flinte gehört.

Ich wußte nun, daß es an Land von wilden Tieren aller Art wimmeln mußte, und Xury und ich durften uns nachts auf keinen Fall der Küste nähern. Aber auch bei Tag war es vielleicht nicht ratsam; in die Hände von Wilden zu fallen, war ebenso schlimm wie unter Löwen zu geraten. Trotzdem mußten wir an Land, wir hatten auch nicht mehr eine Kanne mit Süßwasser an Bord. Xury bot sich an, mit einem der Krüge ans Ufer zu gehen, sobald der Morgen dämmerte.

»Wenn es hier irgendwo Wasser gibt, werde ich es schon finden«, sagte er.

»Warum willst du an Land gehen?« fragte ich. »Möchtest du nicht lieber an Bord bleiben und mich gehen lassen?«

Der Junge sah mich treuherzig an und antwortete mit einer Offenheit, für die ich ihn liebgewann: »Wenn wilde Männer kommen, essen sie mich auf, und du läufst fort!«

»Nun gut, Xury«, sagte ich, »wir gehen beide. Und wenn Wilde kommen, so töten wir sie, und sie können keinen von uns aufessen.«

Ich gab ihm ein Stück Zwieback und ließ ihn auch einen Schluck Rum trinken. Als die Sonne aufgegangen war, ruderten wir ans Ufer, nahmen unsere Gewehre und Wasserkrüge und wateten ans Land. Ich wollte das Boot nicht aus den Augen verlieren, weil ich Angst hatte, daß auf dem Fluß die Kanus von Wilden auftauchen konnten. So blieb ich nahe beim Ufer, Xury aber lief zu einer Niederung, die etwa eine Meile landeinwärts lag. Bald darauf sah ich ihn eilig zurückkommen. Ich nahm an, daß ihn ein Mensch oder ein Tier erschreckt hatte, und lief ihm entgegen, aber als ich näher kam, bemerkte ich, daß er etwas über der Schulter hängen hatte. Es war ein Tier, das er erlegt hatte. Das Tier glich einem Hasen, hatte aber ein andersfarbiges Fell und längere Beine. Was es auch sein mochte – wir freuten uns über die Beute! Noch größere Freude aber bereitete mir Xury mit der Nachricht, daß er gutes Wasser gefunden und keinen Wilden gesehen hatte.

Um frisches Wasser hätten wir uns keine Sorgen machen müssen. Etwas höher hinauf in der Bucht, in der wir lagen, war das Wasser bei Ebbe süß und frisch. Wir füllten unsere Krüge, brieten den Hasen an einem Feuer und segelten wieder ab, ohne auch nur die Spur eines menschlichen Wesens an Land entdeckt zu haben.

Da mich früher schon einmal meine erste Seereise an die afrikanische Küste geführt hatte, so wußte ich, daß sowohl die Kanarischen Inseln wie auch das Kap Verde von hier nicht weit entfernt sein konnten. Aber ich hatte keine Instrumente, um den Breitengrad, auf dem wir uns befanden, feststellen zu können, auch konnte ich mich nicht mehr genau an die Lage der Kanarischen Inseln erinnern und hatte keine Ahnung, in welcher Richtung ich sie suchen sollte. Sonst hätte ich sie gewiß von hier aus leicht erreichen können. Meine einzige

Aussicht auf Rettung bestand darin, entlang der Küste bis zu jenem Gebiet zu segeln, mit dem die Engländer Handel betrieben, und zu hoffen, daß uns eines dieser Handelsschiffe entdeckte und aufnahm.

Wenn meine Berechnungen mich nicht täuschten, so befand ich mich an der Küste jenes einsamen, riesigen Landes, das sich zwischen dem Kaiserreich Marokko und den Negerstaaten ausdehnt und nur von wilden Tieren bevölkert ist. Früher hatten es Neger bewohnt, sie waren aber aus Furcht vor den Mauren weiter südwärts gezogen, und die Mauren hielten diesen Landstrich wegen seiner Unfruchtbarkeit nicht der Besiedlung wert. Beide, sowohl Mauren als auch Neger, hatten wohl deshalb auf dieses Gebiet verzichtet, weil hier Löwen, Leoparden und andere wilde Tiere in ungewöhnlich großer Zahl hausten. Gelegentlich kamen die Mauren zur Jagd in diese Gegend, sie wagten sich aber nur mit einer förmlichen Armee von zwei- oder dreitausend Mann in diese unwegsame Wildnis. Fast hundert Meilen lang sahen wir bei Tag nichts als eine weite, ungeheure Einöde und hörten nachts nur das Brüllen und Heulen wilder Tiere.

Ein- oder zweimal glaubte ich, den Pik von Teneriffa wahrzunehmen, und steuerte darauf zu. Jedesmal wurde ich aber von den widrigen Winden wieder zurückgeschlagen, auch ging die See für mein kleines Boot zu hoch. Ich hielt mich daher an meinen ursprünglichen Plan und segelte entlang der Küste weiter.

Eines Tages warfen wir unter einer kleinen, ziemlich hochgelegenen Landspitze Anker, weil wir frisches Wasser brauchten. Es war Flutzeit, und wir wollten die Ebbe abwarten, bevor wir an Land gingen. Xury, dessen Augen flinker als die meinen waren, flüsterte mir plötzlich zu, es sei besser, gleich

wieder abzusegeln. »Dort am Hügel liegt ein schreckliches Tier und schläft!« rief er leise und aufgeregt.
Ich schaute hin und sah einen großen Löwen, der im Schatten eines Felsvorsprunges lagerte. »Xury«, forderte ich den Jungen scherzhaft auf, »geh an Land und töte ihn!«
Xury schaute mich entsetzt an und antwortete: »Ich ihn töten? Er mich mit einem Bissen frißt.«
»Verhalte dich ruhig!« befahl ich nun, nahm unsere größte Flinte, die beinahe das Kaliber einer Muskete hatte, füllte sie mit einer starken Pulverladung und zwei Stück Eisen und legte sie griffbereit neben mich. Dann lud ich eine zweite Flinte mit zwei Kugeln, und die dritte – denn wir hatten drei Gewehre – mit fünf kleinen Kugeln.
Beim ersten Schuß zielte ich dem Löwen genau auf den Kopf. Er hatte aber die Tatze etwas über die Schnauze gelegt, und die Kugeln zerschmetterten ihm nur das Bein. Mit dem schrecklichsten Gebrüll, das ich je gehört hatte, fuhr er auf, sank sofort wieder nieder und wollte dann auf drei Beinen flüchten. Bestürzt, weil ich ihn nicht in den Kopf getroffen hatte, riß ich das zweite Gewehr hoch, feuerte noch einmal und traf ihn nun tödlich. Der Löwe sackte zusammen, lag in den letzten Zuckungen und stieß klagende Laute aus. Nun packte Xury die Jagdlust, er vergaß seine Angst und bat mich, an Land gehen zu dürfen. »Gut«, sagte ich, »aber sei vorsichtig!«
Der Junge sprang ins Wasser, hielt mit der einen Hand die Flinte hoch und schwamm ans Ufer. Er lief zu dem Löwen, setzte ihm die Mündung der Flinte ans Ohr und tötete ihn.
Das war zwar eine erfolgreiche Jagd, aber keine Mahlzeit für uns, und ich begann mich zu ärgern, daß ich drei Schuß an ein Tier vergeudet hatte, das uns so gut wie keinen Nutzen

brachte. Xury wollte aber unbedingt irgendeine Trophäe mitnehmen, er kam an Bord und bat mich um das Beil.
»Wozu, Xury?« fragte ich.
»Ich ihm den Kopf abschneiden«, antwortete er.
Es gelang ihm aber trotz aller Mühe nicht, dem Löwen den Schädel abzuhauen, und er mußte sich mit einer der riesigen Tatzen begnügen. Während ich ihm zusah, kam mir der Gedanke, daß es doch schade um das Fell wäre, wenn wir es zurückließen. Gemeinsam mit Xury machte ich mich an die Arbeit, und wir versuchten, dem toten Löwen sein Fell abzuziehen. Xury war viel geschickter als ich, trotzdem brauchten wir einen ganzen Tag, bis wir die Haut zu unserem Boot bringen konnten. Wir breiteten das Fell über dem Dach der Kajüte aus, die Sonne trocknete es in zwei Tagen, und ich hatte nun eine prächtige Decke für mein Lager.

Bei den Wilden – Rettung – In Brasilien – Schiffbruch

Fast zwei Wochen segelten wir weiter südwärts. Wir hatten nur wenig Proviant und mußten sehr sparsam damit umgehen. Das Land betraten wir nur, wenn wir frisches Wasser brauchten. Ich wollte den Fluß Gambia oder den Senegal erreichen, wo ich eher hoffen durfte, einem europäischen Schiff zu begegnen. Trafen wir auf kein Schiff, so blieb uns keine andere Wahl, als aufs Ungefähre hinaus auf die hohe See zu segeln, um die Inseln zu erreichen, wenn wir nicht hier, an der Küste dieses barbarischen Landes, schließlich entweder durch wilde Tiere oder durch wilde Menschen umkommen sollten.

Ich wußte, daß alle europäischen Schiffe, die nach der Küste von Guinea, nach Brasilien oder nach Ostindien Kurs nahmen, Kap Verde oder die Kanarischen Inseln umsegelten. Mit einem Wort, ich setzte mein ganzes Glück auf die eine Möglichkeit: Entweder entdeckte uns ein Schiff, oder wir mußten zugrunde gehen.

Nach ungefähr zehn Tagen bemerkte ich, daß die Küste bewohnt war. Ein paarmal sahen wir Menschen am Ufer stehen, die uns beobachteten. Sie waren dunkelhäutig, fast schwarz, und unbekleidet.

Als wir wieder einmal eine Schar dieser dunkelhäutigen Menschen am Ufer entdeckten, beschloß ich, an Land zu gehen; aber Xury riet mir davon ab: »Nicht gehen! Nicht gehen!« Trotzdem näherte ich mich dem Ufer so weit, daß ich mit ihnen sprechen konnte. Sie liefen uns ein großes Stück entlang der Küste nach, und ich sah, daß sie keine Waffen mit sich führten, außer einem, der einen langen, dünnen Stock trug,

wie Xury sagte, eine Lanze, mit der sie auf ziemlich große Entfernung sicher zu treffen wüßten. Ich hielt mich in sicherer Entfernung – so ganz traute ich dem Lanzenträger nicht –, verständigte mich mit ihnen, so gut ich konnte, mit Zeichen und suchte ihnen begreiflich zu machen, daß ich etwas zu essen brauchte. Sie winkten mir zu, nickten bejahend und gaben mir zu verstehen, daß sie mich verstanden hatten.
Ich zog die Segel ein und näherte mich der Küste. Zwei der dunkelhäutigen Menschen liefen landeinwärts. Nach ungefähr einer halben Stunde kamen sie zurück und brachten getrocknetes Fleisch und eine Körnerfrucht mit, die ich nicht kannte. Wie sollte ich aber dazu gelangen? Ich wagte nicht, das Ufer zu betreten, und sie fürchteten sich genauso vor uns. Endlich wählten sie einen guten Ausweg. Sie brachten die Nahrungsmittel dicht ans Ufer, legten sie dort nieder und entfernten sich eine ziemlich große Strecke. Erst als wir ihre Geschenke an Bord geholt hatten, kamen sie wieder näher.
Wir dankten ihnen in der Zeichensprache, sonst konnten wir uns leider in keiner Weise erkenntlich zeigen. Fast unmittelbar darauf hatte ich aber doch Gelegenheit, ihnen einen großen Dienst zu erweisen. Von einem Hügel herab kamen zwei große Leoparden zum Meer gelaufen. Sie verfolgten sich gegenseitig, ob nun das Männchen dem Weibchen nachrannte, ob es im Spiel geschah oder die Wut sie aufeinanderhetzte, konnte ich nicht beurteilen. Auch wußte ich nicht, ob die beiden Tiere tagtäglich zum Meer kamen und die Eingeborenen daran gewöhnt waren oder nicht. Doch hatte ich bisher Leoparden kaum bei Tag gesehen, sie zeigten sich nur nachts, und die dunkelhäutigen Menschen, vor allem die Frauen, erschraken ganz offensichtlich und flohen. Nur der Mann mit der Lanze blieb stehen. Die Leoparden dachten

aber nicht daran, den Neger anzufallen. Die beiden Tiere stürzten sich ins Wasser und schwammen verspielt darin umher, als geschähe es zu ihrem Zeitvertreib. Ich lud mein Gewehr, forderte Xury auf, die anderen Flinten zu laden, und als eines der Tiere in meine Schußlinie kam, gab ich Feuer und traf es in den Schädel. Es sank sofort unter, tauchte wieder empor und färbte im Todeskampf das Wasser mit seinem Blut rot. Verendend suchte es das Ufer zu erreichen, ging aber plötzlich wie ein Stein unter.

Es ist unmöglich, das Erstaunen und die Angst der Neger über den Donner und Blitz meiner Flinte zu beschreiben. Sie warfen sich auf den Boden nieder und blieben schreckerstarrt wie tot liegen. Als sie aber das verendende Tier untergehen sahen und ich ihnen durch Zeichen Mut machte, überwanden sie ihre Furcht und wateten ins Wasser, suchten den toten Leoparden und zogen ihn ans Ufer. Es war ein überaus schönes, prächtig geflecktes Tier. Die Neger warfen bewundernd ihre Hände in die Höhe und zeigten mir auf jede Weise ihre Bewunderung über die Art, wie ich das Tier getötet hatte.

Der zweite Leopard war, bevor ich auf ihn zielen konnte, ans Ufer geschwommen und zu den Hügeln zurückgeflüchtet. Es schien mir, als hätten die Neger große Lust, das Fleisch des Leoparden zu essen, und ich war gern bereit, es ihnen zu überlassen. Ich machte es ihnen durch Zeichen begreiflich, und sofort begannen sie das tote Tier abzuhäuten. Obwohl sie keine Messer besaßen, zogen sie mit einem spitzen Holz das Fell rascher ab, als Xury und ich es mit unseren Messern zustande gebracht hätten. Sie boten mir einen Teil des Fleisches an, aber ich lehnte unter dem Vorwand ab, daß ich ihnen alles geben wollte, das Fell überließen sie mir auf meinen Wunsch bereitwillig.

Als Dank brachten sie mir geflochtene Körbe voll mit Nahrungsmitteln, vor allem eßbare Wurzeln, die ich aber nicht kannte. Ich hielt ihnen einen unserer Wasserkrüge umgekehrt hin und zeigte ihnen, daß er leer war. Sie verstanden sofort, daß ich Wasser brauchte, und zwei Frauen brachten ein großes, irdenes Gefäß, das sie wahrscheinlich in der Sonne getrocknet hatten. Sie setzten es am Ufer nieder, und Xury ging mit unseren drei Krügen an Land und füllte sie. Die Frauen waren ebenso splitternackt wie die Männer.

Ich war nun mit eßbaren Wurzeln, Korn und Wasser reichlich versorgt. Nachdem ich diese freundlichen Neger verlassen hatte, segelte ich etwa zwei Wochen weiter und hielt mich von der Küste fern, bis ich endlich in einer Entfernung von vier bis fünf Meilen eine schmale Landzunge vor mir entdeckte. Die See war ruhig, und ich versuchte daher, die Landzunge zu umsegeln. Nach zwei Meilen nahm ich auch seewärts deutlich Land wahr. Gewiß war jenes Ufer Kap Verde und das andere die nach ihm benannten Inseln. Ich wußte aber nicht, ob ich das Kap oder die Inseln ansegeln sollte, war der Wind ungünstig, würde ich weder das eine noch das andere Ufer erreichen.

Ich übergab Xury das Steuer, ging in die Kajüte und starrte unschlüssig vor mich hin. Plötzlich schreckte mich der Ruf des Jungen auf. »Herr! Herr! Ein Schiff! Ein Segelschiff!« Xury war außer sich vor Angst, er glaubte, es wäre eines der Schiffe unseres Patrons, das uns verfolgte, während ich wußte, daß wir längst aus dem Bereich des Korsaren waren. Ich stürzte an Deck. Es war ein portugiesisches Schiff, und ich nahm an, daß es nach Guinea segelte, um Sklaven zu holen. Als ich aber seinen Kurs genauer beobachtete, überzeugte ich mich, daß es ein anderes Ziel verfolgte und sich dem Land

nicht weiter nähern würde. Ich setzte daher alle Segel, um die offene See zu erreichen, aber trotz aller Anstrengungen sah ich nur zu bald ein, daß ich das Schiff nicht einholen konnte, daß es vorübersegeln würde und ich mich mit keinem Zeichen bemerkbar machen konnte.
Ich war fast verzweifelt. Zu unserem Glück aber entdeckte man vom Schiff aus mit Fernrohren unser kleines Boot, sah, daß es ein europäisches war und vermutlich zu einem untergegangenen Schiff gehörte. Sie zogen die Segel ein und brachen ihren Kurs ab. Ich hißte die Flagge meines Patrons, die ich an Bord hatte, als Notsignal und feuerte die Flinte ab. Später sagte mir die Besatzung, sie hätten zwar den Knall des Schusses nicht gehört, aber den aufsteigenden Rauch wahrgenommen. Das Schiff legte bei, und nach drei Stunden hatte ich es erreicht.
Sie fragten mich aus, wer ich sei, und redeten mich auf portugiesisch, spanisch und französisch an, aber ich verstand keine dieser Sprachen. Endlich sprach mich ein schottischer Matrose an, der an Bord war. »Ich bin ein Engländer und aus der Sklaverei der Mauren in Saleh entflohen«, antwortete ich. Nun ließen sie mich und Xury an Bord kommen und nahmen uns sehr freundlich auf.
Wie man sich denken kann, war ich nur zu glücklich, aus meiner elenden und fast hoffnungslosen Lage gerettet zu sein, und bot dem Kapitän als Dank meine ganze Habe an. Er aber wollte durchaus nichts annehmen. »Ich habe Ihnen«, sagte er, »das Leben aus jenem Grund gerettet, aus dem ich mir in einer ähnlichen Lage die gleiche Hilfe wünschte. Es kann früher oder später auch mein Los sein, daß mich jemand schiffbrüchig im Meer auffischt. Unser Schiff hat Kurs nach Brasilien. Wenn ich Sie dorthin bringe und Ihnen Ihre spärliche

Habe wegnehme, werden Sie in der Fremde, fern Ihrer Heimat, zugrunde gehen. Ich hätte Ihnen also damit das Leben genommen, das ich jetzt gerettet habe. Nein, nein, Seignor Inglese (Herr Engländer), ich habe Sie gern an Bord genommen. Mit Ihrem Besitz sollen Sie den Lebensunterhalt in Brasilien bestreiten und die Kosten zur Heimreise aufbringen.«

Er verbot seinen Matrosen streng, meine kleinen Besitztümer auch nur anzurühren. Alles, was ich besaß, nahm er in eigene Verwahrung und gab mir ein genaues Verzeichnis darüber, in dem alles angeführt war, sogar meine drei irdenen Krüge.

Da mein Boot in einem ausgezeichneten Zustand war, schlug mir der Kapitän vor, es ihm für sein Schiff zu verkaufen. »Ich zahle Ihnen gern eine anständige Summe dafür«, sagte er. »Nein«, wehrte ich ab, »nehmen Sie es ohne Bezahlung! Sie waren großmütig genug gegen mich.« Er ließ sich aber nicht abhalten und gab mir einen Wechsel auf achtzig Goldstücke dafür. Auch für Xury bot er mir sechzig Goldstücke. So gern ich den Knaben dem Kapitän überlassen hätte, so tat es mir doch leid, Xurys Freiheit zu verkaufen, da er mir so treu beigestanden hatte, meine eigene Freiheit zu gewinnen. Ich wußte aber nicht, wie ich in Brasilien für Xury sorgen sollte, es war vielleicht wirklich am besten, den Jungen dem Kapitän anzuvertrauen.

Ich teilte dem Kapitän die Gründe meines Zögerns mit, und er sah ein, daß ich mich für Xury verantwortlich fühlte. »Wie wäre es mit diesem Ausweg?« fragte er mich. »Sie geben mir Xury, ich aber verpflichte mich in einem Vertrag, ihn in zehn Jahren, wenn er alt genug ist, für sich selber zu sorgen, und er sich taufen läßt, wieder freizulassen.« Xury willigte gern ein, und so überließ ich ihn dem Kapitän.

Wir hatten eine gute Fahrt nach Brasilien, und am zweiundzwanzigsten Tag liefen wir in der Bay de Todos los Santos oder Allerheiligenbucht ein. Ich mußte nun daran denken, wie ich meine Zukunft gestalten sollte. Der Kapitän, dessen Großmut ich nie vergessen werde, nahm nichts für meine Überfahrt, ja, er gab mir noch zwanzig Dukaten für das Fell des Leoparden und vierzig Dukaten für das Löwenfell, lieferte mir mein Eigentum sogleich aus und half mir, den Flaschenschrank, zwei Gewehre und das noch übrige Wachs zu verkaufen. Mit zweihundertzwanzig Goldstücken ausgerüstet, ging ich in Brasilien an Land.

Der Kapitän hatte mich einem Mann empfohlen, der ebenso ehrlich war wie er selber. Dieser Mann besaß ein »Ingenio«, eine Zuckerplantage mit Siedewerk. Ich wohnte einige Zeit bei ihm, lernte die Kultur und Verarbeitung des Zuckers kennen und merkte bald, wie angenehm das Leben der Pflanzer hier war und wie rasch sie reich wurden. Ich suchte daher bei den Behörden um Erlaubnis an und erhielt die Genehmigung, mich als Pflanzer einer Zuckerrohrplantage niederzulassen. Als nächstes erwarb ich so viel Land, als ich nur bezahlen konnte, und entwarf einen Plan zu einer Pflanzung und Niederlassung, dem Kapital entsprechend, das ich aus England zu erwarten hatte.

Mein Nachbar, ein Portugiese aus Lissabon, der von englischen Eltern abstammte und Wells hieß, befand sich ungefähr in der gleichen Lage wie ich. Sein Vermögen war wie das meine nur gering, und zwei Jahre warfen die Pflanzungen nur unseren Lebensunterhalt ab. Trotzdem fingen wir an, uns zu vergrößern. Im dritten Jahr bauten wir schon etwas Tabak an, und jeder von uns bereitete ein größeres Stück Land zur Anpflanzung von Zuckerrohr im kommenden Jahr vor. Dazu brauchten wir Hilfe, und ich bereute es, daß ich mich von Xury getrennt hatte.

Der Beruf eines Pflanzers war meiner Veranlagung geradezu entgegengesetzt. Er widersprach der Lebensweise, die ich mir immer gewünscht hatte. Sollte ich nur deswegen das Haus meines Vaters verlassen haben, um nun hier selbst dem Mittelstand anzugehören, den mir mein Vater früher so gepriesen hatte? Fünftausend Meilen weit hatte ich mich unter Fremden, Wilden und in wüsten Ländern herumgeschlagen – um nun genau das zu sein, was ich ebensogut in England inmitten meiner Freunde hätte werden können.

Ich fühlte mich einsam und fing an, unglücklich zu werden. Außer mit meinem Nachbarn verkehrte ich mit niemandem. Alle meine Arbeit mußte ich selbst verrichten, und manchmal kam es mir vor, als wäre ich auf eine wüste Insel verschlagen. (Wie wenig wußte ich damals, daß das Leben auf einer einsamen Insel in keiner Weise dem angenehmen Dasein eines Pflanzers gleicht!)

Drei Monate, nachdem ich in Brasilien gelandet war, hatte mein Freund, der Kapitän des Schiffes, das mich auf offener See aufgenommen hatte, die Rückreise angetreten. Bevor er absegelte, erzählte ich ihm von dem kleinen Kapital, das ich in London besaß, und er gab mir folgenden guten Rat: »Seignor Inglese« – so nannte er mich stets –, »geben Sie mir Brief und Vollmacht für die Person, die Ihr Geld in London in Verwahrung hat. Lassen Sie Ihr Geld nach Lissabon senden und dort Waren einhandeln, die hier verkäuflich sind. Ich werde sie Ihnen, so Gott will, bei meiner Rückkehr mitbringen. Um aber sicherzugehen, würde ich an Ihrer Stelle nur die Hälfte des Kapitals in Waren anlegen. Gelangt diese Sendung in Ihren Besitz, so können Sie den Rest auf dieselbe Art beziehen, wenn nicht, so bleibt Ihnen wenigstens die andere Hälfte.«

Es war ein vernünftiger Rat, den ich annahm. Ich schrieb einen Brief an die Witwe des Kapitäns in London und stellte meinem Freund eine Vollmacht aus. In dem Brief berichtete ich alle meine Abenteuer, meine Sklaverei, meine Flucht, meine Rettung durch den portugiesischen Kapitän, ich schilderte meine derzeitige Lage und bat sie um Übersendung des Geldes. Als mein Freund nach Lissabon kam, sandte er durch englische Kaufleute Brief und Vollmacht nach London. Die Witwe händigte das Geld aus und fügte noch aus eigenen Mitteln ein schönes Geschenk für den Kapitän als Dank für seine Hilfe hinzu.

In London setzte man die hundert Pfund in englische Waren um, wie es der Kapitän vorgeschrieben hatte. Die Waren kamen sicher nach Lissabon, und auf seiner nächsten Fahrt brachte mir der Kapitän alles nach Brasilien. Er brachte mir auch, obwohl ich es ihm nicht aufgetragen hatte (denn ich war noch zu sehr Neuling in meinem Beruf, um daran zu denken), verschiedene Werkzeuge, Eisenwaren und sonstiges Gerät mit, das ich auf meiner Pflanzung gut gebrauchen konnte.

Als diese Ladung eintraf, hielt ich mein Glück für gemacht, und ich war außer mir vor Freude. Von jenen fünf Pfund, die ihm die Witwe als Geschenk überwiesen hatte, mietete mir der Kapitän einen Diener auf sechs Jahre, und er war nicht zu bewegen, von mir auch nur die geringste Entschädigung anzunehmen, außer etwas Tabak, den ich selber gezogen hatte.

Meine Waren bestanden aus englischem Tuch, Stoffen und anderen Dingen, die in Brasilien sehr begehrt waren. Ich verkaufte sie so vorteilhaft, daß ich beinahe das Vierfache des Einkaufspreises erzielte und nun reicher war als mein Nachbar. Nun kaufte ich mir einen Negersklaven und mietete mir noch einen Diener, zusätzlich zu jenem, den mir der Kapitän aus Lissabon mitgebracht hatte.

Im folgenden Jahr brachte meine Pflanzung einen reichen Ertrag. Ich erntete fünfzig große Rollen Tabak und speicherte sie sorgfältig auf bis zur Rückkehr des Schiffes aus Lissabon. Jetzt, da meine Pflanzung emporkam, füllte sich mein Kopf wieder mit abenteuerlichen Plänen. Mein Vater hatte mir einstmals oft genug gesagt, ein ruhiges, zurückgezogenes Leben sei der wertvollste Besitz des Daseins. Auch hatte ich nun Gefallen am Leben eines Pflanzers gefunden, es entsprach meinen Fähigkeiten, und ich hatte die besten Aussichten, ein wohlhabender Mann zu werden.

Aber eine geheime Sehnsucht ließ mir keine Ruhe. Wie ich einst meinen Eltern davongelaufen war, so war ich auch jetzt nicht zufrieden. Ich konnte nicht stillsitzen! Die Lust nach Abenteuern war stärker als die Aussicht, auf meiner Plantage ein reicher Mann zu werden. Und so sollte ich mich selbst wieder in den tiefsten Abgrund menschlichen Elends stürzen, in den je ein Mann geraten ist.

Nach meinem nun fast vierjährigen Aufenthalt in Brasilien als erfolgreicher Kaufmann hatte ich nicht nur die Sprache des Landes erlernt, sondern auch viele Freunde und Bekannte unter meinen Mitpflanzern und unter den Kaufleuten unseres Hafens gefunden. Ich hatte ihnen in manchem Gespräch von meinen zwei Reisen nach der Küste von Guinea erzählt und von der Art, wie man mit den Schwarzen handeln mußte und wie leicht es sei, gegen allerlei Tand so wertvolle Dinge wie Goldstaub und Elefantenzähne einzutauschen.

Als ich einst in der Gesellschaft einiger Kaufleute und Pflanzer wieder recht eindringlich von meinen Erlebnissen erzählt hatte, geschah es, daß drei von ihnen am nächsten Morgen zu mir kamen und mir kein anderes Angebot machten als dieses: Ich sollte sie als Partner für eine Handelsfahrt nach Afrika nehmen, sie wollten ein Schiff ausrüsten, wenn ich nur selbst die Reise unternehmen würde. Für einen Mann in meiner Lage war der Gedanke an eine solche Reise das Allerverkehrteste, was man sich einfallen lassen konnte. Aber ich konnte dem Angebot ebenso wenig widerstehen, wie ich damals meiner Abenteuerlust hatte widerstehen können, als mein Vater mich vergeblich davon hatte abhalten wollen. Kurz, ich sagte ihnen, ich wollte ihr Angebot gerne annehmen, wenn sie mir nur versprechen würden, sich in meiner Abwesenheit um meine Plantage zu kümmern und sie dem von mir bestimmten Erben zu übergeben, sollte mir etwas zustoßen.

Sie gaben mir ein schriftliches Versprechen. Ich machte mein Testament und setzte meinen Lebensretter, den Kapitän, als Universalerben ein, mit der Bedingung, daß die Hälfte des Ertrages ihm gehören sollte, die andere Hälfte aber meinen Angehörigen in England.

So traf ich alle nur möglichen Vorsichtsmaßnahmen, um meinen Besitz zu sichern und meine Pflanzung zu erhalten. Hätte ich doch nur halb so viel Voraussicht für meine eigene Person aufgebracht! Als das Schiff ausgerüstet war, ging ich, abermals wieder in einer Unglücksstunde, am 1. September 1659 an Bord, an jenem Tag, an dem ich acht Jahre zuvor aus meinem Elternhaus fortgelaufen war.

Unser Schiff hatte ungefähr hundertzwanzig Tonnen, war mit sechs Kanonen versehen, und mit dem Kapitän, dem Schiffsjungen und mir befanden sich 14 Mann an Bord. Wir hatten keine schwere Ladung, sondern führten nur solche Waren mit, die sich zum Tauschhandel mit Negern eigneten: Perlen, Glasstücke, Muscheln, kleine Spiegel, Messer, Scheren, Beile und andere Kleinigkeiten.

Wir steuerten zuerst nordwärts an der Küste Brasiliens entlang, und vom zehnten oder zwölften Grad nördlicher Breite wollten wir dann, wie es um diese Jahreszeit der übliche Kurs war, den Weg nach Afrika nehmen. Solange wir entlang der Küste segelten, hatten wir günstiges Wetter, nur war es überaus heiß, bis wir das Kap Augustino erreichten, wo wir das Land aus den Augen verloren. Wir trieben nun aufs offene Meer hinaus, ließen die Insel Fernando de Noronha östlich liegen und nahmen Kurs nach Nordost und Nord.

Nach zwölf Tagen ruhiger Fahrt passierten wir den Äquator. Wir befanden uns sieben Grad zweiundzwanzig Minuten nördlicher Breite, als ein heftiger orkanartiger Sturm uns jede Orientierung nahm. Er kam von Südost, schlug dann in einen Nordwester um und blieb in Nordost stehen; er blies so furchtbar, daß uns zwei Wochen nichts anderes übrigblieb, als uns von der Wut des Sturmes treiben zu lassen. Wir erwarteten fast stündlich, daß unser Schiff scheitern würde. Um unsere Not noch zu vergrößern, wurden ein Matrose und der Schiffsjunge über Bord gespült, und ein anderer Matrose starb an einem heftigen Fieber.

Etwa am zwölften Tag ließ der Sturm etwas nach, und der Kapitän stellte, so gut er konnte, Berechnungen an. Wir mußten etwa unter dem elften Grad nördlicher Breite sein und im zweiundzwanzigsten Grad westlicher Länge von Kap Sankt Augustino. Westlich von uns lag die Küste von Guayana und der nördliche Teil von Brasilien, oberhalb des Amazonas und nahe des Orinoko, der gewöhnlich »der große Strom« genannt wird. Unser Schiff war leck und fast seeuntauglich, und der Kapitän und ich beratschlagten, welchen Kurs wir nehmen sollten. Er sah keine andere Möglichkeit, als sofort zur Küste Brasiliens zurückzukehren.

Ich war anderer Ansicht. Wir studierten die Seekarte und entdeckten, daß wir erst im Bereich der Karibischen Inseln wieder bewohntes Land antreffen würden. Daher beschlossen wir, nach Barbados zu segeln, das wir in vierzehn Tagen leicht zu erreichen hofften, wenn wir uns auf offener See hielten und die Einfahrt in den Golf von Mexiko vermieden. Ohne Unterstützung war es uns nämlich nicht mehr möglich, die Fahrt nach Afrika fortzusetzen.

Wir änderten den Kurs und steuerten nach Westnordwest; auf einer der englischen Inseln würden wir bestimmt Hilfe finden. Aber es war uns anders bestimmt. Als wir uns unter zwölf Grad achtzehn Minuten nördlicher Breite befanden, setzte ein neuerlicher Sturm ein, der uns mit gleicher Heftigkeit westwärts trieb und uns aus jedem Kurs warf, den zivilisierte Völker je besucht hatten. Selbst wenn unser Schiff diesen zweiten Sturm überstand, war es uns nicht mehr möglich, besiedeltes Land zu erreichen, und wir mußten uns an eine verlassene Küste retten, die nur von Eingeborenenstämmen bewohnt war.

Eines Morgens, als wir schon jede Hoffnung aufgegeben hatten, rief plötzlich einer der Matrosen: »Land!« Kaum waren wir aus der Kajüte gestürzt, als unser Schiff auf einer Sandbank auflief, hilflos feststak und von den hochgehenden Wellen überflutet wurde. Wir flüchteten in die Kajüte und suchten dort vor den ständig anbrausenden Wogen Schutz.

Wer nicht schon in einer ähnlichen Lage gewesen ist, kann

sich keine Vorstellung von unserer Not machen. Wir wußten nicht, wo wir uns befanden, wir wußten nicht, ob das Land, an welches wir geschleudert worden waren, eine Insel war oder ein Teil des Festlandes, ob es bewohnt oder öde war. Der Sturm wütete noch immer. An Heftigkeit hatte er zwar nachgelassen, aber wir durften nicht hoffen, daß unser Schiff noch länger Widerstand leisten konnte. Wenn sich nicht wie durch ein Wunder der Wind plötzlich legte, würde es in kurzer Zeit in Trümmer gehen.

Wir sahen einander an, erwarteten den sicheren Tod und bereiteten uns auf eine andere Welt vor, denn in dieser gab es wenig oder vielmehr gar nichts mehr für uns zu tun. Unser einziger Trost war, daß das Schiff wider Erwarten nicht barst, oder vielmehr noch nicht, und nach einiger Zeit erklärte der Kapitän, der Wind sei schwächer geworden.

Der Wind flaute auch tatsächlich etwas ab, doch unser Schiff saß auf dem Sand fest, und wir konnten es nicht mehr freibekommen. Es blieb uns nichts anderes übrig, als unser nacktes Leben zu retten, wenn das überhaupt möglich war. Während des Sturmes war das Rettungsboot am Bug unseres Schiffes an das Steuerruder geschleudert worden und ganz in Trümmer gegangen. Zwar hatten wir noch ein zweites, kleineres Boot an Bord, aber es war fast unmöglich, es flottzumachen.

Wir durften keine Zeit verlieren, jeden Augenblick konnte unser Schiff auseinanderbrechen; ein paar Matrosen behaupteten fest, es sei bereits geborsten. Endlich gelang es dem Steuermann und der Mannschaft, das Boot über Bord zu lassen. Wir stiegen ein und vertrauten uns der wilden See und der Barmherzigkeit Gottes an. Der Sturm hatte sich etwas gelegt, aber die Wellen stürmten noch immer in einer gewalti-

gen Höhe heran, und man konnte sich hier vorstellen, warum die Holländer das Meer »den wild zee« nennen.
Wir waren in einer grauenvollen Lage und litten Todesangst vor dem Ertrinken. Die See ging viel zu hoch, und unser Boot konnte den Kampf mit den Wellen sicher nicht lange bestehen. Wir hatten keine Segel mehr, und selbst wenn wir Segel gehabt hätten, wären sie in diesem Augenblick für uns nutzlos gewesen. Aus aller Kraft ruderten wir dem Land zu, aber es war uns dabei zumute wie Männern, die zur Hinrichtung gehen. Wußten wir doch alle, daß die brandende See an der Küste das Boot in tausend Stücke zersplittern würde. Der Wind trieb uns dem Land zu, und mit unseren eigenen Armen beschleunigten wir unseren Untergang. Während wir schweigend ruderten, bin ich gewiß, daß jeder von uns sein – wie wir es fühlten – letztes Gebet sprach.
Wir wußten nicht, ob die Küste aus Fels oder Sand bestand, ob sie steil oder flach war. Die einzige Hoffnung, an die wir uns klammerten, war der Gedanke, eine Bucht oder die Mündung eines Flusses zu erreichen oder im Schutze eines Küstenvorsprungs eine weniger rauhe See zu finden. Keiner unserer Wünsche erfüllte sich. Als wir uns dem Land näherten, bot es uns einen schrecklicheren Anblick als das wilderregte Meer.
Wir waren etwa eineinhalb Meilen gerudert oder vielmehr vom Meer fortgerissen worden, als eine berghohe Sturzwelle gerade auf uns zugerollt kam, als wollte sie uns den Gnadenstoß geben. Sie traf uns mit solcher Wucht, daß das Boot sofort kenterte. Wir wurden über Bord geschleudert und getrennt, und uns blieb kaum Zeit: »O Gott!« auszurufen, als uns das Wasser auch schon begrub. Meine Verwirrung läßt sich kaum beschreiben. Ich war zwar ein guter Schwimmer,

aber das Wasser füllte mir Nase und Mund, ich fand keinen Atem, bis jene Welle, die mich ziemlich in die Nähe des Ufers gerissen hatte, an Kraft verlor. Ich wurde beinahe an das trokkene Land gespült, hatte aber so viel Wasser geschluckt, daß ich fast erstickt liegenblieb.
Als ich wieder Atem schöpfen konnte, besaß ich noch so viel Geistesgegenwart, auf meine Füße zu springen, um so schnell als möglich das Ufer zu gewinnen, bevor eine zweite Welle mich wieder forttrug. Dieses Unglück ließ sich aber nicht vermeiden. Eine berghohe Welle stürzte wie ein wütender Feind auf mich zu, und diesem Feind vermochte ich keinen Widerstand zu leisten. Es blieb mir nichts anderes übrig, als den Atem anzuhalten und mich, so gut es ging, über Wasser zu halten. Vor allem durfte mich die See nicht ebenso weit wieder zurückreißen, wie sie mich vorher ein gutes Stück gegen das Land getragen hatte. Als mich die Welle erreichte, begrub sie mich in ihrem Wasserschwall und riß mich zwanzig oder dreißig Fuß in die Tiefe. Mit unheimlicher Geschwindigkeit fühlte ich mich dem Ufer zugeschleudert, und unter Aufbietung aller meiner Kräfte versuchte ich vorwärtszuschwimmen. Ich war schon beinahe besinnungslos, als ich mich plötzlich emporgehoben fühlte und zu meiner großen Erleichterung Kopf und Arme aus dem Wasser strecken konnte. Das dauerte kaum zwei Sekunden, aber ich bekam wieder Luft und neuen Mut.
Wieder wurde ich mit Wasser überschüttet, doch als die Welle zurückwich, hatte ich abermals Grund unter den Füßen. Ich holte tief Atem und schleppte mich mit letzter Kraft dem Ufer zu. Aber noch war ich dem zornigen Meer nicht entkommen. Noch zweimal erfaßten mich heranrollende Wellen, trugen mich aber dem hier glücklicherweise sehr flachen Ufer zu.

Die letzte Welle wurde mir beinahe zum Verhängnis. Sie warf mich mit solcher Gewalt an einen Felsen, daß ich einen Augenblick bewußtlos und völlig hilflos liegenblieb. Ich kam aber rasch wieder zu mir und erholte mich etwas, bevor mich das Wasser neuerlich überflutete. Ich umklammerte den Felsen, schöpfte tief Atem – und wieder bedeckte mich Wasser. Die Wellen gingen glücklicherweise nun nicht mehr so hoch, ich hielt durch und lief sofort, als das Wasser wegströmte, dem Ufer zu. Eine neue Welle erfaßte mich, der Sog war aber so gering geworden, daß ich kein Stück zurückgerissen wurde. Ich erreichte das Ufer, kletterte über die Klippen und ließ mich – gerettet, aber vollkommen erschöpft – ins Gras fallen.

Als ich endlich die Augen aufschlug und den Himmel über mir sah, wußte ich, daß ich gerettet war, obwohl ich noch wenige Minuten zuvor nicht daran hatte glauben können. Es ist unmöglich, den Lebenden die Freude zu schildern, die ich fühlte, als ich mich, ich darf wohl sagen, aus dem leibhaftigen Grab errettet sah. Ein überwältigendes Gefühl der Dankbarkeit erfüllte mich, das neugeschenkte Leben schien mir so wunderbar, daß ich am Ufer entlanglief und immer wieder Gott mit tausenderlei Gebärden für meine Rettung dankte. Ich schaute zu dem gestrandeten Schiff hinüber, das die hochgehende Brandung und der Gischt meinem Blick fast ganz entzogen hatten, und als mir die Entfernung klar wurde, die das gestrandete Schiff vom Ufer trennte, rief ich aus: »Gott, wie ist es möglich, daß ich noch am Leben bin!« – Unvermittelt wurde mir bewußt, daß sich keiner meiner Gefährten hatte retten können. Sie waren alle ertrunken, und keine andere Spur hinterließ das Meer von ihnen als drei an die Küste gespülte Hüte, eine Mütze und zwei nicht zusammenpassende Schuhe.

Mein Mut schwand wieder, und ich fand, daß es in Wahrheit

eine Rettung furchtbarer Art war. Ich war allein und verlassen. Meine Kleider waren klatschnaß, ich hatte nichts zu essen und zu trinken, und es war wohl mein Schicksal, vor dem Meer gerettet worden zu sein, damit ich hier verhungerte oder ein wildes Tier mich tötete. Vor allem ängstigte es mich, daß ich keinerlei Waffen besaß, mich nicht verteidigen konnte, wenn ich angegriffen wurde, und es mir ebensowenig möglich war, ein Tier zu erlegen und mich daran satt zu essen. Außer einem Messer, einer Tabakspfeife und etwas Tabak in einem Beutel trug ich nichts bei mir. Ich war darüber so verzweifelt, daß ich eine Zeitlang wie wahnsinnig hin und her rannte.
Als die Nacht hereinbrach, verstärkte sich meine Angst vor wilden Tieren. Der einzige Zufluchtsort, den ich sah, war ein buschiger Baum, eine Art dorniger Fichte, die nahe am Ufer wuchs. Ich beschloß, auf ihr die Nacht zu verbringen, und sobald der Tag anbrach, wollte ich mir jene Todesart wählen, die mir am wenigsten grausam erschien, hoffnungslos und verzweifelt, wie ich war. Bevor ich auf den Baum kletterte, ging ich einige Schritte am Ufer entlang und suchte nach trinkbarem Wasser, und zu meiner Freude fand ich auch eine Quelle. Ich trank und kaute nachher eine Handvoll Tabak. Der konnte zwar das Essen nicht ersetzen, nahm mir aber das ärgste Hungergefühl. Um mich, sollte ich von einem Tier angefallen werden, verteidigen zu können, schnitt ich mir eine Art Knüppel ab und kletterte dann auf den Baum. Kaum hatte ich mir eine Astgabelung ausgesucht, in die ich mich setzte, damit ich im Schlaf nicht vom Baum herunterfallen konnte, als ich auch schon fest und tief einschlief – so erschöpft war ich. Ich glaube, nie in meinem Leben hat mir der Schlaf so wohlgetan wie in dieser ersten einsamen Nacht auf der Insel.

Fahrten zum Wrack – Die Festung

Als ich aufwachte, war es heller Tag. Der Sturm hatte sich gelegt, der Himmel war fast wolkenlos, und das Meer war wieder ruhig geworden. Erstaunt sah ich, daß die Flut während der Nacht das Schiff von der Sandbank zu jenem Felsen getrieben hatte, an den ich am Tag vorher von den Wellen geschleudert worden war. Das Schiff lag nur eine Meile vom Ufer entfernt, es stand noch aufrecht, und ich wünschte, an Bord zu sein, um das Notwendigste für mich zu retten. Nachdem ich von meinem Baum hinuntergeklettert war, entdeckte ich auch das Boot. Es lag ungefähr zwei Meilen von mir entfernt am Ufer. Ich lief entlang der Küste darauf zu, aber ein breiter Meeresarm, der sich tief in die Insel hinein erstreckte, schnitt mir den Weg ab. Für den Augenblick blieb mir nichts anderes übrig, als zurückzukehren und zu überlegen, wie ich ohne Boot auf das Schiff kommen konnte.

Kurz nach Mittag war das Meer beinahe glatt und unbewegt. Auch war die Ebbe so stark, daß ich bis auf eine Viertelmeile an das Schiff herankonnte. Von neuem ergriff mich der Schmerz über den Verlust meiner Gefährten. Gewiß wären alle gerettet worden, wären wir an Bord geblieben! Alle hätten das Ufer erreicht, und ich wäre nicht so hilflos, verlassen und einsam auf der Insel gewesen. Beinahe traten mir die Tränen in die Augen, aber das half mir nichts, jetzt war nur eines wichtig: Ich mußte auf das Schiff kommen!

Die Hitze war fast unerträglich, ich zog Rock, Hemd und Weste aus und sprang ins Meer. Als ich das Schiff erreichte, erwartete mich ein neues Hindernis, denn ich wußte nicht, wie ich an Bord klettern sollte. Das Wrack saß auf dem

Grund fest, ragte hoch über das Wasser empor und bot keinerlei Handhabe zum Hinaufklettern. Zweimal schwamm ich um das Schiff, bis ich ein kleines Tauende entdeckte, das ich in meiner Aufregung zuerst nicht wahrgenommen hatte. Das Tau baumelte von den Bugketten herunter, und nach einiger Mühe gelang es mir, es zu packen und auf Deck hinaufzuklettern.

Das Schiff war leck und geborsten und hatte bereits eine große Menge Wasser eingelassen. Seitlich lag es auf einer harten Sand- oder vielmehr Erdbank auf, das Heck ragte empor, während die Reling beinahe ganz unter Wasser stand. Das Deck war frei, und was sich hier befand, war vollkommen trocken. Fieberhaft untersuchte ich alles, ob es noch brauchbar oder schon verdorben war. Der ganze Proviant war vom Wasser verschont geblieben und trocken. Da ich hungrig war, stopfte ich mir die Taschen mit Schiffszwieback voll und aß im Weiterstöbern, denn ich durfte keine Zeit verlieren. In der großen Kajüte fand ich etwas Rum und nahm einen großen Schluck davon, um mich vor der schweren Aufgabe zu stärken, die mir bevorstand.

Hier an Bord gab es alles, was ich dringend für mein Einsiedlerleben auf der Insel benötigte. Voller Sehnsucht dachte ich an das Boot, das jenseits des Meeresarms am Strand lag. Aber ich durfte die Zeit nicht nutzlos verstreichen lassen und mir Unerreichbares wünschen. An Bord gab es einige Rahen, auch Mastholz und Holzsparren auf Vorrat. Ich band sie fest mit Stricken aneinander, warf sie mühsam über Bord, ließ mich am Tau hinunter und band vier Planken nach Art eines Floßes zusammen. Die Bretter legte ich quer darüber. Als ich fertig war, trug das Floß zwar mein Gewicht, für eine größere Last war es aber ungeeignet.

Noch einmal kletterte ich an Bord, sägte mit der Zimmermannssäge einen langen Mast in drei Stücke und vergrößerte damit mein Floß. Die Hoffnung, das Notwendigste für mein Dasein zu retten, stachelte meinen Mut an und verdoppelte meine Kräfte, so daß ich mehr leisten konnte als jemals sonst. Mein Floß war nun stark genug, um eine mäßige Last tragen zu können.

Nun galt es, die Ladung auf das Floß zu bringen und vor der brandenden See zu schützen. Zuerst schaffte ich alle Bretter, die ich fand, auf mein Plankenfloß hinunter, dann brach ich drei Kisten auf, die den Matrosen gehört hatten, räumte sie aus und ließ die leeren Kisten auf das Floß hinunter. Ich füllte sie mit Lebensmitteln an, mit Brot, Reis und holländischem Käse. Auch fünf Stück getrocknetes Ziegenfleisch nahm ich mit, das auf dem Schiff unsere Hauptnahrung gebildet hatte. Als ich nach dem europäischen Getreide suchte – Gerste und Weizen –, das als Futter für das Geflügel bestimmt gewesen war (wir hatten einiges Geflügel mitgenommen, aber längst schon geschlachtet), fand ich zu meiner Enttäuschung die Körner teils von den Ratten angefressen und teils ganz verdorben. In der Kapitänskajüte entdeckte ich aber einige Flaschen, die Likör enthielten, und sechs Behälter Arrak. Da die Kisten bereits voll waren, stellte ich die Flaschen frei auf das Floß.

Während dieser Arbeit begann die Flut zu steigen, wenn auch sehr langsam. Ich war nur in meinen kurzen Leinenhosen und Strümpfen an Bord geschwommen, und zu meinem Kummer bemerkte ich, daß mein Rock, mein Hemd und meine Weste, die ich am Strand zurückgelassen hatte, fortgeschwemmt wurden. Ich durchstöberte daher das Wrack nach Kleidungsstücken, nahm aber nur, was für den Augenblick notwendig war, denn es gab andere Dinge, die mir wichtiger waren, vor allem Handwerkszeug. Erst nach langem Suchen fand ich die Kiste des Zimmermanns, eine kostbare Beute und mir damals mehr wert als eine Schiffsladung voll Gold. Ich schaffte die Kiste auf das Floß, ohne den Inhalt, den ich so ziemlich kannte, näher zu prüfen.

Meine nächste Sorge galt den Waffen und der Munition. In der großen Kajüte befanden sich zwei sehr gute Vogelflinten und zwei Pistolen. Ich nahm noch einige Pulverhörner, einen Schrotbeutel und zwei alte, verrostete Degen mit. An Bord waren noch drei Faß Pulver, das wußte ich, doch hatte ich keine Ahnung, wo unser Waffenmeister sie aufbewahrt hielt. Endlich, nach längerem Suchen, fand ich sie. Eines der Fässer war durchnäßt, die beiden anderen noch trocken und brauchbar.

Wie konnte ich aber nun mit meiner Ladung ans Land gelangen? Ich hatte weder Segel noch Steuer, besaß kein einziges Ruder, und eine Handvoll Wind hätte ausgereicht, mein Floß umzuwerfen.

Drei Umstände machten mir Mut: Die See war sanft und ruhig, die Flut stieg und trieb nach dem Ufer, und der geringe Wind, der wehte, blies ebenfalls landeinwärts. Nachdem ich noch einige zerbrochene Ruder, zwei Sägen, eine Axt und einen Hammer gefunden hatte, stach ich mit meiner Ladung in die See. Nach ungefähr einer Meile bemerkte ich, daß ich etwas von meinem ersten Landungsplatz abgetrieben wurde. Führte mich die Strömung zu einer Bucht oder zu einer Flußmündung, in die ich wie in einen Hafen einlaufen konnte? Meine Vermutung traf zu. Vor mir zeigte sich ein kleiner Landeinschnitt, und ich steuerte mein Floß, so gut ich konnte, um es in der Strömung zu halten.

Hier aber hätte ich fast zum zweitenmal Schiffbruch erlitten. Die Küste war mir völlig fremd, und mein Floß geriet mit dem vorderen Ende in eine Untiefe, während das hintere Ende noch keinen Grund fand. Es fehlte nur wenig, und meine gesamte Ladung wäre ins Wasser geglitten. Ich bot meine ganze Kraft auf und stemmte mich mit dem Rücken gegen die Kisten, um sie festzuhalten. Das Floß flottzumachen gelang mir nicht, und beinahe eine halbe Stunde mußte ich in dieser unbequemen Stellung ausharren. Dann aber hob die steigende Flut das Floß wieder ins Gleichgewicht, und kurze Zeit darauf, als die Flut noch weiter stieg, wurde ich wieder flott und steuerte das Floß mit einem der zerbrochenen Ruder in den Kanal hinein. Schließlich gelangte ich zu der Mündung eines kleinen Flusses, der eine heftige Strömung hatte. Ich suchte beide Ufer nach einem passenden Landeplatz ab, denn ich wollte so nahe wie möglich bei der Küste bleiben, da ich hoffte, von einem vorbeisegelnden Schiff bemerkt zu werden.

Endlich entdeckte ich auf der rechten Seite eine kleine Bucht; ich steuerte mühsam darauf zu, bis mein Ruder Grund fand und ich landen konnte, doch wäre mir hier beinahe wieder meine ganze Ladung verlorengegangen. Das Ufer fiel steil ab, und als ich landen wollte, kam mein Floß wieder aus dem Gleichgewicht, und meine Ladung war zum zweitenmal gefährdet, ins Wasser zu fallen. Mir blieb nichts anderes übrig, als zu warten, bis die Flut ihren höchsten Stand erreicht hatte. Ich verwendete mein Ruder als Anker und hielt das Floß vor einer flachen Stelle am Ufer fest, die aller Wahrscheinlichkeit nach vom Wasser überflutet wurde, und so geschah es auch. Als die Strömung mein Floß ergriff, steuerte ich es auf jene flache Stelle zu, stieß an jedem Ende eines der zerbrochenen

Ruder fest in den Grund und befestigte es auf diese Weise. Dann lag ich still, bis die Ebbe mich und meine Ladung im Trockenen zurückließ.

Jetzt galt es, die Gegend zu erforschen, einen geeigneten Platz für meine Unterkunft zu suchen und die Ladung in Sicherheit zu bringen. Ich wußte nicht, ob ich mich auf dem Festland oder auf einer Insel befand, ich wußte nicht, ob das Land bewohnt war oder nicht, ob ich in Angst vor wilden Tieren leben mußte oder ob es hier nur harmloses Getier gab. Ungefähr eine Meile von mir entfernt bemerkte ich einen steil aufragenden Hügel, der einen nach Norden führenden Höhenzug überragte. Ich nahm eine der Vogelflinten, eine Pistole, ein Pulverhorn und bestieg den Hügel. Als ich oben angekommen war, sah ich zu meinem Kummer, daß es mich auf eine rings vom Meer umgebene Insel verschlagen hatte. Kein Land war zu sehen, nur einige Klippen, die aus dem Meer aufragten, und zwei kleinere Inseln, die ungefähr drei Meilen westwärts lagen. Meine Insel war öde und allem Anschein nach unbewohnt. Ich entdeckte auch keine Tiere; nur Scharen von Vögeln trieben sich in den Bäumen herum. Auf meinem Rückweg schoß ich einen großen Vogel, den ich auf einem Baum eines sich lang erstreckenden Gehölzes sitzen sah. Es war gewiß der erste Schuß, der seit der Erschaffung der Welt hier ertönte. Kaum hatte ich meine Flinte abgefeuert, als aus dem Wäldchen eine Unzahl von Vögeln verschiedenster Art aufstieg, die mit sonderbaren Stimmen krächzten und schrien, doch war mir keine der Gattungen bekannt. Der Vogel, den ich erlegt hatte, schien der Habichtgattung anzugehören. Sein Schnabel und die Farbe des Gefieders sprachen dafür, doch waren seine Klauen anders geformt. Sein Fleisch roch nach Aas und war ungenießbar.

Mit dieser Entdeckung ließ ich es genug sein, ging zu meinem Floß zurück und brachte die Ladung an Land. Als es dämmerte, war ich gerade damit fertig geworden. Was ich in der Nacht tun und wo ich schlafen sollte, wußte ich nicht. Auf der bloßen Erde ohne Schutz zu schlafen, wagte ich aus Angst vor wilden Tieren nicht, obwohl es sich später zeigte, daß meine Furcht ganz unbegründet gewesen war.

Nichtsdestoweniger verbarrikadierte ich mich so gut ich konnte hinter Kisten und Brettern und baute mir eine Art Hütte als Nachtlager. Wie ich mich in der nächsten Zeit mit Nahrung versehen sollte, war mir auch noch nicht klar, denn ich hatte nur einige hasenähnliche Geschöpfe aus dem Wald rennen sehen, wo ich den Vogel geschossen hatte.

Am nächsten Tag beschloß ich, eine zweite Fahrt zum Wrack zu unternehmen, da ich noch viele nützliche Gegenstände, vor allem Taue und Segel, vom Schiff zu bergen hatte. Der erste Sturm hatte das Schiff schon arg mitgenommen, einen zweiten würde es nicht mehr überstehen, und ich nahm mir vor, alles zu retten, was nur irgend von Nutzen sein konnte. Ich hielt eine Beratung ab – das heißt, ich stellte eine Selbstbetrachtung an –, ob ich mit dem Floß hinüberfahren sollte, hielt es aber für unausführbar und zog es vor, wieder auf die Ebbe zu warten. Diesmal entkleidete ich mich in meiner Hütte und behielt nichts an als mein gewürfeltes Hemd, die leinene Hose und meine Fußbekleidung.

Auf die gleiche Weise wie am Tag vorher gelangte ich an Bord des Schiffes und baute mir ein zweites Floß. Da ich durch die Erfahrung klug geworden war, geriet mir dieses nicht so schwerfällig, und ich belud es auch weniger. In der Werkstätte des Zimmermanns stöberte ich einige Beutel mit Nägeln auf, fand einen großen Bohrer, ein Dutzend Handbeile und ein

besonders wichtiges Werkzeug – einen Schleifstein. Von den Vorräten des Waffenmeisters nahm ich eine eiserne Brechstange mit, zwei Fäßchen mit Kugeln, sieben Musketen, noch eine Vogelflinte und ein kleines Kistchen mit Pulver. Ein großer Sack voll Schrot und eine dicke Rolle gewalzten Bleis waren so schwer, daß ich sie nicht über Bord heben konnte.
An Kleidungsstücken brachte ich auf das Floß, was ich nur auftreiben konnte, und verfrachtete auch ein Bramsegel, eine Hängematte und verschiedenes Bettzeug.
Mit diesem zweiten Floß erreichte ich ohne Zwischenfall das Ufer. Die ganze Zeit hatte ich Angst gehabt, daß während meiner Abwesenheit meine Vorräte durch wilde Tiere vernichtet worden wären, aber als ich ankam, fand ich nicht die geringste Spur eines unwillkommenen Gastes vor. Nur ein Tier, das einer wilden Katze ähnlich sah, hockte auf einer der Kisten. Als ich näher kam, lief es davon und setzte sich in einiger Entfernung wieder nieder und sah mich ohne Furcht an, als wollte es meine Bekanntschaft machen. Ich zielte mit meinem Gewehr nach ihm, aber das verstand es nicht und traf durchaus keine Anstalten zur Flucht. Obwohl ich mit meinen Vorräten sparsam umgehen sollte, warf ich dem Tier ein Stück Zwieback zu, es lief hin, schnupperte daran, fraß, und es schien ihm zu schmecken, denn es sah mich an, als erwarte es noch mehr von mir. Allein ich konnte selber nichts mehr entbehren, und als ich ihm kein zweites Stück zuwarf, lief das Tier davon.
Ich hätte nun eigentlich das Pulver untersuchen sollen, wie weit es noch brauchbar war, aber ich hielt es für dringender, mir aus Segeln und einigen Planken ein Zelt zu bauen. In das Zelt verstaute ich alles, was durch Sonne oder Regen hätte beschädigt werden können. Um das Zelt herum stellte ich alle

leeren Kisten und Fässer als Barrikaden auf. Ich hatte immer noch Angst vor einem Angriff, vor wilden Tieren oder Menschen, die ebenso wild sein mochten.
Den Eingang des Zeltes verschloß ich innen mit Brettern und von außen mit einer leeren Kiste. Ich breitete Bettzeug aus, legte die Pistolen ans Kopfende und ein Gewehr neben mich, und da ich den ganzen Tag angestrengt gearbeitet hatte, schlief ich die ganze Nacht fest und ungestört.
Ich besaß nun ein großes Magazin aller nur möglichen Gegenstände, war aber noch nicht zufrieden. Solange das Schiff auf der Sandbank stak, hielt ich es für meine Pflicht, alles von dort zu holen, was nur möglich war. Jeden Tag, sobald die Ebbe eintrat, ging ich an Bord und schaffte bald dies und bald das an Land. Am dritten Tag nahm ich vom Takelwerk mit, was ich nur loslösen konnte. Alle Seile und Stricke, die ich fand, ein Stück Leinwand, mit dem man die Segel auszubessern pflegte, und sogar das Faß mit dem nassen Pulver lud ich auf das Floß. Die großen Segel zerschnitt ich in handliche Stücke, sie sollten ja als gewöhnliche Leinwand dienen und nicht mehr ihrem ursprünglichen Zweck.
Nach fünf solcher Fahrten, als ich schon glaubte, nichts Brauchbares mehr zu finden, entdeckte ich noch eine große Tonne mit Zwieback, drei Fäßchen Rum, eine Kiste mit Zukker und ein Faß feines Mehl. Ich freute mich wie ein Kind darüber, nahm den Zwieback aus der Tonne, wickelte ihn in Segeltuch und brachte alles sicher an Land.
Am folgenden Tag unternahm ich wieder eine Reise, fand nichts Bewegliches mehr und begann die Taue abzuschneiden. Ich schaffte zwei Takeltaue und ein Schlepptau fort. Das große Kabel zerschnitt ich in mehrere Stücke, weil ich es sonst nicht hätte fortschaffen können. Alles Eisen, dessen ich hab-

haft werden konnte, sammelte ich zum Mitnehmen. Dann fällte ich den Fock- und den Brammast und baute daraus ein großes Floß. Aber mein guter Stern begann mich nun zu verlassen. Dieses Floß war so schwerfällig und so überladen, daß ich es kaum steuern konnte. In der kleinen Landebucht schlug es um, und ich fiel samt meiner Ladung ins Wasser. Für mich war es kein großes Unglück, denn ich war dem Ufer sehr nahe, aber von meiner Ladung ging der größte Teil verloren, vor allem das Eisen, von dem ich mir großen Nutzen erhofft hatte. Während der nächsten Ebbe watete ich ins Wasser und barg die meisten Taustücke und rettete auch mühselig durch Tauchen einen Teil des Eisens. Auch in den nächsten Tagen fuhr ich immer wieder zum Wrack.

Der Kalender

Seit dreizehn Tagen war ich nun auf der Insel. Während dieser Zeit war ich elfmal auf dem Schiff gewesen und hatte alles, was zwei Menschenarme fortschleppen können, ans Ufer geschafft. Wäre das Wetter ruhig geblieben, hätte ich das ganze Schiff, einen Teil nach dem anderen, bergen können. Aber als ich mich zur zwölften Fahrt rüstete, schien es mir, als ob Wind aufkäme. Dennoch schwamm ich während der Ebbe zu dem Wrack hin. Ich hatte die Kajüte schon so oft durchstöbert, daß ich glaubte, nichts mehr darin zu finden, entdeckte aber diesmal doch noch einen kleinen Schrank. Ich öffnete ihn: Einige Rasiermesser lagen darin, ein paar große Scheren und etliche Messer und Gabeln sowie sechsunddreißig Pfund Sterling in europäischen und brasilianischen Gold- und Silbermünzen.

Als ich die Münzen sah, konnte ich mich eines Lächelns nicht erwehren. »Ihr seid mir jetzt nicht einmal wert, vom Boden aufgelesen zu werden«, sagte ich. »Ein einziges Messer nützt mir mehr als ihr alle zusammen! Bleibt, wo ihr seid, es lohnt die Mühe nicht, euch zu retten!«

Nach einigem Nachdenken entschloß ich mich aber dann doch, das Geld mitzunehmen, und wickelte es mit den anderen Sachen in ein Stück Leinwand. Auf Deck oben wollte ich mir wieder Planken für ein Floß zusammensuchen, als ich bemerkte, daß der Himmel sich verdüstert hatte, der Wind heftiger geworden war und stark vom Land her blies. Wenn ich jemals wieder das Ufer betreten wollte, mußte ich vor Eintreten der Flut das Land erreichen. So ließ ich die Planken liegen, sprang ins Meer und schwamm der Küste zu, freilich nicht ganz ungefährdet, denn die Flut stieg, und mein Leinwandsack hängte sich schwer an mich. Der Wind blies immer ärger, und noch bevor die Flut ihren Höhepunkt erreicht hatte, war er zu einem richtigen Sturm geworden. Zu dieser Zeit war ich aber bereits wohlbehalten und sicher in meinem Zelt. Der Sturm wütete die ganze Nacht hindurch, und als ich am nächsten Morgen zur Küste lief, war vom Schiff nichts mehr zu sehen. Diese Entdeckung machte mich zuerst niedergeschlagen, doch tröstete mich der Gedanke, daß ich weder Zeit noch Mühe gescheut hatte, alles, was nur irgend brauchbar schien, aus dem Schiff an Land zu schaffen.

Ich machte mir also keine Gedanken über das Schiff und alles, was darin war, außer dem, was vielleicht von dem Wrack noch an Land treiben mochte. (In der Tat geschah es später noch mit einigen Gegenständen, die jedoch für mich von geringem Nutzen waren.)

Mein ganzes Trachten war jetzt nur noch darauf gerichtet, wie ich mich gegen Wilde, die sich etwa zeigen mochten, oder gegen Raubtiere, wenn solche auf der Insel waren, schützen konnte. Die verschiedensten Gedanken gingen mir durch den Kopf, vor allem überlegte ich mir, welche Art von Wohnung ich mir bauen sollte: ob eine Höhle in der Erde oder ein Zelt über der Erde. Kurz gesagt, ich beschloß, beides zu tun. Und darüber zu berichten, wie ich es tat, mag nicht langweilig sein, bevor ich alles andere erzähle, was während des Baus meiner Zufluchtsstätte geschah.

Ich erkannte bald, daß der Ort, wo ich mein Zelt aufgeschlagen hatte, zum Wohnen nicht geeignet war. Der Boden war tief gelegen, sumpfig und ungesund. Vor allem gab es auch in der Nähe kein frisches Wasser. Ich suchte daher nach einem besseren Platz.

Dabei mußte ich verschiedene Umstände berücksichtigen: eine gesunde Lage, frisches Wasser, Schutz vor Sonnenglut, Sicherheit vor Tieren und Menschen und freie Sicht aufs Meer. Sollte das Schicksal jemals ein Schiff in meinen Gesichtskreis führen, so wollte ich mir die Gelegenheit zur Rettung nicht entgehen lassen, denn noch immer hoffte ich auf eine Befreiung.

Auf der Suche nach einem solchen Platz fand ich eine kleine Ebene neben einem Hügel, dessen Vorderseite steil wie eine Hauswand abfiel, so daß vom Gipfel nichts zu mir herabkommen konnte. In der Felswand des Hügels fand ich eine Vertiefung, ähnlich dem Eingang oder der Tür zu einer Höhle, die aber nicht tiefer in den Felsen hineinführte.

Das Gras wuchs hier dicht und saftig, und ich beschloß, mein Zelt gerade vor der Höhle aufzustellen. Das Stück ebenen Landes war ungefähr hundert Schritt breit und zweimal so lang und dehnte sich vor meiner Tür wie ein Rasen aus, bis der Boden unregelmäßig gegen das Meer abfiel. Mein neuer Wohnplatz lag an der Nordwestseite des Hügels und schützte mich daher so lange vor der Glut der Sonne, bis diese, was in dieser Gegend erst spät eintritt, von Ostsüdost kam.

Bevor ich das Zelt aufschlug, zog ich vor der Höhle einen Halbkreis, der vom Felsen aus etwa zehn Meter breit war und dessen Durchmesser von einem Ende zum anderen etwa zwanzig Meter betrug.

In diesen Halbkreis pflanzte ich zwei Reihen Palisaden. Sie waren fünf Fuß hoch und oben zugespitzt. Beide Reihen standen nur sechs Zoll voneinander entfernt. Mit den Tauenden band ich die Pfähle fest aneinander, und an der Innenseite schlug ich noch kürzere Pfähle wie Streben in die Erde und stützte die innere Palisadenreihe damit. Dieser Zaun war so

stark, daß ihn weder Menschen noch Tiere durchbrechen konnten. Er hatte mich viel Zeit und Anstrengung gekostet, vor allem war es mühsam gewesen, die Äste im Wald zu fällen, sie zum Felsen zu schaffen und in die Erde zu rammen.
Der Palisadenzaun hatte kein Tor, sondern ich zimmerte mir eine kleine Leiter, die ich hochzog, wenn ich oben war. Als ich fertig war, glaubte ich mich vor allen Gefahren geschützt und konnte endlich wieder ruhig schlafen.
Mit unendlicher Mühe schleppte ich alle meine Reichtümer in diese Festung. Dann schlug ich ein geräumiges Zelt auf. Da der Regen in dieser Gegend zu manchen Jahreszeiten sehr heftig ist, errichtete ich es doppelt, das heißt, ich baute über einem kleineren Zelt ein größeres und bedeckte dieses mit geteerter Leinwand, die ich unter den Schiffssegeln gefunden hatte. Statt auf dem Bettzeug, das ich vom Schiff mitgebracht hatte, schlief ich in der Hängematte, die früher dem Steuermann gehört hatte.
Alle Vorräte, die durch Feuchtigkeit verdorben werden konnten, stapelte ich im Zelt auf. Nachdem ich mich häuslich eingerichtet hatte, begann ich, die Höhle im Felsen tiefer zu graben. Steine und Erde schaffte ich durch das Zelt ins Freie und warf das Material terrassenförmig den Zaun entlang an. Die Höhlung hinter meinem Zelt sollte mir als Keller dienen.
Viele Tage vergingen, bis ich mit allem fertig war. Einmal, als ich gerade in der Höhle grub, brach ein heftiges Gewitter los. Über den pechschwarzen Himmel zuckte ein greller Blitz, und unmittelbar darauf folgte ein furchtbarer Donnerschlag. Ich stand wie gelähmt. »Mein Pulver!« Ein einziger Blitz konnte meinen ganzen Vorrat an Pulver zerstören, den ich zu meiner Verteidigung und zur Jagd dringend nötig hatte. Die eigene Lebensgefahr, in der ich schwebte, machte mir nur halb so-

viel Angst, obwohl ich, wenn das Pulver in die Luft geflogen wäre, aller weiteren Sorgen für immer ledig gewesen wäre.
Sobald der Gewittersturm sich gelegt hatte, ließ ich alles andere ruhen und fertigte mir mühsam viele Säcke und Kästchen an, in denen ich den Pulvervorrat getrennt aufbewahren wollte, damit nicht alles durch einen einzigen Blitz vernichtet werden konnte. Für diese Arbeit brauchte ich mehr als zwei Wochen. Ich teilte meine zweihundertvierzig Pfund Pulver in vielleicht hundert Rationen. Das Faß mit dem nassen Pulver, das unbrauchbar geworden war, verstaute ich in der Höhle, die ich meine Küche nannte. Das übrige Pulver verbarg ich in Felslöchern, damit es nicht naß werden konnte, und merkte mir die Stellen genau, wo es versteckt lag.
Während all dieser Zeit machte ich täglich Ausflüge mit meiner Flinte, teils aus Lust an der Bewegung und teils, um nach jagdbarem Wild zu suchen. Gleich auf meinem ersten Streifzug entdeckte ich zu meiner Freude, daß es Ziegen auf der Insel gab. Sie waren aber so scheu, listig und schnellfüßig, daß es sehr schwierig war, auf sie Jagd zu machen. Ich verlor den Mut nicht und folgte immer wieder ihren Fährten. Nach einiger Zeit beobachtete ich, daß die Ziegen sofort erschrocken davoneilten, wenn sie oben auf den Felsen standen und mich unten im Tal sahen. Weideten sie aber im Tal, und ich stand irgendwo oben, kümmerten sie sich nicht um mich. Vielleicht konnten sie durch die Stellung ihrer Augen Gegenstände von oben nach unten leicht wahrnehmen, aber nicht umgekehrt. Ich kletterte daher oft auf Felsen und erlegte von oben eines der Tiere.
Meine erste Beute war eine Geiß, die ein Junges säugte, und es tat mir leid, daß ich ein Muttertier erlegt hatte. Als die Alte niederstürzte, blieb das Zicklein ruhig neben ihr stehen,

und als ich seine tote Mutter über meine Schultern warf, folgte es mir ohne Scheu bis in meine Behausung. Ich nahm das Zicklein in die Arme und trug es in mein Zelt, in der Hoffnung, es zahm aufzuziehen. Sosehr ich mich aber bemühte, das Tierchen wollte nicht fressen, und ich war gezwungen, es zu töten, damit es nicht verhungern mußte. Diese beiden Tiere lieferten mir für lange Zeit Fleisch. Ich lebte sparsam und aß nur wenig von den Vorräten, besonders mit dem Brot ging ich haushälterisch um.

Nachdem ich mir meine Behausung eingerichtet hatte, schien es mir das Wichtigste, für einen Feuerplatz und für einen Vorrat von Brennholz zu sorgen. Wie ich das ausführte, wie ich meine Höhle erweiterte und mir sonst allerlei Annehmlichkeiten schuf, davon will ich später ausführlich berichten. Jetzt muß ich ein wenig von mir selber sprechen und erzählen, welche Gedanken ich mir über mein Leben auf der Insel machte, es waren nicht wenige, wie man sich denken kann.

Meine Aussichten waren düster. Durch einen heftigen Sturm war ich auf diese Insel verschlagen worden, die mehrere hundert Meilen entfernt von jeder Handelsstraße lag. Ich hatte jeden Grund zu glauben, daß ich mein Leben an diesem verlassenen Ort in völliger Einsamkeit beenden mußte. Sooft ich daran dachte, erfüllte mich Bitterkeit. Für dieses elende Leben schien ich Gott keine Dankbarkeit schuldig. Wie kann die Vorsehung eines ihrer Geschöpfe, dachte ich, so ganz verderben und ins Elend stoßen, so hilflos, so tief gebeugt, daß es keinen Sinn hat, für so ein Leben zu danken.

Einmal aber, als ich mit der Flinte über der Schulter am Ufer des Meeres entlangwanderte und auf das blaue glatte Wasser

hinausschaute – das Grab meiner Gefährten –, sagte ich zu mir: »Es ist wahr, du bist in einer trostlosen Lage, aber beantworte mir doch bitte diese Frage: Wo sind deine Kameraden? Wart ihr nicht elf im Boot? Wo sind die zehn anderen? Warum sind nicht sie gerettet und du bist untergegangen? Ist es besser, hier zu sein oder dort auf dem Meeresgrund?«

Ich dachte daran, wie gut für meinen Unterhalt hier gesorgt war. Was wäre mein Los gewesen, wenn nicht zufällig das Schiff so nahe ans Ufer getrieben worden wäre? »Was hätte ich ohne Gewehr«, fuhr ich fort, laut mit mir zu sprechen, »ohne Munition, ohne Handwerkszeug, ohne Kleidung, ohne Bett und ohne Zelt anfangen sollen?«

An alledem hatte ich reichlich Vorrat und konnte hoffen, mich so zu versorgen, daß ich auch ohne meine Büchse leben konnte, wenn einmal meine ganze Munition verschossen sein sollte. Denn ich machte von allem Anfang an Pläne für die Zukunft, wie ich leben sollte, wenn mir die Munition ausging, oder wenn ich eines Tages krank und schwach sein sollte.

Nur an das eine hatte ich, wie ich gestehen muß, nie gedacht: daß meine Munition mit einem Schlag vernichtet werden könnte! Ich meine, daß mein Pulver durch einen Blitz in die Luft gesprengt werden könnte, weshalb ich auch so bestürzt war, wie ich soeben erzählte, als es blitzte und donnerte und mir dabei diese Möglichkeit einfiel.

Und nun, da ich darangehen will, die traurige Schilderung zu geben von einem Leben in Schweigen, in Stille, wie sie wohl niemals vorher in der Welt gehört wurde, will ich ganz von vorne anfangen und dann eines nach dem anderen berichten.

Am 30. September hatte ich zum erstenmal diese Insel betreten, also zu einer Zeit, da bei uns die Sonne in der herbstlichen Tagundnachtgleiche steht. Auf meiner Insel glühte sie senkrecht über mir, denn nach meinen Berechnungen befand ich mich neun Grad zweiundzwanzig Minuten nördlich des Äquators.

Etwa zwei Wochen nach meiner Ankunft auf der Insel kam mir der Gedanke, mein Gedächtnis zu unterstützen, damit ich mich nicht in der Zeitrechnung irrte. Ich hatte aber nur einen kleinen Vorrat an Papier, Federn und Tinte und wollte ihn mir für andere Dinge sparen. Ich schnitt daher in einen Pfosten, den ich in Gestalt eines Kreuzes am Ufer errichtet hatte, mit Großbuchstaben folgende Worte ein:

ICH LANDETE HIER AM 30. SEPTEMBER 1659

In den Querbalken dieses Pfostens machte ich nun jeden Tag mit dem Messer einen Einschnitt, an jedem siebenten Tag einen doppelt so langen, und am ersten Tag jedes Monats einen Schnitt von vierfacher Länge. Auf diese Weise führte ich meinen Kalender.

Unter den Gegenständen, die ich vom Schiff gerettet hatte, befanden sich auch einige, die nur geringen praktischen Wert besaßen, mir aber doch sehr nützlich wurden, wie Federn, Tinte und Papier, die ich in den Kajüten des Kapitäns, des Steuermanns, des Stückmeisters und des Zimmermanns entdeckt hatte. Ich hatte auch Kompasse, mathematische Instrumente, Quadranten, Ferngläser, Karten und Schiffahrtsbücher zusammengerafft, ohne zu wissen, ob ich sie jemals gebrauchen könnte. Drei Bibeln, die mit meiner Ladung aus England gekommen waren, einige portugiesische Bücher, darunter zwei katholische Gebetbücher, bewahrte ich ebenfalls sorgfältig auf. Auch darf ich nicht vergessen, daß wir an

Bord unseres Schiffes einen Hund und zwei Katzen hielten. Die beiden Katzen hatte ich mit dem Floß geholt, der Hund aber war am Tag meiner ersten Fahrt ins Wasser gesprungen und mir schwimmend ans Ufer gefolgt. Er war mir viele Jahre hindurch ein treuer Freund, trug mir alles zu, was er nur konnte, und leistete mir gute Gesellschaft. Am liebsten hätte ich ihn sprechen gelehrt, aber das war denn doch nicht möglich.

Mit Federn, Tinte und Papier ging ich sehr haushälterisch um. Solange die Tinte reichte, schrieb ich alles, was ich erlebte, genau nieder. Später mußte ich aber mein Tagebuch aufgeben, da ich nichts fand, aus dem ich mir hätte Tinte bereiten können.

So manche Gegenstände, die ich dringend gebraucht hätte, fehlten mir. Ich hatte keinen Spaten, keine Hacke, keine Schaufel, um den Boden zu bearbeiten. Nähnadeln und Zwirn vermißte ich auch sehr. Anfangs ging mir die Wäsche ab, doch gewöhnte ich mich schnell daran, ohne sie auszukommen.

Der Mangel an Werkzeugen machte jede Arbeit, an die ich ging, schwer und langwierig. So dauerte es fast ein ganzes Jahr, bis ich meine kleine, palisadenumzäunte Wohnung fertig hatte. Es verging viel Zeit, bis ich die Pfähle und Stangen, die so schwer waren, daß ich sie gerade noch tragen konnte, im Wald abgehauen und bis nach Hause geschleppt hatte. Manchmal brauchte ich zwei Tage zum Abhauen und Heimbringen eines einzigen solchen Pfahles und einen dritten Tag, um ihn in die Erde einzuschlagen. Dazu benützte ich anfangs ein schweres Stück Holz, später verfiel ich auf eine der Brechstangen; es blieb aber trotzdem eine mühselige und langwierige Arbeit. Doch warum sollte ich mich über die

Mühseligkeit der Arbeit kränken, da ich ja genug Zeit dazu hatte!

Oft saß ich lange am Ufer des Meeres und dachte über meine Lage nach. Schließlich schrieb ich meine Gedanken nieder, nicht weil ich die Hoffnung hatte, daß ich sie jemand hinterlassen könnte – es sah nicht so aus, als ob ich viele Erben haben würde –, sondern weil ich mich durch das Niederschreiben beruhigen und von den quälenden Anfällen der Schwermut befreien wollte. Endlich gewann meine Vernunft Herrschaft über meinen Kleinmut. Ich tröstete mich, so gut ich es konnte, und verglich das Gute, das mir widerfahren war, unparteiisch mit dem Schlimmen, das mir zugestoßen war. Wie Soll und Haben in einem kaufmännischen Buch stellte ich Freuden und Leiden gegenüber:

Das Böse	Das Gute
Ich bin auf einer öden Insel, ohne jede Hoffnung auf Befreiung.	Aber ich lebe und bin nicht ertrunken wie meine Gefährten.
Ich bin verlassen und getrennt von aller Welt und dazu verurteilt, das einsamste aller Leben zu führen.	Aber ich bin der einzige der Besatzung des Schiffes, der den Sturm überlebte. Ich wurde wunderbar gerettet und kann auch von dieser Insel wieder befreit werden.
Ich lebe wie ein Einsiedler und bin aus der mensch-	Aber ich habe genug zu essen, obwohl es zuerst schien,

lichen Gesellschaft ausgestoßen.	daß ich verhungern müßte.
Ich habe keine Kleider.	Aber ich befinde mich in einem warmen Klima und brauche keine Kleider.
Sollte es hier wilde Tiere oder wilde Menschen geben, kann ich mich nicht gegen sie verteidigen.	Aber bisher hat mich kein wildes Tier auf dieser Insel bedroht. Was wäre aus mir geworden, wenn ich an der Küste Afrikas Schiffbruch erlitten hätte?
Ich habe niemanden, mit dem ich reden kann, niemand ist da, der mich tröstet, niemand, der mich pflegen wird, wenn ich krank bin.	Aber durch Gottes Gnade trieb das Schiff so nahe an die Küste, daß ich mir alle nötigen Dinge daraus holen konnte, durch die ich versorgt bin und mit deren Hilfe ich mich selber versorgen können werde, solange ich lebe.

Alles in allem war hier ein unzweifelhaftes Zeugnis dafür, daß es kaum eine wenn auch noch so jämmerliche Lage in der Welt gibt, die nicht neben dem Negativen auch etwas Positives hat, für das man dankbar sein muß. Ich söhnte mich langsam mit meinem Schicksal aus und verzichtete auf jede Hoffnung, durch ein zufällig vorübersegelndes Schiff gerettet zu werden, und bemühte mich nur mehr darum, mir hier das Leben so angenehm als möglich zu machen.

Mein Palisadenzaun verdiente bald die Bezeichnung Mauer, denn ich schichtete an der Außenseite Rasenstücke bis zu einer Höhe von zwei Fuß auf. Nach einer gewissen Zeit – ich denke, es waren eineinhalb Jahre – lehnte ich von dieser Mauer Bretter als eine Art Dachsparren an den Felsen und bedeckte sie mit Zweigen, um Schutz vor dem Regen zu schaffen, der oft außerordentlich heftig niederfiel.
Alle meine Reichtümer waren innerhalb der Umzäunung und in der Felsenhöhle untergebracht. Am Anfang lag alles unordentlich durcheinander, das muß ich gestehen, und ich hatte kaum Platz, mich umzudrehen. Deshalb fing ich an, meine Höhle zu erweitern und tiefer in den Felsen einzudringen; da er aus Sandstein bestand, kam ich leicht vorwärts. Ich arbeitete mich bis auf die andere Seite der Felswand durch und erhielt auf diese Weise einen zweiten Ausgang, durch den ich jederzeit das Zelt unbemerkt verlassen konnte, und außerdem hatte ich so genügend Lagerraum für meine Schätze.
Nun begann ich jene Gegenstände anzufertigen, die mir am unentbehrlichsten schienen. Auch bei dem bescheidenen Leben, das ich führte, vermißte ich sehr einen Tisch und einen Sessel. Ohne Tisch konnte ich weder mit Behagen schreiben noch essen, noch verschiedene andere Dinge tun.
So ging ich also ans Werk. Und nun muß ich erwähnen, daß jedermann in der Lage ist, durch Betrachtung und Berechnung aller Dinge und durch gesunden Menschenverstand mit der Zeit jegliches Handwerk zu meistern. Ich hatte niemals im Leben ein Werkzeug in der Hand gehabt, aber jetzt merkte ich nach und nach durch Arbeit und Übung, daß ich fast alles hätte herstellen können, was ich brauchte, hätte ich nur alles

nötige Werkzeug gehabt. Immerhin brachte ich unzählige Dinge auch ohne Werkzeug zustande, und andere nur mit Beil und Axt, die vielleicht noch nie auf diese Art gemacht worden waren. Das war oft unendliche Mühe! Wenn ich zum Beispiel ein Brett brauchte, mußte ich einen Baum fällen und ihn auf beiden Seiten mit der Axt behauen, bis er so dünn und platt wie eine Planke war. Auf diese Art konnte ich zwar nur ein Brett aus einem ganzen Baum machen, aber meine Zeit und Arbeit konnte ich ja doch für nichts anderes besser gebrauchen.

Tisch und Sessel zimmerte ich aus den kurzen Brettern, die vom Schiff stammten. Nachher errichtete ich an der Seitenwand meiner Höhle große, breite Holzfächer für mein Werkzeug, für die Nägel und das Eisengerät. Dann schlug ich Haken in die Felswand ein und hängte meine Gewehre und andere Gerätschaften auf.

Wer jetzt meine Höhle gesehen hätte, hätte sie für ein Magazin für alles, was ein Mensch braucht, ansehen können. Jede Sache war mir zur Hand, und ich freute mich herzlich, mein Hab und Gut so ordentlich beieinander zu sehen und einen so großen Vorrat an allem Notwendigen zu haben.

Nun begann ich ein Tagebuch über meine täglichen Beschäftigungen zu führen. Vorher hatte ich mir nie die Muße dazu genommen, vielleicht war auch mein Gemüt noch zu verwirrt, und mein Tagebuch wäre voll unerfreulicher Dinge gewesen. Zum Beispiel hätte ich sagen müssen: 30. September: Nachdem ich die Küste erreicht hatte und dem Ertrinken entgangen war, lief ich, anstatt Gott für meine Rettung zu danken, wie ein Verrückter an der Küste auf und ab, warf die Hände in die Höhe, klagte über mein Elend und schrie: »Ich bin verloren!«

Und einige Tage später, als ich mitten in meiner Arbeit davonlief, auf einen Hügel hinauf, stundenlang auf das sonnengleißende Meer starrte, bis ich mir einbildete, in großer Entfernung ein Segel zu sehen. Wie war ich da voller Hoffnung, bis ich es, nachdem ich mich fast blind geschaut hatte, wieder völlig verlor, mich hinsetzte und wie ein Kind weinte und so mein Elend durch meine Torheit noch vergrößerte.
Erst als ich über diese Dinge leidlich hinweggekommen war, mir meine Wohnung eingerichtet hatte, einen Tisch und einen Sessel besaß, begann ich mein Tagebuch zu führen, von dem ich hier eine Abschrift geben will (obwohl darin viele Einzelheiten nochmals erzählt werden), soweit ich es führen konnte. Denn als ich keine Tinte mehr hatte, mußte ich damit aufhören.

Tagebuch – Erdbeben

30. September 1659. Ich, der arme und elende Robinson Crusoe, wurde nach einem schrecklichen Sturm, in dem mein Schiff scheiterte, auf diese Insel verschlagen, die ich die »Insel der Verzweiflung« nannte. Ich war der einzig Gerettete der ganzen Besatzung und selbst auch halb tot.
Den ganzen Rest des Tages verbrachte ich damit, mich über die trostlose Lage zu grämen, in die ich geraten war. Ich hatte weder Nahrung, Haus, Kleider, Waffen und keine Zuflucht. In meiner Hoffnungslosigkeit sah ich den Tod vor mir, glaubte, daß mich entweder wilde Tiere töten würden oder daß ich von wilden Menschen erschlagen würde oder aus Mangel an Nahrung verhungern müßte. Bei Anbruch der Nacht schlief ich auf einem Baum, aus Furcht vor wilden Tieren. Obwohl es die ganze Nacht regnete, schlief ich fest.
1. Oktober. Zu meiner großen Überraschung sah ich am Morgen, daß der Sturm das Schiff näher an das Ufer getrieben hatte. Es war nicht zertrümmert und stand aufrecht. Ich beschloß, an Bord zu gehen und Lebensmittel und andere wichtige Gegenstände zu retten. Der Anblick des Wracks machte mich niedergeschlagen und traurig. Ich glaubte, daß alle meine Gefährten noch am Leben wären, hätten wir das Schiff nicht verlassen. Vielleicht wäre es uns auch möglich gewesen, aus den Trümmern des Schiffes ein Boot zu bauen und in diesem eine besiedelte Küste zu erreichen. Als mittags das Schiff beinahe auf dem Trockenen lag, schwamm ich zu ihm hinüber und kletterte an Bord.

1. bis 24. Oktober. Diese Tage verbrachte ich mit Fahrten

nach dem Wrack, um alles, was ich brauchen konnte, zu retten. Ich wartete stets die Flut ab und schaffte die Ladung auf Flößen ans Land. Während dieser Zeit regnete es viel, es schien mir, daß gerade Regenzeit war.

20. Oktober. Ich kenterte mit meinem Floß samt der ganzen Ladung, aber da ich mich im seichten Wasser befand und die meisten Dinge schwer waren, konnte ich ein gut Teil davon bei Ebbe zurückholen.

25. Oktober. Es regnete ununterbrochen die ganze Nacht und auch den ganzen Tag über. Der Wind zertrümmerte das Schiff.

Ich verbrachte den ganzen Tag damit, meine Schätze in Sicherheit zu bringen, damit der Regen sie nicht verderben konnte. Bei Ebbe sah ich den kläglichen Rest des Wracks.

26. Oktober. Ich wanderte fast den ganzen Tag an der Küste entlang und suchte nach einer geeigneten Stelle für einen Lagerplatz. Vor allem war ich darauf bedacht, nachts vor Angriffen wilder Tiere und Menschen sicher zu sein. Gegen Abend entschied ich mich für einen freien Platz unter einem Felsen und steckte einen Halbkreis für meine Lagerstätte ab, den ich mit einer Palisade aus einer Reihe von doppelten Pfählen zu umgeben beschloß.

27. bis 30. Oktober. Es regnete heftig. Ich schleppte meine Habe zu meinem neuen Siedlungsplatz.

31. Oktober. Diesen Morgen unternahm ich mit meinem Gewehr einen Streifzug in das Innere der Insel. Ich schoß eine Ziege, deren Junges mir zu meinem Lagerplatz folgte. Es wollte nicht fressen, und ich mußte es leider töten.

1. November. Ich errichtete nun mein Zelt unter dem Felsen und schlief die erste Nacht darin. Ich hatte es so groß als möglich gemacht und meine Hängematte an Pfählen aufgehängt.

2. *November.* Ich trug alle Kisten, Bretter und Holztrümmer zusammen, aus denen ich meine Flöße gebaut hatte, und schichtete sie zu einem Wall rings um mein Zelt auf.
3. *November.* Auf einem Streifzug durch die Insel schoß ich zwei entenartige Vögel, die mir eine köstliche Mahlzeit lieferten.
4. *November.* Ich begann nun meine Arbeitszeit zu regeln. Jeden Morgen, falls es nicht regnete, wollte ich zwei bis drei Stunden auf die Jagd gehen, dann bis etwa 11 Uhr arbeiten und nachher essen, was ich gerade hatte. Mittags wollte ich schlafen, da es um diese Tageszeit außerordentlich heiß war, am Nachmittag und Abend wieder arbeiten.
An diesem und an den folgenden Tagen bemühte ich mich, einen Tisch herzustellen, eine mühselige Arbeit, die mir am Anfang nicht gelingen wollte. Aber Zeit und Notwendigkeit machten aus mir später einen vollendeten Handwerker.
5. *November.* An diesem Tag wanderte ich mit meinem Hund umher und erlegte eine wilde Katze. Ihr Fell war weich und hübsch, aber ihr Fleisch ungenießbar. Ich zog ihr, wie allen Tieren, die ich erlegte, das Fell ab und bewahrte es auf. Als ich dem Ufer entlang heimging, sah ich die verschiedensten mir unbekannten Arten von Seevögeln. Sehr erstaunt war ich, als ich einige Robben entdeckte.
6. *November.* Nach einem Morgenausflug wurde der Tisch fertiggestellt, freilich noch ein sehr stümperhaftes Gebilde.
7. *November.* Prächtiges Wetter! Die nächsten Tage vergingen damit, einen Sessel zu zimmern, der mich viel Plage kostete, aber mir nie so recht gefiel. Der 11. November war Sonntag, an diesem Tag arbeitete ich nicht. Später vernachlässigte ich oft meine Sonntage und vergaß, die Kerben in meinem Pfahl länger zu schneiden.

13. November. Starker Regen, der mich und auch die Erde nach der Hitze wunderbar erfrischte. Der Regen wurde aber von einem Gewitter begleitet, das mir einen gewaltigen Schrecken wegen meines Pulverlagers einjagte.

14., 15. und 16. November. Ich bastelte eine Unzahl Schachteln und Kästchen, verwahrte darin mein Pulver und versteckte es in Felsspalten, die weit voneinander entfernt lagen. An einem dieser drei Tage schoß ich einen großen Vogel, der sehr gut schmeckte, dessen Namen ich aber nicht kannte.

17. November. Ich begann hinter meinem Zelt den Felsen auszuhöhlen.

Anmerkung: Drei notwendige Werkzeuge entbehrte ich bei dieser Arbeit: eine Hacke, eine Schaufel, einen Schubkarren oder Korb. Statt der Hacke nahm ich eine Brechstange, die zwar schwer zu handhaben war, sich aber doch für diese Arbeit eignete. Eine Schaufel oder ein Spaten waren geradezu unentbehrlich, aber ich wußte nicht, wie ich mir einen hätte verschaffen sollen.

18. November. Als ich heute im Wald umherstreifte, entdeckte ich einen Baum von jener Sorte, die wegen der Härte ihres Holzes in Brasilien »Eisenbaum« genannt wird. Mit großer Mühe schlug ich ein Stück ab, beschädigte beinahe meine Axt dabei und schleppte es nach Hause. Ich brauchte lange, bis ich das fast eisenharte Holz in einen Spaten umgewandelt hatte. Der Griff war so geformt, wie es in England gebräuchlich ist, doch ich hatte für das Spatenblatt keinen Eisenbeschlag. Er war daher nicht haltbar, reichte aber für meine Zwecke vollkommen aus.

Nun fehlte mir nur noch ein Korb oder ein Schubkarren. Einen Korb zu flechten, war mir unmöglich, es fehlte mir an biegsamen Zweigen, wenigstens hatte ich bisher noch keine gefunden. Und wie sollte ich das Rad eines Schubkarrens anfertigen! Ebenso unmöglich war es, die eisernen Bolzen für die Achse herzustellen. Ich gab daher diesen Plan auf und zimmerte mir eine Art Trog, wie ihn die Maurer zum Fortschaffen des Kalkes benützen. Der Trog machte mir nicht solche Schwierigkeiten wie der Spaten, beide Geräte aber und der fruchtlose Versuch, einen Schubkarren zu bauen, kosteten mich volle vier Tage.

23. November. Ich nahm meine frühere Arbeit wieder auf. Achtzehn Tage lang arbeitete ich an der Erweiterung meiner Höhle.

Anmerkung: Ich wollte mir einen Raum schaffen, der geräumig genug war, um als Magazin, Küche, Speisezimmer und Keller zu dienen. Meine Wohnung hatte ich im Zelt aufgeschlagen. Nur während der Regenzeit mußte ich es wegen der Feuchtigkeit verlassen. Später versah ich daher den gesamten Platz innerhalb der Umzäunung mit einem Dach aus Pfählen, Zweigen und breiten Blättern.

10. Dezember. Schon glaubte ich, meine Höhlenwohnung fertiggestellt zu haben, als plötzlich eine große Menge Erdreich von der Decke herabstürzte. (Anscheinend hatte ich sie zu weitläufig gemacht.) Ich hatte Angst vor dem Verschüttetwerden, schaffte die abgebröckelte Erde ins Freie und fing an, die Decke abzustützen, um in Zukunft vor solchen Unfällen sicher zu sein.

11. bis 16. Dezember. Ich stellte unter der Wölbung Pfosten auf und stützte sie mit Strebepfeilern. Aus Balken zimmerte ich mir ein Dach. Die in einer Reihe eingeschlagenen Pfosten dienten mir dazu, meine Wohnung in einzelne Räume zu trennen.

17. Dezember. Bis zum 20. Dezember stellte ich Holzfächer auf und schlug Nägel in die Pfosten. Ich fing an, innerhalb meiner Wohnung Ordnung zu schaffen.
20. Dezember. Ich trug alles in den Keller. Die Lebensmittel stapelte ich auf Bretterstellagen. Ich zimmerte mir einen zweiten Tisch.
24. Dezember. Es regnete den ganzen Tag und auch die Nacht. Ich konnte nicht hinausgehen.
25. Dezember. Es regnet noch immer.
26. Dezember. Kein Regen. Die Luft ist frisch und das Wetter angenehmer als vorher.
27. Dezember. Ich erlegte heute eine junge Ziege und verwundete eine zweite, fing sie ein und führte sie an einem Strick nach Hause. Hier verband und schiente ich ihr das verletzte Bein.
Anmerkung: Ich sorgte für dieses Tier, um es am Leben zu erhalten. Das Bein heilte vollkommen aus. Die Ziege wurde ganz zahm, weidete auf dem kleinen Rasenplatz vor meiner Tür und versuchte nie fortzulaufen. Das brachte mich auf den Gedanken, Haustiere aufzuziehen, damit es mir nicht an Nahrung fehlte, wenn mir eines Tages Pulver und Blei ausgehen sollten.
28., 29., 30. und 31. Dezember. Große Hitze und Windstille. Ich konnte nur abends auf die Jagd gehen.
1. Januar. Abends streifte ich tief hinein in die Täler, die sich in das Innere der Insel ausdehnen, und fand dort viele Ziegen. Sie waren aber so scheu, daß ich keine einzige erlegen konnte. Ich wollte daher die Jagd mit meinem Hund versuchen.
2. Januar. Ich nahm meinen Hund mit, aber die Jagd war so erfolglos wie am Tag vorher. Der Hund fürchtete die Ziegen und zog es vor, sich ihnen nicht zu nähern.
3. Januar. Ich begann meine Umzäunung oder Mauer zu er-

richten, da ich noch immer in der Furcht lebte, angegriffen zu werden.

In der Zeit vom 3. Januar bis zum 14. April arbeitete ich sehr eifrig. Manchmal aber zwang mich der heftige Regen mehrere Tage, ja ganze Wochen zur Untätigkeit. Doch bevor nicht der Palisadenzaun fertig war, fühlte ich mich nicht in Sicherheit. Man kann sich kaum vorstellen, welche unsagbare Mühe mir diese Arbeit bereitete, besonders das Herbeischleppen der Pfähle aus dem Wald und das Einrammen der Palisaden in die Erde.

Auch während dieser Zeit durchstreifte ich täglich die Wälder, wenn es die Witterung erlaubte, und entdeckte stets Neues. Ich spürte eine Art wilder Tauben auf, die ihre Nester nicht wie die Waldtauben auf Bäumen, sondern wie die Haustauben in Felslöchern bauen. Einige Junge nahm ich mit und bemühte mich, sie aufzuziehen, was mir auch gelang. Als sie jedoch größer wurden, flogen sie alle wieder davon, wahrscheinlich, weil ich nicht das richtige Futter für sie hatte. Ich fand aber sehr oft solche Nester und holte die Jungen heraus, die ich mir gut schmecken ließ.

Jetzt, da ich mein Hauswesen – wie ich es nannte – in Ordnung brachte, fühlte ich doch, daß mir eine Menge notwendiger Dinge abgingen. Am Anfang hielt ich es für unmöglich, diese Geräte herzustellen, und einige Arbeiten waren auch tatsächlich unausführbar. So gelang es mir nie, eine Tonne anzufertigen. Ich besaß zwei kleine Fässer, aber obwohl ich mich wochenlang bemühte, war ich nicht geschickt genug, sie nachzubilden. Weder verstand ich es, den Boden richtig einzulassen noch die Dauben so aneinanderzufügen, daß sie das Wasser nicht austreten ließen. Ich mußte daher diesen Versuch wieder aufgeben.

Vor allem aber vermißte ich Kerzen. Sobald es dunkel wurde, mußte ich mit der Arbeit aufhören. Wie oft wünschte ich mir den Wachsblock zurück, aus dem ich mir während meines afrikanischen Abenteuers Kerzen angefertigt hatte! Als Ersatz sammelte ich Ziegenfett, trocknete ein irdenes Gefäß an der Sonne, füllte es mit Fett und versah es mit einem Docht aus Kabelgarn. Auf diese Weise erhielt ich endlich doch eine Lampe, die beinahe so hell wie eine Kerze brannte.

Als ich einmal in meinen Schätzen kramte, fiel mir der kleine Beutel in die Hände, der mit Hühnerfutter gefüllt gewesen war, wie ich schon erzählt habe. Aber der kleine Rest Korn, der noch in dem Beutel geblieben war, war von den Ratten aufgefressen worden, und ich fand nur Hülsen und Staub darin. Da ich den Beutel für andere Dinge verwenden konnte – ich glaube, ich wollte Pulver darin aufbewahren –, schüttete ich die Kornhülsen an einer Seite meiner Festung unter dem Felsen aus.

Das war kurz vor der Regenzeit geschehen, und ich hatte es bereits völlig vergessen. Einen Monat später sah ich einige grüne Halme aus der Erde hervorstechen. Zuerst hielt ich sie für eine mir noch unbekannte Pflanze, aber wie groß war mein Erstaunen, als sich in kurzer Zeit daraus vielleicht ein Dutzend Ähren entwickelte, die ich als gute grüne Gerste der europäischen oder vielmehr der englischen Art schätzte.

Es ist unmöglich, die Verwunderung zu beschreiben, die mich beim Anblick der Ähren erfüllte. Als ich die Gerste in einem Klima reifen sah, das sich nicht für Getreide eignete, als ich mir nicht vorstellen konnte, wie sie hierhergekommen war, wurde ich von Ehrfurcht ergriffen. Ja, ich begann zu glauben, es sei ein Wunder der Natur geschehen, und Gott hätte diese Ähren auf der öden Insel für mich keimen lassen.

Dieser Gedanke trieb mir fast die Tränen in die Augen. Mein Erstaunen wurde noch größer, als ich in nächster Nähe davon andere Halme fand, die ich als Reispflanzen erkannte.
Nun konnte ich aber kaum mehr annehmen, daß die Vorsehung auch diese nur zu meinem Unterhalt hier hatte wachsen lassen, und ich suchte auf der ganzen Insel nach weiteren Ähren, entdeckte aber keine einzige mehr. Endlich erinnerte ich mich, daß ich gerade an dieser Stelle das Säckchen mit dem Hühnerfutter ausgeschüttet hatte.
Das Wunder hörte plötzlich auf, ein Wunder zu sein, und ich muß leider gestehen, daß meine Dankbarkeit für Gottes Vorsehung nachließ, obwohl es nicht so hätte sein dürfen. Hätte ich nicht dankbar sein sollen, daß zehn oder zwölf Körner keimfähig geblieben waren, obwohl alles andere die Ratten gefressen hatten, ebenso auch, daß ich diese Körner, ohne zu wissen, was ich tat, im Schatten des Felsens ausgeschüttet hatte, wo sie aufgehen konnten, während sie woanders sicherlich um diese Jahreszeit von der Sonne verbrannt worden wären!
Man darf sicher sein, daß ich jede Kornähre zur Reifezeit achtsam abschnitt und jedes Körnchen verwahrte, um es wieder neu zu säen. Außer der Gerste erntete ich etwa dreißig Reishalme, die ich mit der gleichen Sorgfalt wie das Getreide aufbewahrte. Ich wollte aus späteren Ernten Brot bereiten.
Ungefähr vier Monate arbeitete ich nun angestrengt an meiner Umzäunung. Am 14. April wurde sie fertig. Ich hatte kein Tor angebracht, sondern kletterte auf einer Leiter in meine Wohnung, damit von außen keine Spur einer menschlichen Behausung zu sehen war.
17. April. An diesem Tag wäre beinahe meine ganze Arbeit vernichtet worden und ich selber zugrunde gegangen. Ich war

gerade vor dem Höhleneingang beschäftigt, als von der Decke meiner Höhle Erde herabstürzte und zwei Stützpfosten laut ächzend zusammenbrachen. Geröll prasselte von der Felswand. Ich konnte mir nicht erklären, was geschehen war, und aus Furcht, von dem Geröll begraben zu werden, eilte ich zu meiner Leiter und fühlte mich erst in Sicherheit, als ich die Umzäunung überklettert hatte. Kaum aber hatte ich meinen Fuß auf den Boden gesetzt, als ich spürte, wie die Erde unter mir bebte. In Zwischenräumen von wenigen Minuten wurde die Insel dreimal durch Stöße erschüttert, die stark genug gewesen wären, auch das festeste Gebäude zum Einsturz zu bringen. Eine Felsenspitze, die ungefähr zwei Meilen von mir entfernt am Ufer des Meeres lag, stürzte mit einem donnerähnlichen Getöse, wie ich es nie zuvor gehört hatte, in sich zusammen. Das Meer war in wütender Aufregung, und ich nahm an, daß die Stöße unter dem Wasser noch heftiger waren als auf der Insel.

Ich erschrak furchtbar, und vor Angst war ich fast besinnungslos. Erst das Gepolter der herabstürzenden Gesteinsbrocken brachte mich wieder zu mir. Schon glaubte ich, daß die Felswand vor mir zusammenstürzen und alles, was ich besaß, begraben würde. Nach dem dritten Erdstoß blieb es aber ruhig. Trotzdem wagte ich es nicht, über die Mauer zu klettern und in mein Zelt zu gehen. Niedergeschlagen und mutlos saß ich im Gras und wußte nicht, was ich anfangen sollte. Der Himmel hatte sich nun mit Wolken überzogen, der Wind wuchs mehr und mehr an, und in kaum einer halben Stunde tobte ein heftiger Orkan. Die See bedeckte sich im Nu mit Schaum und wälzte sich tobend ans Ufer. Bäume wurden entwurzelt, und Äste wirbelten durch die Luft. Nach drei Stunden legte sich der Sturm etwas, nach weiteren zwei Stun-

den herrschte völlige Windstille, und ein starker Regen fiel nieder.
Während des ganzen Unwetters hatte ich mich nicht von meinem Fleck fortgewagt und hatte vollkommen gebrochen auf der bloßen Erde gehockt, bis mir plötzlich unvermittelt der Gedanke kam, daß Wind und Regen die Folgen des Erdbebens sein mußten, und das Erdbeben daher zu Ende war. Ich flüchtete in mein Zelt. Der Regen prasselte immer heftiger nieder und zwang mich, Schutz in meiner Höhle zu suchen, obwohl ich noch immer Angst vor einem neuerlichen Erdstoß hatte. Aber ich hatte keine Zeit für ängstliche Gedanken. Das Wasser war nun sogar in meine Höhle eingedrungen, und ich mußte ihm ein Loch durch den Erdwall graben, damit es abfließen konnte.
Es folgten keine weiteren Erderschütterungen mehr, und ich begann mich zu beruhigen. Weil ich mich noch ganz elend fühlte, nahm ich einen Schluck Rum, mit dem ich sonst sehr sparsam umging. Der Regen fiel die ganze Nacht, und auch fast den ganzen nächsten Tag regnete es. Während ich in meiner Höhle saß und das Ende des Regens abwartete, kam ich zu dem Entschluß, mir auf einem freien Platz eine neue Hütte zu bauen, damit ich bei einem neuerlichen Erdbeben nicht wieder in Lebensgefahr war.
Die Angst, lebendig begraben zu werden, ließ mich niemals ruhig schlafen. Doch die Furcht, draußen im Freien ohne Schutz eines Palisadenzaunes zu nächtigen, war fast ebenso groß. Und wenn ich mich umschaute und sah, wie alles in schönster Ordnung und wie herrlich versteckt und sicher vor Gefahr ich hier war, so war mir der Gedanke an einen Umzug sehr zuwider.
Bald wurde mir auch klar, daß ein Umzug sehr lange Zeit in

Anspruch nehmen würde, und daß ich auf jeden Fall einstweilen hier bleiben mußte, bis ich mir einen neuen Wohnplatz geschaffen hatte, der ebenfalls sicher genug war. Mit diesem Entschluß vertröstete ich mich einige Zeit und nahm mir vor, mich in aller Eile an die Arbeit zu machen, mir einen Palisadenzaun wie den jetzigen zu bauen, und dann, wenn ich fertig war, mein Zelt dort aufzustellen, bis dahin aber auf gut Glück hierzubleiben. Das war am 21. April.

22. April. Am Morgen überlegte ich, wie ich meinen Entschluß ausführen konnte. Ich besaß drei große Äxte und mehr als genug Beile – denn wir hatten Beile für den Handel geladen –, doch beim Fällen und Behauen des knorrigen Holzes waren sie stumpf und schartig geworden. Obwohl ich einen Schleifstein hatte, konnte ich ihn nicht drehen und daher mein Werkzeug auch nicht schleifen. Das kostete mich unendlich viel Nachdenken. Schließlich erfand ich ein Rad, das ich durch einen Strick mit dem Fuß in Bewegung setzte, um beide Hände freizuhaben.

Anmerkung: Ich hatte niemals dergleichen in England gesehen oder mich jedenfalls nie darum gekümmert, obwohl es dort etwas ganz Alltägliches ist. Leider war mein Schleifstein sehr groß und sehr schwer. Diese Vorrichtung kostete mich eine ganze Woche Arbeit, bis ich sie zustande brachte.

28. und 29. April. Während dieser beiden Tage schärfte ich meine Werkzeuge. Meine Vorrichtung zum Drehen des Schleifsteines bewährte sich recht gut.

30. April. Ich merkte, daß mein Brot bald zu Ende gehen würde. Von nun an aß ich jeden Tag nur mehr ein Stück Zwieback, trotzdem wurde mir ziemlich bang ums Herz.

Arbeiten auf dem Wrack – Krankheit

1. Mai. Als ich heute morgen während der Ebbe auf die See hinausblickte, bemerkte ich am Strand einen ungewöhnlich großen Gegenstand, der wie eine Tonne aussah. Ich lief hin und fand ein Fäßchen und mehrere Trümmer des Wracks, die während des letzten Orkans ans Ufer getrieben waren. Ich schaute aufs Meer hinaus, und es schien mir, als ob der Rumpf des Wracks nun höher aus dem Wasser ragte als früher. Das Fäßchen enthielt Pulver, das naß geworden und nun hart wie Stein war. Dennoch rollte ich es höher ans Ufer und ging dann über den algen- und muschelbedeckten Sand so nahe als möglich an das Wrack heran.

Es hatte seine Lage verändert. Früher war der Vorderteil im Sand versunken gewesen, jetzt ragte er sechs Fuß in die Höhe. Das Heck war geborsten und durch die Gewalt des Wassers vom Rumpf losgerissen worden. Sandhügel türmten sich jetzt dort auf, wo früher auch bei Ebbe Wasser gestanden hatte. Ich konnte zu Fuß bis zum Wrack gehen. Zuerst überraschte mich diese Bodenverschiebung, dann aber wurde mir klar, daß sie durch das Erdbeben hervorgerufen worden war. Das Erdbeben hatte auch das Schiff beinahe ganz zerschmettert. Bei Flut wurden fast täglich irgendwelche Trümmer fortgerissen und ans Ufer gespült.

Ich wäre nun gar zu gerne in das Innere des Schiffes eingedrungen, aber es war vollkommen mit Sand angefüllt. Da ich aber gelernt hatte, an nichts mehr zu verzweifeln, beschloß ich, das Wrack stückweise ans Ufer zu transportieren, denn jeder Gegenstand konnte mir auf die eine oder andere Weise einmal nützlich werden. Diese Arbeit lenkte mich von dem geplanten Wohnungswechsel ab, ein Vorhaben, das ich später ganz vergaß.

3. Mai. Zuerst durchschnitt ich mit meiner Säge einen Balken, der, wie mir schien, einen Teil des Achterdecks trug. Dann schaufelte ich den Sand vom Deck, die Flut zwang mich aber, diese Arbeit zu unterbrechen.

4. Mai. Ich ging fischen, fing aber keinen Fisch, den ich mich zu essen traute. Als ich eben aufgeben wollte, fing ich einen jungen Delphin. Ich hatte mir eine lange Schnur aus Segelgarn gemacht; aber ich hatte keinen Haken. Trotzdem fing ich oft genug Fische, sogar mehr, als ich brauchte. Ich trocknete sie dann an der Sonne und aß sie gedörrt.

5. Mai. Heute arbeitete ich wieder auf dem Wrack. Ich sägte einen zweiten Balken durch und fand drei große Fichtenbretter auf dem Deck. Ich machte sie frei, und die Flut trug sie mir ans Ufer.

6. Mai. Ich zog mehrere eiserne Bolzen und andere Eisenstücke heraus. Es war ein schweres Stück Arbeit, und als ich heimkam, war ich so erschöpft, daß ich beschloß, das Wrack in Zukunft sein zu lassen und nicht mehr darauf zu arbeiten.

7. Mai. Ich ging aber aus Neugierde doch wieder aufs Wrack. Es war nun durch sein eigenes Gewicht auseinandergeborsten, da ich die beiden Hauptbalken durchgesägt hatte. Teile des Rumpfes lagen auf dem Sand, und ich konnte das Innere sehen, das mit Wasser und Sand angefüllt war.

8. Mai. Heute nahm ich ein Brecheisen mit. Das Deck war frei von Wasser und Sand. Ich brach zwei Planken los und ließ diese, wie früher, durch die Flut ans Ufer treiben.

9. Mai. Mit dem Brecheisen drang ich in den Schiffsbauch ein und fand einige Tonnen, die ich losmachte, aber nicht öffnen konnte. Ich entdeckte auch eine Rolle englisches Blei, aber es war zu schwer, und ich konnte es nicht fortschaffen.

10. bis 14. Mai. Jeden Tag war ich auf dem Wrack. Ich schleppte eine Menge Bretter und Balken und etwa drei Zentner Eisen fort.

15. Mai. Ich nahm diesmal zwei kleine Beile auf das Wrack mit und wollte versuchen, ein Stück von der Bleirolle abzuschlagen. Ich setzte die Schneide des einen Beils an dem Blei an und benützte das andere als Hammer. Das Blei stak aber anderthalb Fuß tief im Wasser, und ich konnte das Beil nicht stark genug eintreiben.

16. Mai. Es hatte in der Nacht stark geweht, und die Wucht des Wassers schien das Wrack noch mehr zertrümmert zu haben. Aber weil ich so lange im Wald war, um Tauben für meine Küche zu schießen, hielt mich die Flut schließlich davon ab, diesen Tag aufs Wrack zu gehen.

17. Mai. Einige Schiffstrümmer hatten die Wellen in einer Entfernung von zwei Meilen ans Land geworfen. Als ich hinkam, fand ich ein Stück des Vorderteils, aber es war so schwer, daß ich es liegenlassen mußte.

24. Mai. Jeden Tag arbeitete ich auf dem Wrack, und ich brach mit dem Brecheisen so viele Holzplanken los, daß die Flut einige Tonnen und zwei Kisten, die den Matrosen gehört hatten, fortschwemmte. Aber der Wind blies vom Land her, und ans Ufer kamen nur ein paar Holztrümmer und ein Faß mit brasilianischem Schweinefleisch, das durch Seewasser und Sand gänzlich verdorben war.

Bis zum 15. Juni setzte ich die Arbeiten auf dem Wrack fort, mit Ausnahme jener Stunden, in denen ich für meinen Lebensunterhalt sorgen mußte. Dies geschah damals stets zur Zeit der Flut, kaum trat Ebbe ein, ging ich wieder zum

Wrack. Ich besaß nun genug Holz, Planken und Eisenwerk für ein großes Boot: Hätte ich nur gewußt, wie ein solches gebaut wird! Auch von der Bleirolle hatte ich nach und nach einzelne Stücke im Gewicht ungefähr eines Zentners abgeschlagen.

16. Juni. Heute fand ich an der Küste eine große Schildkröte. Es war die erste Schildkröte, die ich auf der Insel gesehen habe – mein Mißgeschick! Denn wäre ich zufällig auf die andere Seite der Insel verschlagen worden, so hätte ich täglich Hunderte haben können, wie ich später entdeckte.

17. Juni. Ich kochte das Schildkrötenfleisch. Im Körper des Tieres hatte ich ungefähr sechzig Eier gefunden. Das Fleisch der Schildkröte schien mir saftiger und köstlicher zu sein als je eine Mahlzeit in meinem Leben, hatte ich mich doch seit meiner Ankunft auf der Insel nur von Ziegen und Vögeln genährt und von meinem anderen Proviant, mit dem ich sehr sparsam umging.

18. Juni. Es regnete den ganzen Tag, und ich blieb zu Hause. Der Regen schien mir diesmal außerordentlich kalt niederzufallen, und ich fühlte ein für diesen Breitengrad ungewöhnliches Frösteln.

19. Juni. Ich fühlte mich unwohl und fror, als ob es bitter kalt gewesen wäre.

20. Juni. Nachts fand ich keinen Schlaf. Ich hatte heftige Kopfschmerzen und Fieber.

21. Juni. Sehr krank. Ich war halbtot vor Angst über meine traurige und hilflose Lage. Zum erstenmal seit dem Sturm bei Hull betete ich zu Gott, aber ich wußte kaum, was ich sagte oder warum, da das Fieber meine Gedanken verwirrt hatte.

22. Juni. Heute ging es mir besser, aber noch immer habe ich große Angst, ernstlich krank zu werden.

23. *Juni.* Ein schlechter Tag: Frost und Fieberanfälle, dann heftige Kopfschmerzen.
24. *Juni.* Bedeutend besser.
25. *Juni.* Wieder ein heftiger Fieberschauer. Der Anfall hielt sieben Stunden an. Kälte und Hitze wechselten miteinander ab, ein leichter Schweißausbruch folgte.
26. *Juni.* Viel besser! Da ich nichts zu essen hatte, nahm ich mein Gewehr, und obwohl ich sehr schwach war, erlegte ich eine Ziege, die ich mühsam nach Hause schaffte. Ich röstete mir ein Stück davon und aß es. Gern hätte ich mir auch Fleischbrühe zubereitet, aber ich hatte kein geeignetes Gefäß.
27. *Juni.* Das Fieber trat wieder so heftig auf, daß ich keinen Bissen Essen hinunterbrachte und den ganzen Tag auf meinem Bett liegenblieb. Fast wäre ich vor Durst gestorben, doch war ich zu schwach, um aufzustehen und Wasser zu holen. Ich wollte beten, war aber so verwirrt, daß ich nur herausbrachte: »Herr, sei mir gnädig!« Schließlich schlief ich ein und wachte erst gegen Mitternacht auf. Ich fühlte mich noch immer schwach, doch nicht mehr so elend. Der Durst quälte mich sehr, aber ich hatte keinen Wasservorrat und mußte wohl oder übel bis zum Anbruch des Morgens liegen bleiben. Ich schlief auch bald wieder ein.
Während dieses zweiten Schlafes hatte ich einen schrecklichen Traum. Mir war, als säße ich außerhalb meiner Mauer auf dem Boden, als ein Mann in einer hellen Feuerflamme auf mich zukam. Er war selbst so strahlend wie eine Flamme, daß ich es kaum ertragen konnte, ihn anzuschauen. Die Erde schien zu zittern wie beim Erdbeben. Und es war mir, als hörte ich eine schreckliche Stimme, die ich kaum verstand, deren Botschaft mir aber klar war: Weil ich durch nichts Reue gefühlt hatte, sollte ich nun sterben.

Ich kann kaum das Entsetzen beschreiben, das ich im Traum empfand, und es ist mir unmöglich, das zu beschreiben, was ich fühlte, als ich aufwachte und merkte, daß es nur ein Traum gewesen war.
Ich hatte mich bisher wenig um Religion gekümmert. Alles, was ich durch den Unterricht meines Vaters mitbekommen hatte, war längst verblaßt in den acht Jahren ruhelosen Seemannslebens. Nun schien es mir plötzlich, als sei ich bisher stumpf gewesen, als hätte ich alles, was ich erlebt hatte, wie ein Schlafender erlebt, der kaum weiß, was mit ihm geschieht.
Meine Gedanken verwirrten sich, und das Grauen, in diesem Fieberanfall sterben zu müssen, trieb mir das Blut in den Kopf. In diesem inneren Aufruhr rief ich: »Herr, was für ein armes Geschöpf bin ich! Soll ich ohne Hilfe sterben? Was soll aus mir werden?«
Ich dachte an meine Eltern, von denen ich weggelaufen war, ohne ihnen jemals wieder Nachricht zu geben, die ich allein in ihrem Gram zurückgelassen hatte, und mein Unglück schien mir eine gerechte Strafe dafür. Wie verlassen war ich nun, hatte mit Schwierigkeiten zu kämpfen, die über Menschenkraft gingen, und keinen Beistand, keinen Trost, keine Hilfe. Und wieder rief ich: »Herr, hilf mir, denn ich bin in großer Not!«
28. Juni. Da mich der Schlaf gestärkt hatte und der Fieberanfall vorüber war, stand ich auf. Ich war überzeugt, daß das Fieber am nächsten Tag wiederkommen würde und daß ich mich daher mit Wasser und Nahrung versehen mußte. Obwohl ich noch immer unter dem Eindruck des Traumes stand, vernachlässigte ich doch keine vernünftige Vorsorge. Ich füllte einen großen Krug mit Wasser, stellte ihn auf meinen

Tisch und schüttete etwas Rum hinein, damit es bekömmlicher wurde. Dann holte ich ein Stück Ziegenfleisch und briet es auf Holz, doch konnte ich nur sehr wenig davon essen. Ich versuchte einen kurzen Spaziergang, war aber noch zu schwach, um weit zu gehen. Mein Abendessen bestand aus drei Schildkröteneiern, die ich in der Asche röstete. Noch einmal ging ich ins Freie, aber ich konnte kaum mein Gewehr schleppen, ohne das ich niemals ausging. Schon nach wenigen Schritten setzte ich mich auf die Erde nieder, schaute auf das Meer hinaus, das still und glatt vor mir lag, und fand keine Ruhe. Angst vor dem nächsten, vielleicht noch heftigeren Fieberanfall quälte mich.

Als ich so dasaß, kamen mir folgende Gedanken: Was sind Erde und Meer? Woher sind sie gekommen? Und was bin ich und was sind all die anderen Geschöpfe, Menschen und Tiere? Woher sind wir? Was ist die geheime Macht, durch die alles entstanden ist?

Es ist Gott. Von ihm stammt alles, und wenn von ihm alles kommt, dann geschieht nichts ohne sein Wissen und seinen Willen.

Und wenn nichts ohne sein Wissen geschehen kann, so weiß er auch, daß ich hier bin, und er weiß um meine schreckliche Lage.

Nach langer Zeit erst stand ich auf, kehrte zu meiner Behausung zurück und kletterte über die Mauer. Ich wollte mein Lager aufsuchen, doch meine Gedanken raubten mir die Ruhe und ließen mich nicht einschlafen. Die Dämmerung war hereingebrochen, ich setzte mich auf meinen Stuhl und zündete die Lampe an. In meiner Furcht vor einem neuerlichen Fieberanfall fiel mir plötzlich ein, daß die Brasilianer bei fast allen Krankheiten Tabak als Heilmittel nehmen. In einer

meiner Kisten hatte ich nun eine Tabaksrolle und außerdem noch etwas grünen Tabak, der noch nicht zubereitet war.
Ich eilte zu dieser Kiste, öffnete sie – und fand nicht nur ein Heilmittel für den Körper, sondern auch für meinen Geist. Neben der Tabaksrolle lagen die wenigen Bücher, die ich besaß, und unter ihnen die Bibel.
Da ich keine Ahnung hatte, wie man den Tabak zu sich nehmen mußte, und auch nicht wußte, ob er zur Bekämpfung des Fiebers geeignet war, stellte ich verschiedene Versuche an. Zuerst kaute ich ein Tabakblatt, fühlte mich aber davon wie betrunken, da der Tabak noch grün und kräftig und ich selbst nicht daran gewöhnt war. Dann ließ ich etwas Tabak ungefähr zwei Stunden lang in Rum liegen, in der Absicht, vor dem Schlafengehen davon zu trinken. Schließlich verbrannte ich Tabak auf Kohlen und hielt meine Nase, solange ich es nur aushalten konnte, in den Rauch. Nachher las ich in der Bibel, aber nicht lange, weil ich von dem eingeatmeten Tabakrauch wie betäubt war. Die ersten Worte aber, auf die mein Blick fiel, als ich das Buch aufschlug, waren folgende: »Rufe mich an in der Not, so will ich dich retten, und du sollst mich preisen.«
Dann trank ich den Rum, den ich mit Tabak hatte durchziehen lassen; das Getränk war so bitter, daß ich es kaum hinunterschlucken konnte. Bevor ich mich niederlegte, tat ich, was ich in meinem bisherigen Leben nie getan hatte: Ich kniete nieder und bat Gott, mich zu retten. Nachher schlief ich sofort tief ein und wachte erst gegen drei Uhr nachmittags am nächsten Tag auf. Ja, ich bin fast der Meinung, daß ich den ganzen Tag und noch die darauffolgende Nacht durchschlief, denn einige Jahre später entdeckte ich, daß mir ein Tag in meiner Zeitrechnung fehlte. Wie dem auch sei, ich fühlte mich beim

Aufwachen frisch und kräftig und hatte Hunger. Auch am nächsten Tag kam das Fieber nicht wieder, und ich erholte mich stündlich mehr und mehr.

30. Juni. Ebenfalls ein guter Tag. Ich ging mit meinem Gewehr aus, entfernte mich aber nicht weit. Ich schoß zwei Seevögel von der Gattung der Gänse und trug sie nach Hause, hatte aber keine Lust, sie zu essen, und begnügte mich mit einigen Schildkröteneiern. Am Abend nahm ich wieder etwas Tabak in Rum zu mir. Trotzdem fühlte ich mich am nächsten Tag nicht so wohl, wie ich gehofft hatte, auch hatte ich leider einen neuen Anfall, der aber nicht so stark war.

2. Juli. Behandelte mich selbst wieder mit Tabak, und zwar auf alle drei Arten. Ich verdoppelte die Menge des Aufgusses und betäubte mich wie das erstemal.

3. Juli. Ich hatte keinen Anfall mehr. Meine vollen Kräfte gewann ich aber erst nach mehreren Wochen wieder zurück.

4. Juli. Am Morgen nahm ich die Bibel in die Hand und begann im Neuen Testament zu lesen. Ich nahm mir nun vor, jeden Morgen und jeden Abend eine Weile darin zu lesen. Durch das Lesen der Bibel fand ich einen Trost in mir selber, von dem ich bisher nichts geahnt hatte.

Vom 5. bis 14. Juli ging ich täglich aus, jedesmal etwas weiter, wie Menschen es nach einer Krankheit zu tun pflegen, um wieder Kräfte zu sammeln. Man kann sich kaum vorstellen, wie schwach und elend ich mich noch immer fühlte. Die Tabakskur, derer ich mich bedient hatte, war vielleicht nie zuvor zur Heilung des Fiebers benützt worden, und ich möchte sie auch niemandem anraten. Sie nahm mir das Fieber, schwächte mich aber außerordentlich. Noch lange waren meine Nerven überreizt, und ich zitterte oft grundlos am ganzen Körper. Übrigens hatte ich einzusehen gelernt, daß es

leichtsinnig war, bei Regenwetter im Freien zu sein, besonders wenn der Regen von Sturm und Gewitter begleitet war. Auch erkannte ich, daß der während der trockenen Jahreszeit fallende Regen für meine Gesundheit gefährlicher war als jener, der im September und Oktober auftritt.
Seit zehn Monaten war ich nun auf der Insel, jede Hoffnung auf Befreiung hatte ich längst aufgegeben. Immer öfter verspürte ich die Sehnsucht, die ganze Insel zu durchforschen.

Landhaus – Hausarbeiten

Am 15. Juli begann ich meine Forschungsreise. Ich ging zu der kleinen Bucht, in die ich meine Flöße gesteuert hatte, und verfolgte den Fluß zwei Meilen aufwärts. Hier entdeckte ich, daß die Flut nicht höher stieg und daß dort nur ein kleiner Bach mit frischem und klarem Wasser vorhanden war. Da gerade die trockene Jahreszeit war, führte der Bach an einigen Stellen kein Wasser oder es stand in stillen Tümpeln. An den Ufern breiteten sich liebliche grüne Wiesen aus. An den höhergelegenen Stellen, die vom Wasser nie erreicht wurden, fand ich Tabakblätter an sehr langen und starken Stielen und andere mir unbekannte Pflanzen, die aber doch manche gute Eigenschaft besitzen mochten.

Ich suchte nach der Maniokstaude, die den Indianern als Brot dient, fand aber keine. Dafür wuchsen überall große Aloepflanzen und wildes Zuckerrohr. Als ich wieder daheim war, überlegte ich, wie die verschiedenen Pflanzen zu verwerten wären, aber ich hatte mich während meines Aufenthaltes in Brasilien viel zuwenig um die heimische Pflanzenwelt gekümmert, um nun aus der Erfahrung irgendwelchen Vorteil ziehen zu können.

Am nächsten Tag wanderte ich wieder den gleichen Weg, ich entdeckte den Ursprung des Baches und gelangte in eine waldige Gegend. Hier fand ich die verschiedensten Früchte, besonders Melonen und Weintrauben, in großen Mengen. Die Reben rankten sich von einem Baum zum anderen, und ihre Trauben waren gerade in voller Reife. Nichts hätte mich mehr erfreuen können als diese Entdeckung! Ich brach ein paar Trauben ab und aß die Beeren. Meine Erfahrung mahnte mich aber, dabei vorsichtig und nicht maßlos zu sein. Noch gut erinnerte ich mich von meiner Zeit in der Gefangenschaft der Mauren her, daß einige Sklaven dort vom Traubenessen Fieber und Durchfall bekommen hatten und daran gestorben waren. Aber ich fand eine herrliche Verwendung für die Trauben. Später dörrte ich sie nämlich in der Sonne, verwahrte sie als Rosinen und hatte so zu jeder Jahreszeit eine bekömmliche und gesunde Nahrung.

Es gefiel mir so gut hier, daß ich den ganzen Tag blieb und nicht rechtzeitig umkehrte. Es war die erste Nacht, die ich außerhalb meines Hauses zubrachte. Ich kletterte auf einen Baum und übernachtete in den Zweigen. Am nächsten Morgen wanderte ich durch das Tal weiter, das sich etwa vier Meilen nach Norden zog. Schließlich teilten sich die Hügel, eine Lichtung lag vor mir, von der aus sich das Land nach Westen senkte, während eine kleine Quelle frischen Wassers, die aus einer Felswand sprudelte, nach Osten lief. Die Gegend vor mir sah aus wie ein gepflegter Park, so frisch, so grün, so blühend. Ich stieg in das liebliche Tal hinab und sagte fast wehmütig zu mir: »Das alles ist dein, du bist König und Herr dieses Landes. Wenn du dieses Tal in ein bewohntes Land versetzen könntest, so wäre es ein Gut, wie es nur ein englischer Lord sein eigen nennt.«

Kakaobäume wuchsen hier, auch wilde Orangen- und Zitronenbäume standen da, trugen aber nur wenige Früchte. Ich pflückte die noch grünen Zitronen, und später, als ich ihren Saft mit Wasser vermischte, erhielt ich ein gesundes, kühles und erfrischendes Getränk. Ein paar Stunden lang pflückte ich Zitronen und Orangen, auch Trauben sammelte ich ein, denn ich wollte mir für die Regenzeit einen Vorrat von Früchten anlegen. Dann belud ich mich mit einer kleinen Menge von jeder Art. Den Rest wollte ich später holen und in einem Sack oder Beutel heimschaffen. Als ich nach drei Tagen Abwesenheit in meine Behausung zurückkehrte, waren die Trauben leider verdorben, ihre eigene Fülle hatte sie zerdrückt und zerquetscht. Die Zitronen waren aber gut erhalten.

Mit zwei Säcken versehen, wanderte ich wieder ins Tal. Überrascht sah ich, daß die geernteten Trauben auseinandergeworfen, zerdrückt oder gefressen waren. Es mußte ein mir noch unbekanntes Tier sein, das sich daran gütlich getan hatte. Ich pflückte nun wieder eine große Menge Trauben, trug sie aber nicht auf einen Haufen zusammen, sondern hängte sie zum Trocknen in der Sonne an den höchsten Zweigen der Bäume auf, um sie vor Tieren zu schützen. Von den Zitronen sammelte ich, was ich nur tragen konnte.

Bevor ich wieder nach Hause wanderte, blieb ich noch eine ganze Weile in dem Tal, das mir immer besser gefiel. Es war gegen Stürme geschützt und mit Wasser und Holz hinreichend versehen, fruchtbar und lieblich. Ich kam zu der Überzeugung, meine Behausung an der ungünstigsten Stelle der Insel errichtet zu haben. Sollte ich nicht hier in dieses Tal übersiedeln?

Dieser Gedanke ging mir lange im Kopf herum, eine Weile war ich sogar ganz vernarrt in den Plan. Nur die Möglichkeit, daß mich an der Küste des Meeres eines Tages ein Schiff befreien konnte, hielt mich davon ab, tatsächlich in das Tal zu ziehen. Das gleiche Verhängnis, das mich auf dieser Insel ausgesetzt hatte, konnte auch andere Unglückliche zwingen, hier landen zu müssen. So wenig wahrscheinlich dies auch war, mußte ich doch auf jede Aussicht auf Rettung verzichten, wenn ich im Inneren der Insel wohnte.

Ich war aber in das Tal geradezu verliebt und hielt mich oft tagelang dort auf. Wenn ich mich auch nicht zu einer Übersiedlung entschließen konnte, baute ich doch eine kleine Laube und umgab sie mit einer festen, hohen Umzäunung, die ich durch Pfähle stützte und mit Gestrüpp abdichtete. Wieder brachte ich kein Tor an, sondern kletterte auf einer Leiter darüber, wenn ich in meine Laube wollte. So besaß ich jetzt ein Landhäuschen und ein Haus an der Meeresküste.

Anfang August schienen mir die Trauben, die ich an den Baumzweigen aufgehängt hatte, hinlänglich getrocknet zu sein. Es waren wirklich ausgezeichnete, gute Rosinen geworden. Ich sammelte sie ein und erntete über zweihundert große Bündel Rosinen. Kaum hatte ich sie in die Vorratskammer in der Höhle geschafft, als die Regenzeit begann, die vom 14. August bis Mitte Oktober dauerte und mich in meine alte Wohnung verbannte. Manchmal regnete es so heftig, daß ich mehrere Tage lang in der Höhle bleiben mußte.

Während dieser Zeit vermehrte sich zu meiner großen Überraschung meine Familie. Eine meiner Katzen war eine Zeitlang verschwunden gewesen, ich trauerte schon um ihren Verlust und dachte, sie sei irgendwo eingegangen. Gegen Ende August kehrte sie plötzlich mit drei Jungen zurück. Ich war darüber nicht wenig erstaunt. Die kleinen Katzen glichen ganz der Mutter. Von ihnen stammte später eine so zahlreiche Nachkommenschaft ab, daß ich sie wie Raubzeug von meinem Haus fernhalten mußte.

14. bis 24. August. Der Regen dauerte mit unverminderter Heftigkeit an, so daß ich nicht ins Freie gehen konnte und meine Fleischvorräte knapp wurden. Zweimal machte ich trotz des Regens einen Streifzug und erbeutete eine Ziege und eine große Schildkröte. Meine Mahlzeiten während der

Regenzeit waren ungefähr auf diese Weise zusammengesetzt: Zum Frühstück aß ich einige Rosinen, mein Mittagessen bildete ein Stück geröstetes Ziegenfleisch oder eine gebratene Schildkröte – zu meinem Leidwesen besaß ich kein Gefäß, in dem ich Fleisch oder etwas anderes kochen konnte –, mein Abendessen bestand aus zwei oder drei Schildkröteneiern.

Während meiner durch den Regen bewirkten Gefangenschaft arbeitete ich täglich einige Stunden an der Vergrößerung des Kellerraumes. Ich grub bewußt seitwärts und gelangte zur Außenseite des Hügels. Die Öffnung verschloß ich mit einer Tür. Zwar behagte mir der Gedanke nicht ganz, daß nun meine Behausung nach einer Seite ungeschützt war, aber ich hatte bisher auf meiner Insel kein gefährliches Lebewesen entdeckt und daher keinen Grund zur Angst. Die größten Tiere, die ich je gesehen hatte, waren wilde Ziegen.

30. September. Heute ist der unglückliche Jahrestag meines Schiffbruchs. Ich zählte die Einschnitte auf meinem Pfahl: Es waren schon dreihundertfünfundsechzig Tage, die ich auf der Insel zugebracht hatte. Während dieses Jahres hatte ich nicht einen einzigen Sonntag gefeiert, anfangs aus Mangel an religiösem Gefühl, später hatte ich meist vergessen, zum Unterschied von den Wochentagen für die Sonntage einen größeren Einschnitt zu machen. Das neue Jahr teilte ich nun in Wochen ein und wollte jeden siebten Tag als Sonntag anzeichnen.

Bald darauf merkte ich, daß meine Tinte zu Ende ging. Ich benützte sie nur mehr sehr sparsam und schrieb nur die wichtigsten Ereignisse nieder. Mein Tagebuch führte ich nicht mehr weiter.

Allmählich lernte ich, die regelmäßige Wiederkehr der nassen und trockenen Jahreszeiten zu unterscheiden und mich auf sie vorzubereiten. Aber ich mußte Lehrgeld dafür bezahlen, und davon will ich jetzt erzählen.
Es war einer der entmutigendsten Versuche, die ich machte. Wie ich schon erzählt habe, hatte ich die wenigen Gersten- und Reiskörner aufbewahrt, die wie durch ein Wunder gereift waren. Es mögen ungefähr dreißig Reishalme und zwanzig Gerstenähren gewesen sein. Nach der Regenzeit glaubte ich, daß es an der Zeit war, diese Körner auszusäen. Ich grub daher mit meinem hölzernen Spaten, so gut es ging, ein Stück Land um, teilte es in zwei Felder, zog Furchen und streute die Körner aus. Während des Säens kam mir der Gedanke, nicht alle Körner jetzt gleich zu verbrauchen, da ich nicht wußte, ob ich die geeignete Jahreszeit gewählt hatte. Ich säte daher nur zwei Drittel der Körner aus und behielt von jeder Sorte eine Handvoll zurück.
Meine Vorsicht machte sich belohnt. Nicht ein einziges der ausgesäten Körner ging auf, weil die drei trockenen Monate folgten, die Erde ausdorrte und ich auch kein Düngemittel besaß. Als ich sah, daß meine erste Aussaat nicht aufging, schrieb ich es ganz richtig der Trockenheit zu und suchte eine feuchtere Stelle für einen zweiten Versuch. In der Nähe meines Landhauses grub ich ein kleines Stück Land um und säte hier den Rest der Körner im Februar aus. Die regnerischen Monate März und April hielten die Erde feucht, die Saat ging ordentlich auf und gewährte eine reiche Ernte. Freilich hatte ich nur wenig Körner zur Aussaat gehabt, und so erntete ich kaum das Achtel eines englischen Scheffels von jeder Sorte.
Diese Erfahrung machte mich aber zu einem Meister in der

Landwirtschaft. Jetzt wußte ich, wann die geeignete Zeit für die Aussaat war, und konnte jährlich zwei Ernten halten.
Während der Regenzeit war ich monatelang nicht in meinem Landhaus gewesen; als das Wetter sich aufheiterte und ich es wieder besuchte, fand ich alles so, wie ich es verlassen hatte, und machte außerdem noch eine kleine Entdeckung, die mir später sehr nützlich wurde.
Die Pfähle der Umzäunung – starke Äste, die ich von Bäumen in der Nähe abgehauen hatte – waren nicht nur fest und unversehrt, sondern hatten überdies ausgeschlagen und lange Zweige getrieben. Ich war freudig überrascht, als ich sie grünen sah, beschnitt sie nun regelmäßig, und man kann sich kaum vorstellen, wie schön die Hecke innerhalb der nächsten drei Jahre wurde. Obwohl der eingezäunte Platz fünfundzwanzig Yards im Durchmesser hatte, überdachte sie ihn völlig mit ihren Zweigen und spendeten so viel Schatten, daß ich mich während der heißen Jahreszeit meist im Schutz der Umzäunung aufhielt. Weil ich daran soviel Gefallen fand, entschloß ich mich, eine ähnliche Hecke in Form eines Halbkreises um meine alte Wohnung aufzuführen. Ich schlug starke Äste ab und rammte sie in einer Doppelreihe, ungefähr acht Yards von der ersten Umzäunung entfernt, in den Boden. Sie entwickelten sich gut und boten mir nicht nur Schatten, sondern dienten mir auch später zur Verteidigung.
Ich erkannte bald, daß sich das Jahr hier nicht wie in Europa in Sommer und Winter teilte, sondern in regnerische und trokkene Jahreszeiten, deren Verlauf folgender war:
Mitte Februar bis Mitte April: Regenzeit. Die Sonne nähert sich dem Äquinoktium (Tagundnachtgleiche).
Mitte April bis Mitte August: trockene Zeit. Die Sonne steht nördlich des Äquators.

Mitte August bis Mitte Oktober: Regenzeit. Die Sonne tritt wieder ins Äquinoktium.
Mitte Oktober bis Mitte Februar: trockene Zeit. Die Sonne steht südlich des Äquators.
Je nachdem wie der Wind wehte, dauerten die Regenzeiten länger oder kürzer, doch auf Grund meiner Beobachtungen war die genannte Einteilung im allgemeinen zutreffend. Vor den regnerischen Monaten versorgte ich mich reichlich mit Vorräten und blieb, solange es regnete, die meiste Zeit zu Hause, da mich die Erfahrung gelehrt hatte, welche üblen Folgen der Aufenthalt im Freien bei nassem Wetter haben konnte. Aber auch während der Regenzeiten war ich nicht müßig und fertigte mir die verschiedensten Geräte an.
So versuchte ich immer wieder, einen Korb zu flechten, doch die Zweige, die ich verwendete, waren spröde und brachen. Als Kind hatte ich in meiner Vaterstadt mit Vergnügen einem Korbflechter bei seiner Arbeit zugeschaut und ihm, wie es die Art der Knaben ist, kleine Hilfsdienste geleistet. Diese Erfahrung kam mir nun zu Hilfe, weil ich dabei seine Arbeitsmethode genau kennengelernt hatte. Nach vielen vergeblichen Versuchen fiel mir ein, daß vielleicht die Zweige jenes Baumes, von dem ich meine grünende Hecke abgeschnitten hatte, so geschmeidig sein könnten wie die verschiedenen Weidenarten in England. Schon am nächsten Tag wanderte ich zu meinem Landhaus, schnitt einige Zweige ab und fand sie für meinen Zweck so geeignet, wie ich es nur wünschen konnte. Ich trocknete sie innerhalb der Umzäunung meines Landsitzes und schaffte sie nachher gebrauchsfertig in die Höhle. Während der nächsten Regenzeit flocht ich mir daraus verschiedene Körbe. Sie fielen zwar nicht schön aus, aber sie erfüllten doch ihren Zweck. Vor allem war ich darauf bedacht,

besonders starke und tiefe Körbe anzufertigen, um darin das Korn nach der Ernte aufzubewahren.
Nachdem ich diese Schwierigkeiten überwunden und viel Zeit darauf verwendet hatte, begann ich zu überlegen, wie ich zwei anderen Mängeln abhelfen könnte. Ich hatte keine Gefäße für Flüssigkeiten, nur zwei größere Flaschen, die mit Rum gefüllt waren, und noch etliche Flaschen verschiedener Größe für Wasser und Branntwein und dergleichen. Ich hatte nicht einmal einen Topf, um irgend etwas darin zu kochen. Vom Schiff hatte ich wohl einen großen Kessel gerettet, der mir aber nichts nützte. Er war zu groß, um darin Fleischsuppe zu kochen oder Fleisch zu schmoren. Mein zweiter sehnlichster Wunsch war eine Tabakspfeife.
Schließlich fand ich für all dies Rat. Davon will ich später berichten, denn eine andere Unternehmung brachte mich davon ab, und sie kostete mich mehr Zeit, als ich eigentlich übrig hatte. Ich habe schon erzählt, daß ich große Lust hatte, die ganze Insel zu erforschen, und daß ich auf meiner Wanderung den Bach entlang bis zu jener Gegend, wo ich meine Laube gebaut hatte, bereits auf die andere Seite der Insel gelangt war. Und nun beschloß ich, quer durch die Insel zu wandern bis an die gegenüberliegende Küste.

Erforschung der Insel – Ackerbau

Ich nahm mein Gewehr, eine Axt, Pulver und Blei, steckte Zwieback und ein Bündel Rosinen in meine Tasche und machte mich in Begleitung meines Hundes auf die Reise.
Als ich das Tal, wo meine Laube stand, durchwandert hatte, sah ich im Westen das Meer.
Es war ein sonniger Tag, die Sicht war gut, und am Horizont entdeckte ich einen Streifen Land, ob es eine Insel oder das Festland war, konnte ich aber nicht feststellen. Das Land lag hoch und erstreckte sich weit ausgedehnt von West nach Westsüdwest. Nach meiner Berechnung mußte die Entfernung von meiner Insel vierzig Meilen betragen.
Welches Land es war, das ich sah, wußte ich nicht. Sicher war nur, daß es zum amerikanischen Kontinent gehörte und wahrscheinlich in der Nähe der spanischen Kolonien lag. Vielleicht aber war es von Wilden bewohnt, und wenn ich dort ans Land geworfen worden wäre, hätte ich mich wahrscheinlich in einer schlimmeren Lage befunden als auf meiner Insel.
Wenn jenes Land wirklich zu den spanischen Besitzungen gehörte, mußte ich früher oder später ein Schiff wahrnehmen. War das aber nicht der Fall, so war es jener gefürchtete Landstrich, der zwischen den spanischen Kolonien und Brasilien lag und von den unzivilisierten Wilden, Kannibalen, bewohnt war.
Die Seite der Insel, auf der ich mich jetzt befand, war viel lieblicher als meine. Die Wiesen waren saftig und mit Blumen bedeckt, und es gab viele schöne, offene Waldungen, in denen Schwärme von Papageien herumflatterten. Sofort fühlte ich

den Wunsch, einen dieser Vögel zu fangen, zu zähmen und ihn sprechen zu lehren. Nach einigen vergeblichen Versuchen gelang es mir auch, einen jungen Papagei zu fangen. Ich betäubte ihn mit einem Stockschlag, und als er sich wieder erholt hatte, trug ich ihn heim. Bis er sprechen lernte, sollte viel Zeit vergehen, aber dann rief er mich ganz zutraulich bei meinem Namen.

Meine Reise machte mir ungemein viel Vergnügen. In den Tälern fand ich Hasen, wenigstens sah ich sie dafür an, und Füchse, doch unterschieden sie sich sehr von den Arten, die ich bisher gekannt hatte. Ich schoß mehrere, konnte mich aber nicht entschließen, sie zu essen. Aber es war mir ja erlaubt, wählerisch zu sein, denn ich hatte Überfluß an Nahrung, und zwar an recht guten Dingen. Ich hatte Ziegen-, Tauben- und Schildkrötenfleisch zur Auswahl, und wenn man die Rosinen und andere Früchte hinzurechnete, so hätte selbst der Markt von London meinen Tisch nicht besser versorgen können. War meine Lage auch beklagenswert genug, so hatte ich doch allen Grund zur Dankbarkeit, daß ich keinen Hunger leiden mußte und reichlich mit Nahrung versorgt war.

Auf meiner Erkundungsfahrt legte ich täglich nicht mehr als zwei Meilen zurück, weil ich viele Umwege einschlug, um Entdeckungen zu machen. Nachts schlief ich entweder auf einem Baum oder errichtete mir einen Schutzwall aus Pfählen und Zweigen gegen wilde Tiere.

Als ich wieder ans Meerufer gelangte, stellte ich fest, daß auch hier die Küste viel fruchtbarer und lieblicher war als jene, auf der ich mich angesiedelt hatte. Überall krochen Schildkröten herum, während ich bei meiner Ansiedlung binnen eineinhalb Jahren nur drei Exemplare gefunden hatte. Es gab Vögel der verschiedensten Arten, von denen ich einige noch nie gesehen hatte. Manche lieferten gutes Fleisch, dem Namen nach kannte ich aber nur die Pinguine. Ich hätte von diesen Vogelgattungen so viel erlegen können, wie ich nur wollte, aber ich ging jetzt mit Pulver und Blei sparsam um und schoß daher lieber eine Ziege. Auch Ziegen waren auf dieser Inselseite zahlreicher, aber die Jagd war hier schwieriger. Das Land war meist flach, und ich konnte mich nicht von einem Hügel aus anpirschen.

Ich muß gestehen, dieser Teil der Insel gefiel mir weit besser als jener, den ich bewohnte. Trotzdem wollte ich nicht hierher ziehen, ich hatte mich bereits zu sehr an meine Behausung und die Gegend dort gewöhnt. Hier fühlte ich mich wie auf einer Reise in die Fremde. Ich wanderte noch ungefähr zwölf Meilen entlang der Küste nach Osten, dann rammte ich einen großen Pfahl in den Boden als Landmarke und beschloß umzukehren. Mein nächster Ausflug sollte mich entlang der anderen Seite der Insel bis zu jenem Pfahl führen.

Ich wollte auf einem anderen Weg zurückkehren und war überzeugt, daß ich stets einen Überblick über die ganze Insel behalten konnte und mein Haus ohne Schwierigkeiten finden würde. Ich täuschte mich aber. Kaum hatte ich einige Meilen zurückgelegt, als ich mich in einem weitausgedehnten Tal fand, so dicht von bewaldeten Hügeln eingeschlossen, daß ich meine Wegrichtung nur nach dem Sonnenstand beurteilen konnte. Noch dazu fiel nach kurzer Zeit dichter Nebel. Ich irrte mißmutig im Tal umher, ohne zu wissen, welche Richtung ich einschlagen mußte. Nach zwei Tagen blieb mir schließlich nichts anderes übrig, als wieder zur Küste zurückzugehen, den Pfahl zu suchen und entlang dem Meerufer heimzuwandern.

In den letzten Tagen meiner Wanderung stöberte mein Hund eine junge Ziege auf, die ich ihm noch lebendig abjagen konnte. Ich hatte große Lust, das junge Kitz nach Hause mitzunehmen, denn ich hatte daran gedacht, mir eine Ziegenzucht zu halten, die mich später, wenn mein Pulver verschossen war, mit Fleisch versorgen sollte. Ich band daher dem kleinen Tier einen Strick um den Hals und führte es zu meinem Landhaus, wo ich es einschloß und zurückließ. Nach mehr als einmonatiger Abwesenheit sehnte ich mich schon ungeduldig nach meinem Heim.

Die Freude, mit der ich meinen alten Zufluchtsort wieder betrat, läßt sich nicht beschreiben. Auf meiner Wanderung hatte ich jeden Tag das Lager gewechselt und so viele Strapazen ausgestanden, daß mir jetzt mein eigenes Haus – wie ich es nannte – als ein Ort der Ruhe und Erholung vorkam, wo ich mich so wohl fühlte, daß ich beschloß, es nie wieder für länger zu verlassen.

Eine Woche lang machte ich Ferien. Ich baute einen Käfig für meinen Papagei, der sich bei mir schon ganz heimisch fühlte. Dann fiel mir das arme Zicklein ein, das ich im Hof meines Landhauses eingesperrt hatte. Als ich hinkam, war es schon halb verhungert. Ich schnitt Baumzweige und Gras ab und warf es ihm vor. Später wollte ich es an die Leine legen, aber der Hunger hatte es zahm gemacht, und es folgte mir wie ein treuer Hund. Ich fütterte es nun regelmäßig, und das Tier wurde so zutraulich, anhänglich und zärtlich, daß ich es in meine »Familie« aufnahm.

Die Regenzeit der herbstlichen Tagundnachtgleiche war wieder herangekommen, und ich feierte den 30. September als den Jahrestag meiner Landung. Zwei Jahre waren vergangen, und die Aussicht auf Befreiung war nicht größer als am ersten Tag. Doch ich war mit meinem Leben hier nicht mehr unzufrieden. Manchmal dachte ich, daß ich in meiner Einsamkeit vielleicht glücklicher war als viele andere, die in der menschlichen Gesellschaft lebten und alles hatten, was ich entbehrte.

Ich merkte, daß ich mich selbst gewandelt hatte. Meine Freuden, meine Wünsche waren andere geworden, es waren nun ganz andere Dinge, an denen ich Vergnügen fand, als zu der Zeit, da ich zuerst auf die Insel kam.

Früher, wenn ich umherstreifte, konnte mich plötzlich das Gefühl meiner Verlassenheit derart überwältigen, daß mir das Herz stillzustehen schien. Mitten in der größten Gemütsruhe konnte mich der Gedanke überfallen, daß mich das Weltmeer mit seinen unendlichen Schranken in dieser unbewohnten Wildnis hoffnungslos eingesperrt hatte, und ich weinte wie ein Kind. Manchmal packte es mich mitten in der Arbeit. Ich saß dann still und starrte stundenlang vor mich hin; solche Zeiten waren die allerschlimmsten.

Jetzt aber wunderte ich mich oft, daß ich mich in meiner einsamen, verlassenen Lage so heiter fühlen konnte. Ja, einmal wollte ich Gott dafür danken, daß er mich hierhergebracht hatte. Das konnte ich dann aber doch nicht! »Nein, du bist ein Heuchler«, sagte ich zu mir, »wenn du das tust. Wenn du dich auch noch so bemühst, hier auf der Insel zufrieden zu sein, so möchtest du doch insgeheim von Herzen gern von ihr befreit werden.« Obwohl ich Gott also nicht für mein Hiersein danken konnte, so dankte ich ihm doch für alle Wohltaten, die mir das Leben auf der Insel angenehm machten, und daß er mich gelehrt hatte, trotz meiner Einsamkeit glücklich zu sein.

In dieser Gemütsstimmung begann ich mein drittes Jahr. Ich

lebte nun nach einer fast regelmäßigen Zeiteinteilung. Am Morgen las ich in der Bibel, dann ging ich auf die Jagd, und wenn ich heimkam, zerlegte ich die Tiere, die ich erbeutet hatte, oder arbeitete auf meiner Ansiedlung. Mittags, wenn die Sonne im Zenit stand, zwang mich die Hitze zum Nichtstun. So blieben mir nur ungefähr vier Stunden am Nachmittag zur weiteren Arbeit. Manchmal vertauschte ich auch die Stunden der Arbeit mit denen der Jagd und ging erst abends mit dem Gewehr aus.

Viele Stunden gingen aus Mangel an Werkzeug, an Hilfe, an Übung und an Erfahrung verloren. So brachte ich beispielsweise zweiundvierzig Tage damit zu, ein Brett für ein Wandbord anzufertigen, das ich für meinen Keller brauchte, während zwei Zimmerleute mit dem nötigen Handwerkszeug in einem halben Tag aus dem gleichen Baum sechs Bretter geschnitten hätten.

Mein Verfahren war mühsam. Zuerst fällte ich einen starken Baum – eine Schwerarbeit von drei Tagen. In weiteren zwei Tagen hatte ich ihn von den Ästen und Zweigen befreit. Mit unglaublicher Mühe behackte ich nun beide Seiten des Stammes, schlug Span um Span herunter, bis ich ein Brett von ungefähr drei Zoll Stärke erhalten hatte. Man kann sich leicht vorstellen, wieviel Fleiß und Geduld diese Arbeit erforderte.

Ich schildere das so im einzelnen, um zu zeigen, warum ich so viel Zeit an oft so einfache Dinge verlor. Was eine Kleinigkeit gewesen wäre, wenn ich Beistand und Werkzeuge gehabt hätte, wurde für mich, der ich alles allein und mit der Hand tun mußte, zu einer schweren Arbeit und kostete mich ungeheuer viel Zeit. Aber mit Geduld und Ausdauer gelang mir vieles, fast alles, was ich brauchte, wie ich später erzählen werde.

November und Dezember kamen, und ich erwartete nun die Gersten- und Reisernte. Mein Feld war nicht groß, aber die Ernte versprach gut zu werden. Freilich hatte ich sie mühsam gegen die verschiedensten Feinde verteidigen müssen. Als die Saat kaum aufgegangen war, fielen Ziegen und Hasen ein, und es blieb mir nichts anderes übrig, als sofort einen Zaun um das Feld aufzustellen. Nach drei Wochen war ich damit fertig. Tagsüber schoß ich auf die ungebetenen Gäste, und nachts ließ ich meinen Hund als Wächter dort, der mit seinem Bellen jedes Tier verjagte. Das Korn gedieh prächtig und fing an zu reifen.

Solange die Halme grün waren, bedrohten vierfüßige Tiere meine Ernte, als die Ähren reiften, kamen neue Feinde. Als ich eines Tages zu dem Feld kam, war es von zahllosen Vögeln der verschiedensten Arten umgeben. Ich schoß in den Haufen, und sofort erhob sich aus dem Feld eine ganze Wolke von Vögeln, die ich zuerst gar nicht bemerkt hatte.

Das machte mir ernste Sorgen. Binnen weniger Tage konnte ich auf diese Weise meine ganze Ernte verlieren. Ich blieb neben dem Feld stehen und lud mein Gewehr wieder. Die Diebe trieben sich rings auf den Bäumen herum, als warteten sie nur auf mein Weggehen. Und so war es auch wirklich, denn als ich mich ein kleines Stück entfernte, fielen sie, sobald ich aus den Augen war, einer nach dem andern auch schon wieder über das Korn her. Ich war so aufgebracht, daß ich nicht die Geduld hatte abzuwarten, bis noch mehr kamen, eilte zurück, feuerte und tötete drei Vögel.

Die drei toten gefiederten Räuber behandelte ich, wie man in England gewohnheitsmäßige Diebe bestraft, das heißt, ich hängte sie über dem Feld an Stöcken auf, um sie den anderen als warnendes Beispiel dienen zu lassen. Diese Maßregel war

tatsächlich äußerst eindrucksvoll. Die Vögel wagten sich nicht mehr an das Feld heran, ja, sie verließen sogar diesen Teil der Insel, und solange die Vogelscheuchen dort hingen, zeigte sich kein Vogel mehr in der Nähe.
Gegen Ende Dezember, in der zweiten Herbstzeit des Jahres, konnte ich mein Korn schneiden. Da ich weder Sense noch Sichel hatte, verwendete ich einen der breiten Säbel, die ich unter den Waffen auf dem Wrack gefunden hatte. Die erste Ernte war nicht beträchtlich und das Schneiden daher nicht besonders mühevoll. Ich schnitt nur die Ähren ab, füllte einen großen Korb damit und körnte sie dann mit den Händen aus. Auf diese Weise erhielt ich zwei Scheffel Reis und mehr als zwei und einen halben Scheffel Gerste. Freilich konnte ich diese Menge nur mit dem Augenmaß abschätzen, da mir nichts anderes zur Verfügung stand.
Nach der Ernte sah ich mich vor neuen Schwierigkeiten. Ich wußte weder, wie ich das Korn mahlen sollte, um daraus Mehl zu bereiten, noch hatte ich eine Ahnung, wie das Mehl von der Kleie gereinigt wird und wie man Brot backt. Diese Schwierigkeiten und der Wunsch, für meinen künftigen Lebensunterhalt einen größeren Vorrat an Getreide zu bereiten, ließen den Entschluß in mir reifen, diese erste Ernte für die nächste Aussaat aufzubewahren und inzwischen alles für die schwere Aufgabe, aus Korn Brot zu bereiten, herzustellen.
Ich kann in Wahrheit sagen, daß ich für mein tägliches Brot arbeitete. Sicher denken nur wenige Menschen je darüber nach, wie viele Dinge notwendig sind, daß sie jeden Tag ihr Brot essen können. Ich aber war auf die einfachsten Hilfsquellen der Natur angewiesen und beschäftigte mich täglich mit diesem Gedanken.
Ich hatte keinen Pflug gehabt, um die Erde aufzuackern, und

hatte sie mit einem hölzernen Spaten umgraben müssen. Dann, als das Korn gesät war, fehlte mir eine Walze. Ich half mir damit, daß ich einen schweren Baumstamm über das Feld rollte und den Boden mehr kratzte als walzte. Als das Korn reifte, hatte ich keine Geräte, um es zu dreschen, von der Spreu zu sondern und es aufzubewahren. Auch eine Mühle zum Mahlen des Kornes fehlte mir, Siebe, um es zu reinigen, Hefe und Salz, um den Sauerteig zu bereiten, und endlich ein Backofen, um den Teig zu backen. Die mühsame und langwierige Arbeit, die dafür unabänderlich war, fiel insofern nicht ins Gewicht, als die Zeit für mich keine Bedeutung hatte. Bei der Einteilung meiner täglichen Beschäftigungen bestimmte ich nun von vornherein eine gewisse Anzahl von Stunden für die Arbeiten zur Brotbereitung. Die nächsten sechs Monate standen mir ja zur Verfügung, um alles zu erfinden, was ich für die Zubereitung des Brotes unbedingt brauchte.

Vor allem mußte ich zuerst ein größeres Stück Land umakkern. Ich besaß genug Samen, um mehr als einen Acker damit zu bestellen. Ehe ich aussäen konnte, brauchte ich über eine Woche, um einen leidlichen Spaten herzustellen. Nachdem alles umgegraben war, säte ich die Körner auf zwei Feldern aus, die nahe bei meinem Haus lagen, und pflanzte zum Schutz gegen Tiere eine dichte Hecke rings um mein Ackerland. Für alle diese Arbeiten brauchte ich drei Monate, weil der größte Teil in die Regenzeit fiel und ich nicht ausgehen konnte.

Während der unfreiwilligen Arbeitspausen bemühte ich mich, meinen Papagei sprechen zu lehren. Zuerst brachte ich ihm seinen eigenen Namen bei, den er bald ganz deutlich aussprach. »Pol« war das erste Wort, das ich auf dieser Insel aus einem anderen als meinem Mund hörte. In der Gesellschaft meiner Tiere fand ich Muße und Erholung, vergaß aber dabei meine anderen Arbeiten nicht. Ich hatte schon lange Zeit daran gedacht, mir irdene Gefäße anzufertigen, die ich sehr vermißte, aber ich wußte nicht, wie ich es anstellen sollte. Ohne Zweifel konnte ich aber, wenn ich richtige Tonerde fand, in diesem heißen Klima die geformten Gefäße leicht an der Sonne trocknen, bis sie fest und stark genug waren, um alles darin zu verwahren, was trockengehalten werden mußte. Besonders für mein Korn, Mehl und so weiter brauchte ich derlei Krüge, und ich beschloß, ein paar recht große zu diesem Zweck zu verfertigen.

Töpferarbeit – Bau eines Bootes – Bekleidung

Es ist schwer zu schildern, wieviel ungeschickte Versuche ich anstellte, wieviel häßliche, mißgestaltete Dinge ich zuwege brachte und wie viele meiner Gebilde in sich zusammenfielen, weil der Ton nicht fest genug war, sein eigenes Gewicht zu tragen! Dann wieder zersprangen mir die Töpfe in der starken Sonnenhitze, der ich sie zu früh ausgesetzt hatte, oder sie zerbrachen mir beim Fortschaffen, vor oder nachdem sie getrocknet waren. Kurz gesagt, nach vieler Mühe, den Lehm zu finden, auszugraben, anzurühren, heimzubringen und zu kneten, brachte ich schließlich in zwei Monaten langer Arbeit nur zwei große, unförmige Gefäße zustande, die ich kaum Krüge nennen konnte.

Als die Sonne endlich diese zwei Töpfe trocken und hart gebrannt hatte, hob ich sie behutsam auf und stellte sie in zwei große Weidenkörbe, die ich mit Reis- und Gerstenstroh ausgepolstert hatte. Ich besaß nun zwei Gefäße, in denen ich Korn und Mehl trocken aufbewahren konnte.

Wenn ich auch bei der Herstellung größerer Töpfe nicht recht glücklich gewesen war, so gelang mir doch kleineres Geschirr ziemlich gut. Ich stellte eine große Anzahl kleiner, runder Töpfe, flacher Schüsseln und einige nicht zu große Krüge her, die ich in der Sonnenhitze beinhart trocknete.

Aber noch war es mir nicht gelungen, ein irdenes Gefäß herzustellen, das wasserundurchlässig war und das ich zum Kochen verwenden konnte. Der Zufall kam mir zur Hilfe. Ich hatte ein großes Feuer angefacht und eine Ziege gebraten, als ich beim Löschen der Flammen in der Asche den Scherben eines meiner irdenen Gefäße fand, der so hart wie Stein und so rot wie ein Ziegel gebrannt war. Angenehm überrascht sagte ich mir, daß sich auch ein ganzes Gefäß auf diese Weise hartbrennen lassen mußte, und ich begann mir den Kopf darüber zu zerbrechen, wie ich eine Feuerstelle zum Brennen von Töpfen anlegen sollte.

Ich stellte drei große Krüge und einige kleinere Töpfe auf einen Holzstoß dicht nebeneinander und häufte ringsherum Brennholz und heiße Asche. Von allen Seiten führte ich dann dem Feuer neue Nahrung zu, bis die Töpfe rotglühend wurden, ohne daß sie dabei zersprangen. Fünf bis sechs Stunden setzte ich sie dieser Hitze aus, bis ich beobachtete, daß einer von den Töpfen zwar nicht zersprang, aber zu schmelzen oder vielmehr zu zerfließen anfing. Ich hatte dem Ton Sand beigemischt, der in der starken Hitze nun zerschmolz. Hätte ich weiter geheizt, wäre bestimmt Glas entstanden. Vorsichtig dämpfte ich das Feuer etwas, bis die Töpfe ihre rote Farbe zu verlieren begannen, dann wachte ich die ganze Nacht an meinem Brennofen und achtete immer auf die richtige Temperatur. Am nächsten Morgen besaß ich drei recht gute Krüge und zwei irdene Töpfe. Einer von ihnen hatte durch den zerschmolzenen Sand eine richtige Glasur bekommen.

Nach diesem erfolgreichen Versuch mangelte es meiner Wirtschaft nicht mehr an Geschirr, doch ich muß gestehen, daß die Form der einzelnen Töpfe oft recht unregelmäßig war.

Nie hat aber wohl jemand über einen so geringfügigen Gegenstand eine solche Freude empfunden wie ich, als es mir gelungen war, feuerfeste Töpfe herzustellen. Ich konnte den Augenblick kaum erwarten, bis sie kalt geworden waren, bis ich einen mit Wasser füllen und aufs Feuer setzen konnte. Ich kochte Ziegenfleisch darin und erhielt eine kräftige Suppe, meine erste Fleischsuppe auf der Insel!

Nun galt es, einen Mörser anzufertigen, mit dem ich das Korn zerstampfen konnte. Mit meinen zwei Händen allein durfte ich nicht daran denken, das Kunstwerk einer Mühle fertigzubringen. Es konnte sich also nur darum handeln, einen Ersatz für eine Mühle zu finden. Unter allen Handwerken der Welt war ich aber zu dem eines Steinhauers am wenigsten befähigt. Alle nötigen Werkzeuge fehlten mir. So manchen Tag verbrachte ich damit, nach einem Stein zu suchen, der groß genug gewesen wäre, um als Mörser ausgehöhlt zu werden, aber ich fand keinen, ausgenommen Felsblöcke, die ich weder ausschneiden noch aushöhlen konnte. Auch war das Gestein auf der Insel von einer bröckeligen und sandigen Art und hielt weder das Gewicht einer schweren Mörserkeule aus, noch hätte es Korn, ohne es mit Sand zu vermischen, gemahlen. Nachdem ich viel Zeit auf der Suche nach einem Stein verloren hatte, entschloß ich mich, statt dessen einen großen Block aus hartem Holz zu verwenden.

Ich suchte mir einen Holzklotz, der so groß war, daß ich ihn gerade noch fortschaffen konnte, rundete ihn ab und glättete ihn an der Außenseite mit Beil und Hacke. Unendlich mühevoll höhlte ich ihn dann mit Hilfe des Feuers aus, und zwar in ähnlicher Weise, wie die Indianer in Brasilien ihre Kanus aushöhlen. Die Mörserkeule, oder vielmehr einen Schlegel, fertigte ich mir aus dem sogenannten Eisenholz an. Das alles bewahrte ich für die Zeit meiner nächsten Ernte auf, denn ich hatte den festen Vorsatz, diesmal mein Korn zu mahlen und Brot aus dem Mehl zu backen.

Aber noch immer fehlte mir ein Sieb, um das Mehl von den Kornhülsen reinigen zu können, und ich besaß nicht das geringste Material für ein solches Gerät. Ich hatte weder Rohleinen noch einen ähnlichen Stoff, durch den das Mehl hätte gesiebt werden können. Ich wußte wirklich nicht, was ich anfangen sollte, und es vergingen mehrere Monate, bis ich eine Lösung fand. Was sollte ich tun? Leinwand besaß ich nicht, oder nur solche, die aus Lumpen bestand. Ich hatte zwar Ziegenhaare, aber wie sollte ich sie weben und spinnen? Endlich fand ich einen Ausweg. Unter den Kleidern der Matrosen, die ich aus dem Wrack gerettet hatte, waren auch einige Halstücher aus Kattun und Musselin. Aus diesen Halstüchern fertigte ich drei kleine Siebe, die ihren Zweck hinreichend erfüllten.

Nun kam das Brotbacken selbst an die Reihe. Mehl besaß ich, aber wie sollte ich das Brot zubereiten? Vor allem fehlte mir Hefe, und ich sah nicht, woher ich mir Hefe hätte beschaffen können. Auch der Backofen brachte mich in Verlegenheit. Endlich fand ich, wie für alles, einen Ausweg. Ich töpferte einige nicht zu tiefe irdene Gefäße und härtete sie im Feuer. Den Herd baute ich aus gebrannten Ziegeln, die ich mir ebenfalls selbst angefertigt hatte, und obwohl sie mir nicht ganz rechtwinkelig gelungen waren, erfüllten sie ihren Zweck. Für das Backen selbst zündete ich ein mächtiges Feuer an, und als das Holz zu Asche und glühenden Kohlen verglost war, bedeckte ich den Herd gänzlich damit. Sobald die Ziegelsteine genügend heiß waren, kehrte ich Asche und Kohle fort, legte meine Brote darauf, bedeckte sie mit den irdenen Schüsseln und häufte darauf wieder glühende Asche, um die Hitze zu erhalten und zu verstärken. Auf diese Weise bereitete ich mir mein Gerstenbrot wie in dem besten Backofen der Welt und wurde bald sogar ein vorzüglicher Kuchenbäcker. Ich machte mir nämlich aus Reis verschiedene Kuchen und Puddings.

Alle diese Arbeiten nahmen fast das ganze dritte Jahr meines

Inselaufenthaltes in Anspruch. Das ist nicht verwunderlich, mußte ich ja nebenbei auch noch für meine neue Ernte sorgen und andere landwirtschaftliche Arbeiten verrichten. Ich schnitt mein Korn zur rechten Zeit, brachte es nach Hause und bewahrte die Ähren in meinen großen Körben auf, bis ich Zeit fand, sie auszukörnen, denn ich besaß ja weder Tenne noch Flegel, um sie dreschen zu können.

Ich besaß nun so viele Kornvorräte, daß mein Lagerplatz dafür nicht mehr ausreichte, denn ich hatte ungefähr zwanzig Scheffel Gerste und ebensoviel Reis geerntet. Dieser Vorrat war mehr, als ich in einem Jahr aufbrauchen konnte. Ich beschloß, nur mehr einmal im Jahr zu säen und dieselbe Menge wie das letztemal anzubauen, und hoffte, dadurch genug Brot, Saatgut und Tierfutter zu erhalten.

Während all dieser Arbeiten irrten meine Gedanken oft zu dem Land, das ich von der anderen Seite der Insel aus gesehen hatte. Im stillen wünschte ich mir: Ach, wäre ich dort drüben! Denn ich hielt jene Küste für das Festland und nahm an, daß sie bewohnt war. Vielleicht, so dachte ich, könnte ich von dort aus meinen Weg in die Freiheit finden.

Aber ich dachte dabei nicht an die Gefahren eines solchen Abenteuers: daß ich in die Hände von Wilden fallen könnte, die vielleicht noch gefährlicher waren als die wilden Tiere Afrikas. Hatte ich doch gehört, daß die Bewohner der Karibischen Küste Kannibalen waren, und nach dem Breitengrad zu urteilen, unter welchem ich mich befand, war ich von dieser Küste nicht weit entfernt. Aber selbst wenn die Ureinwohner des Landes keine Kannibalen waren, mußte ich doch darauf gefaßt sein, von ihnen getötet zu werden. Europäer, die in ihre Gefangenschaft gerieten, auch Trupps von zehn oder zwanzig Mann, kamen nie wieder lebendig zurück. Um so mehr

drohte mir, dem einzelnen, ohne hinreichende Verteidigungsmittel, Gefahr von diesen Wilden!
Jetzt wären mir Xury und das Langboot, in dem ich über tausend Meilen an der afrikanischen Küste entlanggesegelt war, sehr willkommen gewesen. Das war natürlich ein vergeblicher Wunsch, doch fiel mir unser Segelboot ein, das der Sturm damals bei unserem Schiffbruch an Land geschleudert hatte. Die Gewalt des Sturmes und der Wellen hatten es kieloben auf eine hohe Sandbank geschleudert, wo es seither im Trockenen lag. Hätte ich Hilfe gehabt, es auszubessern und flottzumachen, so wäre es gewiß noch brauchbar gewesen, mich nach Brasilien zu tragen. Aber eher hätte ich die Insel selbst fortbewegen können, als das Boot zu wenden. Trotzdem ging ich in den Wald, fällte Hebebäume, fertigte mir mit der Axt Walzen an und sparte bei dieser undankbaren Arbeit keine Mühe. Wohl drei oder vier Wochen plagte ich mich mit dem Boot ab. Endlich sah ich ein, daß es unmöglich war, mit meinen geringen Kräften das Boot auch nur einen Zoll zu bewegen. Trotzdem gab ich die Hoffnung nicht auf und kam auf den Gedanken, den Sand unter dem Boot auszugraben, es zu unterminieren und dadurch umzustürzen. Ich stellte Holzpflöcke auf und stützte das Boot, damit es beim Senken die entsprechende Richtung erhielt. Trotz aller schweren Mühe gelang es mir aber nicht, das Boot aufzurichten oder auch nur eine Stütze darunter anzubringen, geschweige denn, es ins Meer zu schaffen. Je mehr ich einsehen mußte, daß alles vergebens war, um so mehr wuchs der Wunsch in mir, mich hinaus auf das offene Meer zu wagen, ja, die Hindernisse, die sich mir in den Weg stellten, vergrößerten nur diese Sehnsucht.
Schließlich verfiel ich darauf, mir selbst ein Kanu oder eine

Piroge zu bauen, wie sie die Eingeborenen jener Gegend ohne Handwerkszeug anfertigen, ja, man könnte fast sagen, ohne jede Arbeit, weil sie einfach einen großen hohlen Baumstamm dazu auswählen. Je länger ich darüber nachdachte, um so leichter schien mir der Bau eines solchen Kanus zu sein, und ich freute mich außerordentlich darauf, meinen Plan in die Tat umzusetzen, besaß ich ja überdies weit mehr Hilfsmittel dazu als ein Neger oder Indianer. Eines vergaß ich dabei aber ganz: Was nützte es mir, in den Wäldern einen Baum auszusuchen und ihn mit vieler Mühe zu fällen! Auch wenn ich ihm mit Beil und Axt die Gestalt eines Bootes geben konnte und ihn im Inneren ausbrannte oder ausschnitt, war ich nachher nicht imstande, das schwere Boot ins Wasser zu bringen.
Man sollte glauben, daß mir dieser Gedanke bereits kam, bevor ich den Bau des Kanus in Angriff nahm. Aber mein ganzes Denken war so sehr von der geplanten Seereise erfüllt, daß ich mich nicht im geringsten fragte, wie ich das Boot zum Meer bringen konnte. Ich unternahm den Bau des Kanus mit einem so leichtsinnigen Eifer, als hätte ich den Verstand verloren. Zuerst will ich das Boot herstellen, dachte ich, alles andere wird sich dann von selbst ergeben.
Das war allerdings eine sehr naive Ansicht. Die Einbildungskraft hatte aber die Vernunft in mir zurückgedrängt, und ich ging mit Feuereifer ans Werk. Zuerst fällte ich mit unendlicher Mühe eine herrlich gewachsene Zeder. Sie hatte einen Durchmesser von fünf Fuß zehn Zoll in der Nähe der Wurzel und einen Durchmesser von vier Fuß elf Zoll der Spitze zu, wo sie sich erst in verschiedene Äste teilte. Zwanzig Tage hackte ich an dem Stamm herum, bis ich ihn gefällt hatte, und in weiteren vierzehn Tagen befreite ich ihn von den Ästen und der Krone. Dann dauerte es beinahe einen Monat, bis der

Stamm nach und nach die Gestalt eines Bootes annahm, und das Innere auszuhöhlen kostete mich drei Monate. Ich hatte das Feuer nicht zu Hilfe genommen, sondern arbeitete lediglich mit Hammer und Meißel, und unter gewaltigen Anstrengungen brachte ich ein recht hübsches Kanu zuwege, das groß genug war, um etwa sechsundzwanzig Mann aufzunehmen, und völlig ausreichte, mich samt meiner Ladung zu tragen.

Ich war geradezu närrisch vor Freude. In der Tat war das Boot viel größer, als ich je ein aus einem Stamm gefertigtes Kanu gesehen hatte.

Aber alle meine Versuche, das Boot flottzumachen, scheiterten. Es lag zwar nur hundert Yard vom Ufer entfernt, aber hinter einem kleinen Hügel. Um dieses Hindernis zu beseitigen, beschloß ich, die Erde abzutragen und eine Abfahrt herzustellen. Das kostete mich unsägliche Mühe, aber wer schont seine Kräfte, wenn es gilt, die Freiheit zu erkaufen? Als ich endlich fertig war, war ich aber nicht weiter als vorher: Ich vermochte mein Kanu ebensowenig von der Stelle zu bewegen wie das Segelboot.

Darüber war das vierte Jahr meines Aufenthaltes auf der Insel zu Ende gegangen. Ich feierte den Jahrestag so besinnlich wie die vorhergegangenen. Diese vier Jahre hatten mich gelehrt, mein Leben und den Wert des Daseins mit anderen Augen anzusehen, als es mir früher möglich gewesen war. Die Welt betrachtete ich als etwas ganz Fernes, wovon ich nichts mehr erwartete noch wünschte.

Ich hatte genug zu essen, um alle meine Bedürfnisse zu befriedigen. Was sollte ich mit Überfluß anfangen? Erlegte ich mehr Wild, als ich essen konnte, mußte ich das Fleisch meinem Hund vorwerfen, oder die Würmer fraßen es. Säte ich mehr Korn, als ich nötig hatte, so verdarb es. Die Bäume, die ich

fällte, verfaulten am Boden, wenn ich sie nicht als Baumaterial oder für das Herdfeuer verwendete.
Natur und Erfahrung zeigten mir, daß alle guten Dinge dieser Welt nur solange Wert für uns besitzen, wie wir sie gebrauchen können. Der habsüchtigste Geizhals der Welt wäre von seiner Krankheit geheilt worden, hätte er sich in meiner Lage befunden. Ich besaß unendlich mehr, als ich verwenden konnte, kein Wunsch regte sich in mir, außer manchmal nach einigen Kleinigkeiten, die ich freilich sehr vermißte.
Mein Geld, ungefähr sechsunddreißig Pfund Sterling in Gold- und Silbermünzen, war für mich nur ein unnützer, wertloser Tand. Ich konnte nichts damit anfangen, und ich hätte es gern für einige Tabakspfeifen oder eine Handmühle, auf der ich mein Korn hätte mahlen können, hergegeben. Ja, ich hätte alle Münzen für ein Säckchen Rüben- und Möhrensamen eingetauscht, das man in England für ein Sechspencestück erhält, für eine Handvoll Erbsen und Bohnen oder für eine Flasche Tinte.
In meiner jetzigen Lage hatte das Geld nicht den geringsten Wert für mich. Es lag in einem Schubkasten und verschimmelte durch die Feuchtigkeit, die während der Regenzeit in der Höhle herrschte.
Mein Dasein auf der Insel hatte sich nun viel angenehmer gestaltet als am Anfang, sowohl in körperlicher als auch in geistiger Beziehung. Ich hatte gelernt, mehr die Lichtseiten als die Schattenseiten meiner Lage zu sehen, und das gewährte mir einen geheimen Trost, wenn ich allzu arge Sehnsucht nach menschlicher Gesellschaft litt. Doch oft ließ ich mich nicht von solchen Gedanken niederdrücken, meistens freute ich mich über mein Leben, und ich war jeden Tag von neuem dankbar, wenn ich ein Stück Brot aß, denn es erschien mir

noch immer wie ein Wunder, daß aus jenen wenigen Körnern ganze Felder Getreide gewachsen waren. Die Freundschaft eines Menschen entbehrte ich sehr, aber dafür bedrohten mich hier keine wilden Tiere, keine feindlichen Menschen, und es gab keine giftigen Pflanzen, die mir als Nahrung schädlich sein konnten. Mit einem Wort: Wenn mein Leben hier auch in mancher Beziehung traurig war, so war es doch auch wieder ein Leben der Gnade. Als ich alle diese Dinge erst recht geprüft hatte, hörte ich auch auf, traurig zu sein.

Noch eine andere Überlegung war von großem Nutzen für mich und wohl auch für jeden anderen, der in eine solche Not wie ich geraten würde. Ich verglich meine jetzige Lage mit dem Zustand, den ich anfangs erwartet hatte, ja, der mir gewiß gewesen wäre, hätte es sich nicht so gefügt, daß das Schiff näher an die Küste getrieben worden wäre. Hätte ich nicht zu ihm hingelangen können, mir nicht alles, was ich brauchte, herausholen und ans Land schaffen können, würde mir alles Werkzeug fehlen, Waffen zu meiner Verteidigung und Pulver und Blei zu meiner Versorgung mit Lebensmitteln.

Ich verbrachte ganze Stunden, ja ganze Tage damit, mir in den lebhaftesten Farben auszumalen, was ich hätte tun müssen, wenn ich nichts aus dem Schiff geborgen hätte. Ich hätte mir keine andere Nahrung beschaffen können, nur Fische und Schildkröten, und wäre vorher verhungert, bis ich sie gefunden hätte. Oder, wenn ich nicht verhungert wäre, was wäre mein Los gewesen? Wie ein Wilder hätte ich leben müssen! Wäre es mir möglich gewesen, auf irgendeine Art eine Ziege oder einen Vogel zu erlegen, ich hätte meine Nahrung mit den Zähnen benagen und mit den Händen zerreißen müssen wie ein Tier.

Diese Betrachtungen machten mich dankbar für meinen ge-

genwärtigen Zustand mit all seinen Beschwerden und Widrigkeiten.
Ich hielt mich jetzt schon so lange Zeit auf der Insel auf, daß viele der Gegenstände, die ich aus dem Wrack mit an Land genommen hatte, entweder ganz verbraucht oder doch wenigstens stark abgenützt waren. So war nur mehr ein kleiner Rest Tinte vorhanden. Ich setzte nach und nach immer mehr Wasser zu, bis auf dem Papier kaum noch Schwärze erschien.
Das nächste, was mir nach der Tinte ausgegangen war, war mein Brot. Ich meine den Schiffszwieback, den ich aus dem Wrack geborgen hatte. Ich war in sparsamster Weise damit umgegangen und hatte ein ganzes Jahr hindurch täglich nur einen Zwieback zu mir genommen, aber trotzdem mußte ich viele Monate lang ohne Brot auskommen, bevor ich es aus dem selbstangebauten Korn bereiten konnte.
Auch meine Kleidung nützte sich immer mehr ab. An Wäsche besaß ich schon eine ganze Zeit lang nichts mehr als einige gemusterte Matrosenhemden, die ich in den Kisten meiner Schiffsgefährten gefunden und sorgfältig aufbewahrt hatte. Auch einige Überröcke der Matrosen befanden sich darunter, doch waren diese zu warm. Wegen der großen Hitze trug ich oft nichts als ein Hemd, ich war daher sehr froh, daß ich beinahe drei Dutzend Hemden als Vorrat hatte. Man könnte allerdings glauben, daß ich in dem heißen Klima überhaupt keine Kleidung brauchte. Aber gerade das Gegenteil war der Fall. Die Hitze war oft so unerträglich, daß sich Blasen auf meiner Haut bildeten. Wenn ich ein Hemd anhatte, hielt der Stoff die Sonnenglut etwas ab, und mir war unter dem Hemd kühler als ohne dieses. Ich konnte auch nicht ohne Mütze oder Hut in der heißen Zeit ausgehen; schien mir die Sonne

direkt auf den Kopf, so bekam ich heftige Kopfschmerzen, die sofort wieder nachließen, wenn ich einen Hut aufsetzte.
Aus diesen Gründen fand ich es zweckmäßig, die wenigen Lumpen, die ich Kleider nannte, wieder auszubessern. Alle meine Westen waren völlig abgetragen, ich fertigte daher aus den Überröcken und aus dem, was ich sonst noch besaß, Westen an. So etablierte ich mich als Schneider oder vielmehr als Flickschneider, denn meine Arbeiten fielen geradezu erbärmlich aus. Trotzdem nähte ich ein paar neue Westen, nur mit meinen Beinkleidern sah es kläglich aus.
Ich hatte, wie schon erzählt, die Häute aller erlegten Tiere aufbewahrt. Ich hängte jede Haut über Stangen auf und ließ sie in der Sonne trocknen. Manche waren so trocken und hart geworden, daß ich sie kaum verwenden konnte, andere ließen sich ganz gut gebrauchen. Zuerst nähte ich mir daraus eine große Mütze, die Fellseite nach außen, damit der Regen daran abrinnen konnte. Diese Methode bewährte sich so ausgezeichnet, daß ich mir später einen vollständigen Anzug aus Tierfellen schneiderte, eine Jacke und eine Kniehose, beide sehr weit, denn ich wollte es eher kühl als warm haben. Ich muß zugeben, daß diese Kleidungsstücke ganz abscheulich aussahen – wenn ich schon ein schlechter Zimmermann war, so war ich ein noch schlechterer Schneider. Trotzdem leisteten sie mir vortreffliche Dienste! Überraschte mich der Regen, so ließ die haarige Außenseite meiner Jacke und Mütze das Wasser nicht durch, und ich blieb vollkommen trocken.
Viel Zeit und Mühe verwandte ich darauf, mir einen Schirm zu basteln. Ich brauchte ihn wirklich sehr und hatte große Lust, mir einen zu fabrizieren. Ich hatte gesehen, wie sie in Brasilien gemacht wurden und wie nützlich sie dort während

der großen Hitze waren. Hier war es mindestens ebenso heiß, wenn nicht noch heißer, da die Insel näher am Äquator lag. Es verursachte mir unendliches Kopfzerbrechen, bis ich nur etwas Schirmähnliches zustande brachte. Die Hauptschwierigkeit war, den Schirm so zu machen, daß ich ihn auch schließen konnte. Ließ er sich nicht zusammenklappen, hätte ich ihn immerfort über dem Kopf tragen müssen! Endlich gelang es mir, einen Schirm anzufertigen, mit dem ich zufrieden sein konnte. Ich überzog das Gestell mit Fellen, doch so, daß die Haarseite außen war, damit der Regen ablaufen konnte. Auch gegen die Sonnenstrahlen bot mir der Schirm genügend Schutz, so konnte ich jetzt selbst bei der größten Hitze im Freien sein. Wenn ich den Schirm nicht nötig hatte, legte ich ihn zusammen und trug ihn unter dem Arm.

In den nächsten fünf Jahren auf der Insel ereignete sich nichts Außergewöhnliches. Mein Leben nahm seinen Verlauf in derselben Art wie bisher. Außer meinen sich alljährlich wiederholenden Arbeiten, dem Anbau von Gerste und Reis, der Rosinenernte und der Jagd, war ich vor allem damit beschäftigt, ein neues Boot zu bauen, das ich schließlich zustande brachte. Es gelang mir, das Boot durch einen sechs Fuß breiten und vier Fuß tiefen Kanal fast eine halbe Meile weit bis zu der kleinen Bucht hinabzubringen. Mein erstes Boot, das so übermäßig groß war, hatte ich liegenlassen müssen, wo es lag, als Warnung, das nächste Mal mit mehr Vernunft zu arbeiten. Das tat ich diesmal auch, obwohl ich keinen so gut geeigneten Baum für mein neues Boot fand.

Noch dazu fällte ich ihn an einer Stelle, zu der ich das Wasser auch nicht hätte hinleiten können, da sie genauso weit, nämlich fast eine halbe Meile vom Ufer, entfernt war. Ich gab aber die Arbeit nicht auf, da ich sah, daß mein neues Boot so leicht sein würde, daß ich es fortschaffen könnte. Ich arbeitete fast zwei Jahre daran, und die Mühe wurde mir nie leid, wenn ich daran dachte, daß ich nun bald wieder ein Boot haben würde, um endlich in See gehen zu können.

Reise um die Insel – Landarbeit

Als mein neues, kleineres Kanu fertig war, stellte sich heraus, daß es doch nicht groß genug für meinen ursprünglichen Plan war, das Festland, das über vierzig Meilen entfernt war, damit zu erreichen. Da ich aber nun einmal das Boot hatte, wollte ich wenigstens eine Fahrt um meine Insel antreten.
Um alles mit Vorbedacht und Umsicht zu tun, errichtete ich einen kleinen Mast und befestigte ein Segel daran, das ich aus mehreren Stücken des alten Schiffssegels zusammengesetzt hatte. Nachher machte ich eine kleine Probefahrt und fand, daß sich das Kanu sehr gut segeln ließ. An Bug und Heck des Bootes brachte ich zwei hölzerne Kästen an, um meinen Lebensmittelvorrat und meinen Pulverbedarf gegen Regen und Meerwasser zu schützen. Im Inneren des Bootes höhlte ich ein langes, schmales Fach für mein Gewehr aus und schloß es mit einem Deckel. Meinen Sonnenschirm befestigte ich am Bug des Bootes. Auch Mast und Segel konnten mir als Zelt dienen und mich vor den Strahlen der Sonne schützen.
Nun segelte ich ab und zu ein kleines Stück auf das Meer hinaus, entfernte mich aber nie weit von der Bucht. Doch ich wünschte nur allzusehr, mein kleines Königreich ganz kennenzulernen, und so beschloß ich, die Insel zu umsegeln. Ich nahm für diese Reise zwei Dutzend Brote – oder besser gesagt Gerstenkuchen – mit, einen Topf voll geröstetem Reis, eine kleine Flasche Rum, die Hälfte einer Ziege und Pulver und Blei. Einen der großen Überröcke, die ich in den Kisten der Matrosen gefunden hatte, wollte ich für mein Lager benutzen und mit einem zweiten solchen Überrock mich zudecken.

Am 6. November, im sechsten Jahr meiner Regierung oder, wenn man will, meiner Gefangenschaft, trat ich diese Reise an. Sie währte länger, als ich erwartet hatte. Die Insel war nicht sehr groß, aber als ich an der östlichen Seite anlangte, entdeckte ich ein langes Felsenriff, das sich teils über, teils auch unter dem Wasser zwei Meilen weit ins Meer hinausstreckte. Daran schloß sich noch eine Sandbank von einer halben Meile an. Um diese Landspitze zu umsegeln, mußte ich eine gute Strecke weit ins Meer hinausfahren.
Schon wollte ich meinen Plan aufgeben und den Rückzug antreten. Ich ging vor Anker – ich hatte mir nämlich aus einem zerbrochenen Haken, den ich auf dem Schiff gefunden hatte, eine Art Anker gemacht –, nahm mein Gewehr und stieg auf einen Hügel, von dem aus ich eine bessere Übersicht hatte.
Als ich hinaus aufs Meer schaute, entdeckte ich eine starke Strömung, die nach Osten verlief, ganz in der Nähe jener vorgelagerten Landspitze. Dieser Umstand konnte mir gefährlich werden. Geriet ich in die Strömung und wurde ich von ihr fortgerissen, war es wahrscheinlich unmöglich, die Insel je wieder zu erreichen. Ich bemerkte aber einen starken Gegenstrom an der Küste, in den ich also aus der ersten Strömung nur hineinzuwenden brauchte, um wieder zurückgetrieben zu werden.
Hier lag ich nun zwei Tage lang. Der Wind blies ziemlich frisch aus Ostsüdost, gerade der Strömung entgegen, und das Wasser brandete heftig gegen die Landspitze. Der Brandung wegen wäre es ebenso gefährlich gewesen, mit dem Boot dem Land nahe zu bleiben, als sich der Strömung wegen zu weit vom Ufer zu entfernen.
Am Morgen des dritten Tages legte sich der Wind, das Meer

wurde ruhig, und ich trat meine Weiterfahrt an. Kaum aber hatte ich die Landspitze erreicht – ich trieb nur eine Bootslänge vom Riff entfernt –, als mich eine heftige Strömung gleich einer Mühlschleuse erfaßte. Mein Boot wurde fortgerissen, und alles, was ich tun konnte, bestand lediglich darin, die Mitte der Strömung zu vermeiden. Immer mehr und mehr wurde ich von dem Gegenstrom, der mir zur Linken lag, abgetrieben, kein Wind kam mir zur Hilfe, und mit meinem Ruder vermochte ich nichts auszurichten. Ich hielt mich für verloren. Auf der anderen Seite der Insel gab es eine ebensolche Strömung, und mir war klar, daß sich beide Strömungen einige Meilen weiter draußen vereinigen mußten. War dies der Fall, so war ich rettungslos verloren, und ich sah meinen Untergang vor Augen. Auf offener See würde ich elend durch Hunger zugrunde gehen. Zwar hatte ich eine Schildkröte von solcher Größe, daß ich sie kaum zu tragen vermocht hatte, am Ufer gefunden und in das Boot geschafft, auch hatte ich einen großen Krug frischen Wassers an Bord. Aber was sollte mir das alles helfen, wenn ich auf den endlosen Ozean hinausgetrieben wurde, wo keine Küste, weder das Ufer eines Festlandes noch das einer Insel, auf tausend Meilen weit zu entdecken war!

Und nun sah ich, wie leicht ein Mensch aus einem elenden Zustand in einen noch schlimmeren gestoßen werden kann. Jetzt schaute ich nach meiner einsamen, verlassenen Insel zurück, als wäre es der lieblichste Ort der ganzen Welt, und alles Glück, das mein Herz sich wünschte, gipfelte darin, wieder auf meiner geliebten Insel zu sein! Was hätte ich jetzt dafür gegeben! Ich streckte meine Hände nach ihr aus und bejammerte mein Unglück. Dann warf ich mir selber meine frühere Undankbarkeit vor und daß ich über meine Einsamkeit gemurrt hatte, während ich doch jetzt wer weiß was darum gegeben hätte, wieder dort an Land zu sein. So kommt uns die wahre Beschaffenheit unserer Lage immer erst durch ihr Gegenteil zu Bewußtsein, und wir schätzen das, was wir haben, immer erst dann, wenn wir es nicht mehr haben. Es ist kaum möglich, die Verzweiflung zu beschreiben, in der ich war, da ich von meiner geliebten Insel – denn so erschien sie mir jetzt – schon fast sechs Seemeilen weit in das wilde Weltmeer hinaus verschlagen war.

Ich war außer mir vor Angst, sie nie wieder zu erreichen, ich ruderte verzweifelt, bis ich fast völlig erschöpft war, und hielt das Boot so gut es ging in Richtung Norden, möglichst am Rande der Strömung. Gegen Mittag fühlte ich einen leichten Wind aufkommen, der von Südost blies. Als dieser Wind etwa eine halbe Stunde später zu einer ordentlichen Brise anwuchs, faßte ich wieder neuen Mut. Ich war bereits sehr weit von der Insel entfernt, wäre auch nur ein leichter Nebel gefallen oder hätte sich der Himmel mit Wolken überzogen, so wäre ich sicher verloren gewesen. Ich besaß keinen Kompaß an Bord, und wäre einmal die Insel aus meinem Gesichtskreis verschwunden gewesen, hätte ich niemals wieder auf sie zusteuern können. Aber das Wetter blieb klar.

Ich richtete meinen Mast auf, entfaltete das Segel und hielt, soweit es möglich war, die Richtung nach Norden ein, um aus der Strömung wieder herauszukommen.

Als das Boot in Fahrt kam, sah ich an der Klarheit des Wassers, daß sich hier die Strömung verändert hatte, denn wo die Strömung sehr stark war, erschien das Wasser trüb. Hier aber war es so klar, daß die Strömung schwächer geworden sein mußte. Wirklich gewahrte ich bald darauf, daß etwa eine

halbe Meile östlich die See leicht auf einige Felsen brandete. Diese Felsen hatten die Strömung geteilt und verursachten einen starken Sog, der nach Nordwesten verlief.
Wer einmal in letzter Minute vor dem Tod errettet worden ist, kann sich ungefähr vorstellen, wie mir die jähe Freude in die Glieder fuhr und wie beglückt ich mein Schiff in den Gegenstrom einlenkte und mein Segel in den immer mehr auffrischenden Wind drehte, und so mit Wind und starker Flut lustig wieder ins Leben zurückfuhr.
Dieser Gegenstrom brachte mich der Insel wiederum drei Seemeilen näher, jedoch sechs Seemeilen weiter nordwärts als die Strömung, die mich zuerst fortgerissen hatte, so daß ich mich jetzt der nördlichen Seite der Insel näherte, gerade gegenüber derjenigen, von der ich ausgefahren war.
Als ich mit Hilfe des Stromes mehr als drei Seemeilen zurückgelegt hatte, ließ er nach und trug mich nicht weiter. Ich befand mich jetzt zwischen den beiden Hauptströmungen, der südlichen, die mich abgetrieben hatte, und der nördlichen, die ungefähr sechs Seemeilen entfernt an der anderen Seite der Insel lief. Hier, zwischen diesen beiden Strömungen, an der Westseite der Insel, war das Wasser ruhig. Ich hatte eine günstige Brise und steuerte direkt auf die Insel zu. Etwa um vier Uhr nachmittags – ich war noch ungefähr drei Seemeilen von der Insel entfernt – fand ich heraus, daß die Riffspitze, die mein unheilvolles Abenteuer verursacht hatte, noch einen zweiten Strom nach Norden erzeugte, der sehr stark war. Da ich jedoch guten Wind hatte, überquerte ich ihn ohne Schwierigkeit und kam nach ungefähr einer Stunde wieder in stilles Wasser und bald danach an die Küste.
Als ich gelandet war, kniete ich nieder und dankte Gott für meine Rettung.

In einer kleinen Bucht zog ich mein Boot an den Strand und streckte mich dann im Schatten einiger Bäume aus, erschöpft von den Anstrengungen dieser Fahrt. Wie ich das Boot wieder nach Hause bringen sollte, wußte ich nicht. Ich hatte zuviel an Gefahr ausgestanden, um es wieder auf dem gleichen Weg zu versuchen; ein zweitesmal wollte ich nicht mein Leben aufs Spiel setzen. Auch wußte ich nicht, wie die westliche Küste beschaffen war, und ich hatte alle Lust zu weiteren Abenteuern verloren. Am nächsten Morgen segelte ich westwärts längs der Küste und suchte nach einer kleinen Bucht, in der ich mein Fahrzeug sicher unterbringen konnte. Ich fand auch bald eine geeignete Bucht, in die ein kleiner Bach mündete. Sie eignete sich gut als Hafen für das Kanu, und ich landete.
Nachdem ich das Boot sicher verankert hatte, ging ich an Land. Bald stellte ich fest, daß ich nur eine kurze Strecke über jene Stelle hinausgekommen war, die ich schon früher auf meiner Fußwanderung entlang der Küste erreicht hatte. Ich nahm daher nichts als mein Gewehr und den Sonnenschirm aus dem Boot und wanderte heimwärts. Der Weg war angenehm nach einer solchen Reise.
Gegen Abend erreichte ich meine alte Laube, wo ich alles vorfand, wie ich es verlassen hatte.
Ich stieg über die Einfriedung, legte mich in den Schatten und schlief sofort ein. Doch wer kann sich meine Überraschung vorstellen, als mich eine Stimme aus dem Schlaf weckte, die mehrere Male meinen Namen rief: »Robin, Robin, Robin Crusoe, armer Robin Crusoe! Wo bist du, Robin Crusoe? Wo bist du? Wo bist du?«
Ich war zuerst, weil ich so erschöpft gewesen war, ganz verschlafen, wurde nicht ordentlich wach und glaubte zu träu-

men, aber als die Stimme fortfuhr, Robin Crusoe zu rufen, wurde ich hellwach, erschrak gewaltig und sprang bestürzt auf. Kaum aber hatte ich die Augen geöffnet, als ich meinen Pol oben auf der Hecke sitzen sah, und ich begriff, daß er zu mir gesprochen hatte, denn eben in diesem kläglichen Tonfall hatte ich ihn das Sprechen gelehrt. Er pflegte dabei auf meinem Finger zu sitzen, seinen Schnabel an mein Gesicht zu legen und dann sein »Armer Robin Crusoe« zu schreien oder andere Worte, die ich ihm beigebracht hatte.

Obwohl ich wußte, daß es mein Papagei war, der mich gerufen hatte und niemand anders, dauerte es doch lange, bis ich mich wieder beruhigen konnte, und ich begriff nicht, wie das Tier gerade hierhergekommen war. Schließlich fand ich mich damit ab, daß es nur mein ehrlicher Pol war, hielt ihm meine Hand hin und lockte ihn. Das gesellige Geschöpf flog zu mir, setzte sich auf meinen Daumen und fuhr fort, mit seiner krächzenden Stimme mit mir zu sprechen: »Armer Robin Crusoe! Robin Crusoe!« Gerade so, als freute es sich sehr, mich wiederzusehen. Ich nahm es dann mit nach Hause.

Ich hatte nun für längere Zeit von allen Abenteuern auf dem Meer genug. Zwar hätte ich gern mein Kanu auf dieser Seite der Insel gehabt, sah aber keinen Weg, wie ich das zustande bringen sollte. Um die Riffkette wollte ich kein zweitesmal segeln, bei dem bloßen Gedanken, was mich dort erwartete, sank mir das Herz. Ich fand mich daher ab, das Kanu aufzugeben, obwohl ich so viele Monate damit zugebracht hatte, es anzufertigen.

Das nächste Jahr verging ruhig und friedlich. Ich hatte mich ganz mit meinem Leben auf der Insel abgefunden und war wirklich glücklich. Nur die Gesellschaft von anderen Menschen vermißte ich.

Mittlerweile übte ich mich in allerlei Handwerk, und ich glaube, ich war nun ein ganz guter Zimmermann geworden, wenn man bedenkt, mit wie wenig Werkzeug ich auskommen mußte. Vor allem brachte ich es zu einer unerwarteten Vollkommenheit in der Töpferei. Ich fand heraus, daß es mit einer Töpferscheibe viel besser und leichter ging, meine irdenen Gefäße wurden nun rund und wohlgeformt und waren nicht mehr so mißgestaltet. Doch über nichts freute ich mich mehr als über eine Tabakspfeife, die mir endlich nach vielen Versuchen gelang. Freilich war sie ein häßliches, plumpes Ding, rotgebrannt wie das übrige Geschirr, doch war sie hart und fest, und ich konnte den Rauch aufziehen. Tabak wuchs ja genug auf der Insel, und ich war das Rauchen stets gewöhnt gewesen.
Auch machte ich gute Fortschritte mit meiner Korbmacherarbeit und flocht nun Körbe aller Arten; und wenn sie auch nicht besonders hübsch waren, so waren sie doch praktisch und erfüllten ihren Zweck.
Zum Beispiel konnte ich nun eine Ziege, die ich erlegt hatte, an einem Baum aufhängen, ihr das Fell abziehen, sie ausnehmen, in Stücke schneiden und in einem Korb nach Haus tragen oder ebenso eine Schildkröte aufschneiden, die Eier und ein oder zwei Stücke ihres Fleisches in einem Korb heimbringen und den Rest liegenlassen. Die großen und tiefen Körbe dienten mir als Behälter für mein Korn, das ich immer gleich ausrieb und darin aufbewahrte.
Damals wurde ich gewahr, daß mein Pulvervorrat beträchtlich abgenommen hatte, und ich konnte ihn durch nichts ersetzen. So ging ich sehr sparsam damit um und schoß immer seltener auf wilde Ziegen. Im dritten Jahr meines Inselaufenthaltes hatte ich ja eine junge Ziege gefangen, sie gezähmt und

immer gehofft, eines Tages auch einen Bock zu zähmen. Das wollte mir aber durchaus nicht gelingen, und so war denn meine junge Ziege eine alte geworden. Sie zu schlachten, konnte ich nicht übers Herz bringen; so starb sie endlich an Altersschwäche.

Im elften Jahr nun ging ich ernstlich daran, einige Ziegen lebendig einzufangen, vor allem wollte ich in den Besitz eines trächtigen Muttertieres kommen. Ich legte Schlingen, aber die Stricke waren nicht stark genug, ich fand sie stets zerrissen und den Köder aufgefressen. Dann machte ich Fallgruben. An den Plätzen, wo Ziegen grasten, hob ich tiefe Gruben aus, legte Hürden darüber und beschwerte sie mit großen Steinen. Zuerst stellte ich keine Fallen auf, ich streute nur, um die Ziegen anzulocken, Gerstenkörner und trockenen Reis auf den Boden der Erdgruben. Jedesmal konnte ich an den Spuren feststellen, daß die Ziegen hineingesprungen waren und den Köder aufgefressen hatten. Sobald ich sicher war, daß die Tiere ihre Scheu verloren hatten, stellte ich in der Nacht drei Fallen auf. Am nächsten Morgen fand ich die Fallen unberührt, den Köder aber herausgefressen, und ich war sehr entmutigt. Ich änderte meine Fallen, und gleich am folgenden Tag hatte sich in einer ein alter starker Bock gefangen und in einer anderen drei Ziegenlämmer, ein männliches und zwei weibliche.

Mit dem alten Bock wußte ich nichts anzufangen. Er war so wild, daß ich mich nicht zu ihm in die Grube getraute, um ihn lebend fortzuschaffen, worum es mir ja zu tun war. Ich hätte ihn töten können, aber das wollte ich nicht, so ließ ich ihn heraus, und er sprang wie rasend vor Angst davon.

Ich wußte damals noch nicht, was ich später lernte, daß Hunger fast jedes wilde Tier zähmt. Hätte ich den Bock drei oder

vier Tage ohne Nahrung in der Grube gelassen und ihm dann etwas Wasser und Futter gebracht, wäre er sicher zahm wie ein Kitz geworden, denn alle Ziegen sind sehr lenksame Tiere, wenn sie richtig behandelt werden.
Da ich es aber damals nicht besser wußte, ließ ich ihn laufen. Dann ging ich zu den drei Jungen, nahm eines nach dem anderen heraus, band sie mit Stricken zusammen und brachte sie mit einiger Schwierigkeit alle heim. Es dauerte eine ganze Weile, bis sie fressen wollten, dann aber wurden sie zutraulich und fraßen das süße Korn, das ich ihnen vorwarf.
Wollte ich mich in Zukunft mit frischem Ziegenfleisch versorgen, ohne mein Pulver zu verschwenden, so mußte ich mir eine Herde zahmer Ziegen aufziehen und vor allem verhindern, daß die gezähmten Tiere mit wilden Ziegen in Berührung kamen, mit diesen fortliefen und wieder verwilderten. Ich mußte daher ein Stück Weidegrund einhegen, damit meine Ziegen nicht ausbrechen konnten.
Das war eine schwere Arbeit für zwei Hände, aber ich sah, daß es nicht anders ging. Das erste war, ein richtiges Stück Land ausfindig zu machen, wo sie Gras zum Fressen, Wasser zum Trinken und Schutz vor der Sonne hatten.
Ich fand auch bald ein Stück offenes Wiesenland, eine Art Savanne, von zwei oder drei winzigen Bächen durchflossen und von einem schattigen Gehölz abgeschlossen. Wer etwas von solchen Hürden versteht, wird das sehr vernünftig finden und darüber lächeln, daß ich nun begann, diesen riesigen Weideplatz einzuzäunen. Meine Hecke oder mein Zaun hätte mindestens zwei Meilen lang werden müssen. Darin lag jedoch nicht die größte Torheit. Wenn dieser Zaun auch zehn Meilen lang gewesen wäre, hätte ich ja genügend Zeit dazu gehabt, ihn anzulegen.

Doch die Ziegen hätten ja ganz gewiß in einem solch großen Weideplatz ebenso verwildern müssen, als wenn sie auf der ganzen Insel herumgelaufen wären, und ich hätte sie wohl kaum wieder einfangen können.
Ich war mit meinem Zaun schon über fünfzig Schritte weit gekommen, als mir dieser Gedanke durch den Kopf fuhr. Ich hörte sofort auf und entschloß mich dann, fürs erste ein Stück Land von ungefähr hundertfünfzig Schritt Länge und hundert Schritt Breite einzuhegen und später, wenn meine Herde sich vergrößerte, was ich sehr hoffte, die Hürde immer mehr zu erweitern. Das war nun einigermaßen vernünftig, und ich machte mich sofort an die Arbeit. Um das erste Stück einzuhegen, brauchte ich ungefähr drei Monate.
Meine drei Kitzchen hatte ich während dieser Zeit schon immer auf der Weide angepflockt und sie daran gewöhnt, in meiner Nähe zu fressen. Oft brachte ich ihnen auch einige Gerstenähren oder eine Handvoll Reis, die sie mir ganz zahm aus der Hand fraßen. Als der Zaun fertig dastand, waren die Tierchen so anhänglich geworden, daß sie mir entgegenliefen, sobald ich kam, und meckernd um eine Handvoll Korn baten.
Nach anderthalb Jahren hatte ich eine Herde von zwölf Ziegen, alte und junge, in zwei weiteren Jahren schon dreiundvierzig. Mit der Zeit hegte ich fünf verschiedene Weideplätze und baute kleine Hürden. Sämtliche Weideplätze standen durch Zauntüren miteinander in Verbindung.
Ich hatte jetzt nicht nur genug Ziegenfleisch, sondern auch Milch, an die ich am Anfang gar nicht gedacht hatte. Aber als es mir einfiel, war es eine freudige Überraschung für mich. Ich richtete mir daher eine kleine Milchwirtschaft ein und hatte oft bis zu zwei Gallonen (à 4,34 Liter) Milch täglich.

Ich, der ich nie in meinem Leben eine Kuh, noch viel weniger eine Ziege gemolken hatte und nie gesehen hatte, wie man Butter und Käse macht, lernte die Ziegen zu melken und bereitete Butter und Käse, freilich nicht ohne zahlreiche Versuche und Mißerfolge. Wie gut kann Gott gegen seine Geschöpfe sein! Ich hatte nun einen reich gedeckten Tisch auf meiner Insel, auf der ich anfangs geglaubt hatte, ich würde vor Hunger umkommen!

Bestimmt hätte es jeden griesgrämigen Menschen zum Lachen gebracht, wenn er mich mit meiner kleinen Familie hätte sehen können! Ich, der König und Gebieter der ganzen Insel, führte den Vorsitz bei Tisch. Pol, mein Liebling, war der einzige, der mit mir sprechen durfte. Mein Hund, nun alt und wunderlich geworden, saß stets zu meiner Rechten, und zwei Katzen, die erste auf der einen, die zweite auf der anderen Seite des Tisches, warteten, bis ich ihnen ihre Bissen zuwarf.

Es waren nicht mehr jene Katzen, die ich anfangs mit an Land gebracht hatte. Diese waren beide tot, und ich hatte sie in der Nähe meiner Wohnung begraben. Aber zwei der jungen Kätzchen der einen hatte ich behalten, und sie waren ganz zahm und anhänglich, während die anderen Nachkommen wild in den Wäldern herumliefen.

Errichtung eines zweiten Befestigungswalles – Wilde

Ich hätte mein Kanu gern zu meiner Ansiedlung zurückgeholt, doch hatte ich eine eigentümliche Abneigung, nach jenem Teil der Insel zu gehen, wo es verankert lag. Endlich entschloß ich mich aber doch und wanderte am Strand entlang dorthin. Wäre in England ein Mann in einem solchen Aufzug wie ich dahergekommen, so hätten sich die Leute entweder vor ihm gefürchtet oder sich über ihn totgelacht. Ich selbst konnte bei dem Gedanken, in solcher Kleidung durch Yorkshire zu reisen, ein Lächeln nicht unterdrücken.

Man stelle sich nur vor, wie ich aussah: Auf dem Kopf hatte ich eine hohe unförmige Kappe aus Ziegenfell mit einem Lappen, der hinten herunterhing und mich vor der Sonne schützte und den Regen abhielt, mir ins Genick zu laufen, da in jenem Klima nichts ungesünder ist, als wenn einem der Regen bis auf die Haut dringt. Dann trug ich eine Ziegenfelljacke, die mir bis zur Mitte der Schenkel herabreichte, und Hosen aus Fell, an dem noch die Haare lang und fransig herunterhingen. Strümpfe und Schuhe besaß ich nicht, doch hatte ich mir eine Art von Halbstiefeln geschustert, die seitlich zugeschnürt wurden. Sie waren schrecklich unförmig, wie überhaupt meine sämtlichen Kleidungsstücke.

Um die Mitte trug ich einen breiten Gürtel aus getrocknetem Ziegenfell, an beiden Seiten mit Lederschlaufen gebunden. Statt mit Säbel und Dolch war ich mit einer kleinen Säge und einem Beil bewaffnet. Über die Schulter hing mir ein zweiter, nicht so breiter Gürtel, unter meinem linken Arm baumelten am Ende dieses Gürtels zwei Ziegenfellbeutel. In dem einen befand sich Pulver, in dem anderen Kugeln. Auf dem Rücken

trug ich einen Korb und auf der Schulter mein Gewehr, während ich über meinen Kopf einen plumpen, häßlichen Sonnenschirm aus Ziegenfell hielt. Nach dem Gewehr war er der unentbehrlichste Gegenstand für mich! Zuerst hatte ich mir meinen Bart fast bis zum Knie wachsen lassen, aber da ich Scheren und Rasiermesser genug besaß, so schnitt ich ihn jetzt immer ziemlich kurz ab, mit Ausnahme des Schnurrbartes, der wie bei einem Türken zu beiden Seiten lang herabhing.
In diesem Aufzug begann ich meine Reise, die fünf oder sechs Tage dauerte. Ich wanderte längs der Küste zu der Bucht, wo mein Boot verankert lag, und ging dann auf jene Hügelhöhe, auf der ich schon früher einmal gewesen war. Als ich zu jenen Klippen hinüberschaute, die ich umsegelt hatte, sah ich überrascht, daß die See ganz glatt und ruhig war, ohne die geringste Strömung und Bewegung. Ich konnte dies gar nicht begreifen und beschloß, eine Weile zu beobachten, ob es etwas mit den Gezeiten zu tun hätte. Ich fand bald heraus, wie es zuging. Die Ebbe setzte von Westen ein, traf mit dem reißenden Gewässer am Ufer zusammen und verursachte so die Strömung. Sie lief näher oder weiter vom Land entfernt, je nachdem, ob der Wind stärker von Westen oder von Norden wehte.
Ich wartete bis zum Abend, bis wieder volle Ebbe war. Dann stieg ich noch einmal auf den Hügel und sah die Strömung wieder genau wie zuvor, nur ungefähr eine Seemeile weiter weg, während sie damals ganz nahe an der Küste gelaufen war und mich mitsamt meinem Kanu mit sich fortgerissen hatte. Zu einer anderen Zeit wäre dies nicht der Fall gewesen.
Ich wußte nun, daß ich nur die Ebbe und Flut zu beobachten brauchte, um mein Boot wieder um die Insel herum zu brin-

gen. Aber als ich nur daran dachte, es in die Tat umzusetzen, überfiel mich eine solche Angst in der Erinnerung an die Gefahr, die ich ausgestanden hatte, daß mich schon der bloße Gedanke daran entsetzte. Ich beschloß also, ein zweites Boot zu bauen und so auf jeder Seite der Insel eines zu haben. Das war sicherer, obgleich viel mühevoller.

Ich erinnere daran, daß ich sozusagen zwei Ansiedlungen auf der Insel hatte. Meine erste glich mit dem ringsum laufenden Wall einer kleinen Festung. Die Höhle dahinter im Felsen hatte ich immer mehr vergrößert und in verschiedene Räume und Keller eingeteilt.

Der größte und trockenste dieser Höhlenkeller hatte eine Tür außerhalb der Verschanzung und stand voller irdener Geschirre und etwa fünfzehn großer Körbe. Ich bewahrte darin Korn auf, manches noch in Ähren, kurz über dem Halm abgeschnitten, anderes schon mit den Händen ausgerieben.

Die Pfähle des Walles hatten Wurzeln geschlagen und ausgetrieben, sie wuchsen wie Bäume und waren zu dieser Zeit so groß und dicht, daß niemand ahnen konnte, daß hinter ihrem Schutz eine menschliche Behausung lag.

Ein wenig weiter landeinwärts, auf einem flachen Stück Boden, lagen meine beiden Kornfelder, die ich sorgfältig bestellte und die meine Mühe reichlich lohnten.

Außerdem hatte ich meinen Landsitz, und auch dort war alles in bester Ordnung. Die Hecke um meine kleine Sommerlaube – wie ich sie nannte – beschnitt ich stets sorgfältig. Die Bäume, die sich aus den in den Boden gerammten Ästen entwickelt hatten, waren jetzt groß und schön gewachsen. Ihr Laubwerk war dicht, und sie gaben viel Schatten. In der Mitte stand mein Zelt, ein Stück Segeltuch auf Pfählen, das ich jeweils ausbesserte. Darunter hatte ich mir ein Lager aus Tierfellen und anderen weichen Dingen zurechtgemacht, eine wollene Decke darübergebreitet, und ein großer Wachtmantel der Matrosen diente mir zum Zudecken. War ich nicht in meiner Hauptresidenz, so wohnte ich hier in meinem Landhaus.

Auch um den Weideplatz meiner Ziegen hatte ich an der Außenseite der Einfriedung viele kleine Äste in den Boden gesteckt. Nach der nächsten Regenzeit schon hatten sie ausgeschlagen und wucherten nun dicht und üppig, eine feste Hecke, durch die man kaum die Hand durchstrecken konnte.

Ja, ich hatte keine Mühe gescheut, um mir das Leben angenehm zu machen!

Die Zucht zahmer Tiere würde mich stets mit frischem Fleisch, Milch, Butter und Käse versorgen, solange ich auf der Insel lebte, und sollten es auch vierzig Jahre werden. Sogar einen Weingarten besaß ich. Die geernteten Trauben lagerte ich meist für den Winter. Ich pflegte die Reben sehr sorgfältig, denn erstens schmeckten mir die Trauben vorzüglich, und dann waren sie gesund und nahrhaft.

Mein Landhaus lag auf dem halben Weg zwischen meiner Festung und jener Bucht, wo mein Boot verankert war. Ich besuchte mein Boot oft und hielt es in bester Ordnung. Hie und da fuhr ich auch zum Zeitvertreib ein kleines Stück der Küste entlang, freilich wagte ich mich nie zu weit hinaus, aus Angst, wieder in die Strömung gerissen zu werden. Doch nun komme ich zu einem neuen Abschnitt meines Lebens.

Als ich eines Tages gegen Mittag zu meinem Boot ging, entdeckte ich am Strand den Abdruck eines nackten menschlichen Fußes, der ganz deutlich im Sand zu erkennen war. Wie vom Blitz getroffen blieb ich stehen. Ich horchte, ich blickte

um mich: Nichts war zu hören, und nichts war zu sehen! Ich lief auf die Anhöhe hinauf, wieder hinunter zum Strand und suchte überall sorgfältig, aber ich fand keine zweite Spur. Ich kehrte wieder um und suchte weiter, und fast glaubte ich schon, es wäre meine Phantasie gewesen, die mich genarrt hatte. Aber es war und blieb der Abdruck eines Fußes, Zehen und Ferse, alles ganz deutlich. Wie er hierherkam, wußte ich nicht, und ich konnte es mir auch auf keine Weise erklären.
Die wirrsten Vermutungen schossen mir durch den Kopf, und ich flüchtete entsetzt zu meiner Festung zurück, von Furcht gejagt. Alle zwei oder drei Schritte schaute ich zurück, und in jedem Baumstumpf glaubte ich einen Menschen zu sehen. Es ist kaum möglich zu beschreiben, in was für tausend Gestalten eine erschreckte Phantasie einem die Dinge zeigt und was für seltsame tolle Angstgebilde mich quälten.
Als ich meine kleine Festung erreicht hatte, stürzte ich hinein wie ein Verfolgter. Ich weiß nicht mehr, ob ich durch die Felsentür oder über die Leiter hineinkam. Nie floh ein Hase schneller in sein Versteck oder ein Fuchs in den Bau als ich in meine Burg.
Während der ganzen Nacht schlief ich keine Minute. Was bedeutete jene Spur? Wo war das Schiff, das ein menschliches Wesen auf meine Insel gebracht hatte? Wo waren die übrigen Fußspuren? Diese Gedanken quälten mich die ganze Nacht hindurch, am Morgen jedoch war ich wieder ruhiger geworden. Bestimmt waren einige Wilde in einem Kanu durch die Strömung oder durch Gegenwinde auf die Insel verschlagen worden und nach kurzem Aufenthalt wieder fortgefahren, vielleicht, weil ihnen diese anscheinend unbewohnte Insel ebensowenig behagte, wie mir ihre Gesellschaft behagt hätte.

Als mir das durch den Kopf ging, dankte ich Gott, daß ich zu meinem Glück gerade nicht drüben gewesen war, und daß sie mein Boot nicht gesehen hatten. Sonst hätten sie sicher daraus geschlossen, daß Bewohner auf der Insel wären, und hätten nach ihnen gesucht. Dabei traf mich ein entsetzlicher Gedanke: Wie, wenn sie vielleicht doch mein Boot gefunden und gemerkt haben, daß hier ein Mensch lebt? Werden sie dann nicht mit einer größeren Schar wiederkommen und mich töten? Und wenn sie mich zu meinem Glück vielleicht auch nicht aufspüren könnten, so würden sie dann doch meine Hürden finden, mein Getreide vernichten, meine zahmen Ziegen wegführen, und ich müßte verhungern.

So vertrieb die Furcht fast mein Vertrauen auf Gott, und ich vergaß beinahe alles, was mir bisher geschenkt worden war. Ich machte mir jetzt Vorwürfe wegen meines Leichtsinns, jedes Jahr immer nur so viel Korn zu säen, wie ich bis zur nächsten Ernte brauchte, und daß ich nie daran gedacht hatte, es könnte etwas geschehen, was die Ernte eines Jahres vernichten könnte. Ich nahm es als Warnung und beschloß, in Zukunft für zwei oder drei Jahre Kornvorrat zu schaffen, so daß ich, was immer auch kommen sollte, wenigstens stets genug Brot hatte.

Wie seltsam ist doch der Mensch! Was wir heute lieben, ist uns morgen verhaßt. Heute suchen wir, was wir morgen scheuen, und wir wünschen heute, was wir morgen fürchten. Wie wahr dies ist, erlebte ich in jener Zeit an mir selbst. Denn ich, dessen einziger Kummer es doch war, aus der menschlichen Gesellschaft verbannt zu sein, auf einer verlassenen Insel einsam und ohne einen einzigen Menschen leben zu müssen, ich zitterte jetzt vor Furcht, einen Menschen vor mir zu sehen!

Drei Tage lang blieb ich in meiner Festung und wagte mich nicht ins Freie. Dann hatte ich wieder etwas Mut gefaßt. Mein Mundvorrat ging zu Ende, auch mußten meine Ziegen gemolken werden. Ich beruhigte mich durch den Gedanken, die Fußspur stamme von mir selber, und es sei nur meine Phantasie gewesen, die mir diesen Streich gespielt habe. Dies erleichterte mich etwas, und ich redete mir gut zu, es sei wirklich alles nur Einbildung, und es sei mein eigener Fuß gewesen, der die Spur hinterlassen habe. Warum sollte ich nicht auf dem Weg vom Boot dorthin gekommen sein, ebenso gut wie ich jetzt zu dem Boot ging? Ich konnte doch nicht wissen, wo ich hingetreten war und wo nicht. War es wirklich meine eigene Fußspur, so hätte ich es gemacht wie die Narren, die Gespenster spielen wollen und sich dann selber mehr als alle anderen fürchten.

Da ich mir nun selber gut zuredete, es sei nur meine eigene Fußspur gewesen, ging ich zu meinem Landhaus, um meine Herde zu melken. Die armen Tiere waren zum Teil schon in einem kläglichen Zustand. Hätte mich jemand auf dem Weg zu meiner Hürde gesehen, er würde geglaubt haben, ein böses Gewissen oder eine grauenvolle Angst verfolge mich. Und so war es ja auch. Mit welcher Angst schlich ich mich aus der Festung, und wie oft schaute ich mich um! Jeden Augenblick war ich drauf und dran, meinen Korb hinzuwerfen und davonzulaufen, als gälte es mein Leben.

Als ein paar Tage in diesem Zustand dahingegangen waren und nichts geschehen war, wurde ich doch wieder etwas kühner und beschloß, an die Küste zu gehen und mich zu vergewissern, daß alles nur eine Ausgeburt meiner erschreckten Phantasie war. Ich wollte die Fußspur genau besehen, mit meiner vergleichen und feststellen, daß es meine eigene war.

Als ich aber an Ort und Stelle war, wurde mir ganz klar, daß ich an dieser Stelle des Strandes niemals gewesen sein konnte. Ich maß den Abdruck mit meinem eigenen Fuß und fand, daß der meine lange nicht so groß war. Die Angst schüttelte mich neuerlich wie ein Fieberanfall, und ich war nun fest überzeugt, daß einer oder mehrere Menschen auf der Insel gewesen sein mußten oder vielleicht sogar die Insel selber bewohnt war und daß es mein Schicksal sein mußte, eines Tages unversehens überfallen und getötet zu werden.

Nach Hause zurückgekehrt, verfiel ich auf die lächerlichsten Gedanken. Ich wollte die Einhegung niederreißen, meine Ziegen in die Wälder jagen, die beiden Kornfelder umgraben, meine Laube und das Zelt vernichten und dergleichen mehr und so jede Spur von meiner Anwesenheit auf der Insel tilgen. Die Furcht vor der Gefahr ist zehntausendmal ärger als die Gefahr selbst und die Qual der Angst viel größer als das Übel, vor dem wir uns ängstigen.

Als ich nach einer durchwachten und unruhigen Nacht gegen Morgen zu in einen tiefen und gesunden Schlaf fiel, hatte ich nach dem Aufwachen einen klaren Kopf. Ich begann ruhig über meine Lage nachzudenken und kam zu dem Schluß, meine liebliche, fruchtbare und nicht weit vom Festland gelegene Insel sei doch nicht ganz so verlassen, wie ich immer geglaubt hatte. Wenn sie auch nicht ständig bewohnt war, so mochten doch vielleicht manchmal Eingeborene in ihren Booten vom Festland herüberkommen.

Aber ich sagte mir, daß ich ja nun schon fünfzehn Jahre hier gelebt und doch nie auch nur den Schatten eines Menschen angetroffen hatte. Wenn daher auch gelegentlich Eingeborene hierher verschlagen wurden, so waren sie bisher immer so schnell als möglich wieder abgefahren. Ich hatte daher nur eine solche gelegentliche und zufällige Landung umherstreifender Eingeborener zu fürchten und brauchte nichts weiter zu tun, als ein sicheres Versteck ausfindig zu machen, falls ich einmal Wilde entdecken sollte. Es tat mir nun leid, daß ich meine Höhle durch einen Gang bis ins Freie erweitert hatte. Ich beschloß, einen zweiten Wall in Form eines Halbkreises zu errichten, in einiger Entfernung von dem ersten, gerade an der Stelle, wo ich vor zwölf Jahren eine doppelte Reihe von Bäumen gepflanzt hatte. Diese Bäume standen nun so dicht, daß ich nur wenige Pfähle dazwischen einzuschlagen brauchte, und die Mauer war fertig. Ich dichtete sie mit Bauholz ab, altem Tauwerk und was sich sonst noch dazu eignete, und brachte sieben kleine Öffnungen als Schießlöcher an, durch die ich gerade meinen Arm strecken konnte.

An der inneren Seite dieses Walles häufte ich Erde auf und stampfte sie fest. Durch die sieben Öffnungen steckte ich meine Musketen und befestigte sie auf hölzernen Gestellen wie Kanonen, so daß ich in zwei Minuten alle sieben Gewehre abfeuern konnte. Nach einem Monat mühseliger Arbeit war dieser zweite Wall fertig. Den Boden außerhalb des Walles besteckte ich dicht mit Pfählen aus Weidenholz, die, wie ich wußte, rasch wachsen würden. Zwischen dieser Anpflanzung und dem Wall ließ ich aber einen ziemlich breiten Raum frei, damit sich Feinde, die sich dem Wall näherten, nicht hinter dem Gehölz verstecken konnten.

Nach zwei Jahren hatte ich einen dichten Hain und fünf Jahre später einen richtigen Wald vor meiner Festung, mit ineinander verstrickten Zweigen und so wild wuchernd, daß er wirklich undurchdringlich geworden war. Kein Mensch konnte auf den Gedanken kommen, daß dahinter die Behausung eines Menschen lag. Zum Aus- und Eingehen brauchte ich zwei Leitern, ich lehnte zuerst die eine an einen Felsvorsprung, kletterte hinauf, und mit Hilfe der zweiten Leiter kam ich dann über den Wall. Ohne diese zwei Leitern konnte kein Mensch zu mir heruntergelangen, und wenn es wirklich einem gelungen wäre, wäre er doch immer erst vor meiner äußeren Mauer gewesen.

So traf ich alle Maßnahmen zu meinem Schutz, die menschliche Voraussicht zu ersinnen vermag. Später wird man sehen, daß sie nicht ganz überflüssig waren, obwohl ich damals noch nichts anderes voraussah, als was meine Furcht mir eingab.

Während dieser Arbeiten vernachlässigte ich meine anderen Aufgaben nicht. Ich sorgte pünktlich für meine kleine Ziegenherde, um die ich mir große Sorge machte. Meine Ziegenzucht ersparte mir nicht nur Pulver und Blei, sondern auch die Mühe der Jagd nach wilden Ziegen. Es wäre mir außerordentlich leid gewesen, die Herde durch einen Unglücksfall zu verlieren. Ich überlegte lange, was ich tun sollte, um sie zu schützen, und kam auf den absonderlichen Gedanken, eine unterirdische Höhle zu graben und sie jede Nacht hineinzutreiben. Doch verwarf ich diesen Plan bald wieder und beschloß vielmehr, einige kleine Weideplätze, weit entfernt voneinander und so verborgen wie möglich, zu umzäunen, und in jedem ungefähr ein halbes Dutzend junger Ziegen zu halten. Wurde meine Hauptherde vernichtet, konnte ich mit wenig Zeit und Mühe eine neue aufziehen. Das schien mir, obwohl es viel Zeit und Mühe kosten würde, die vernünftigste Lösung.

Nach langem Suchen fand ich im östlichen Teil der Insel mitten im dichtesten Wald eine versteckte Lichtung, ein kleines, feuchtes Stück Land. Wildwucherndes Gehölz ringsum bildete fast eine natürliche Einfriedung. Das erleichterte mir

die Arbeit sehr. Ich ging sofort ans Werk, und in weniger als einem Monat hatte ich dieses Stück Land eingehegt. Ich brachte zehn Ziegen und zwei Böcke auf diesen neuen Weideplatz und fuhr fort, die Hecke zu vervollkommnen, bis sie ganz undurchdringlich war. Zu dieser Arbeit brauchte ich viel Zeit, da ich nun alles viel gemächlicher machte.
Alle diese Arbeiten unternahm ich nur aus Angst wegen der menschlichen Fußspur, die ich entdeckt hatte. Irgendein menschliches Wesen hatte ich bis jetzt auf der Insel nicht gesehen, doch lebte ich nun schon zwei Jahre in stetiger Unruhe, und mein Dasein war weit weniger behaglich, als es gewesen war. Jeder, der weiß, was es heißt, unter dem ständigen Druck der Menschenfurcht zu leben, wird dies verstehen.
Nachdem ein kleiner Teil meines lebenden Fleischvorrates in Sicherheit gebracht worden war, lief ich auf der ganzen Insel herum und suchte nach einem zweiten versteckten Weideplatz. Eines Tages kam ich dabei in die Nähe der Westspitze der Insel, und als ich auf das Meer hinausschaute, glaubte ich in großer Entfernung auf See ein Boot zu sehen. In einer der Seemannskisten, die ich aus unserem Schiff geborgen hatte, verwahrte ich zwar einige Fernrohre, aber an jenem Tag trug ich keines bei mir, und das Boot war so weit entfernt, daß ich es nicht recht erkennen konnte, obwohl ich hinschaute, bis mir die Augen fast blind wurden und ich es aufgeben mußte. Ich beschloß nun, niemals mehr ohne Fernglas in der Tasche auszugehen.
Als ich den Hügel hinab zur Südwestspitze der Insel ging, wurde mir mit einem Mal klar, daß Fußspuren auf dieser Insel nicht eben etwas so Seltenes waren, wie ich geglaubt hatte, und daß nur ein gütiges Geschick mich an den Teil der Insel verschlagen hatte, wohin die Wilden niemals kamen.

Als ich nämlich, wie gesagt, vom Hügel herunter an die Küste kam, erstarrte ich vor Schrecken, und ein entsetzliches, unbeschreibliches Grauen packte mich. Der Sand war mit Schädelknochen und menschlichen Gebeinen übersät. Eine verkohlte Feuerstelle und Asche verrieten mir, was vorgegangen war. Hier hatten wilde Ungeheuer ihr unmenschliches Mahl gehalten. Ich war so entsetzt, daß ich für einen Augenblick jede Gefahr für mich selbst vergaß. Abscheu vor diesem schrecklichen Verbrechen schüttelte mich förmlich. All meine Furcht wurde von der Vorstellung solcher gräßlichen Roheit, solcher Verwilderung der menschlichen Natur verdrängt. Obwohl ich früher schon davon gehört hatte, hatte ich mir doch nie einen Begriff davon gemacht. Ich wandte mich von dem schrecklichen Anblick ab, mir wurde übel, und ich war nahe daran, ohnmächtig zu werden, als ich mich heftig erbrechen mußte. Davon wurde mir wieder etwas leichter, aber ich konnte keinen Augenblick länger an diesem Ort bleiben, stieg in aller Eile wieder auf den Hügel, um nach Hause zu laufen.

Um meine eigene Sicherheit war ich aber nicht mehr so besorgt, denn ich glaubte nun zu wissen, daß die Wilden nicht zur Insel kamen, um hier nach einer Beute zu suchen, sondern nur, um eines ihrer schrecklichen Festmahle zu halten.

Nein, sie suchten und wollten und erwarteten sicherlich nichts hier. Gewiß waren sie schon oft bis in den bewaldeten Teil der Insel vorgedrungen, ohne etwas zu finden, das ihnen von Nutzen hätte sein können. Ich war nun etwa achtzehn Jahre auf der Insel und hatte in dieser Zeit nicht die geringsten Spuren von Menschen gefunden, und ich konnte wohl noch achtzehn Jahre wie bisher verborgen bleiben, wenn ich mich nicht selbst verriet, und dazu hatte ich keine Veranlas-

sung, es sei denn, ich träfe eine bessere Sorte von Menschen als diese Kannibalen.
Trotzdem bewegte mich das, was ich entdeckt hatte, so sehr, daß ich nachdenklich und schwermütig wurde. Wohl zwei Jahre hielt ich mich meist ganz still und zurückgezogen in meinem Bereich auf. Ich meine damit meine drei Siedlungen: meine Festung, mein Landhaus und die Hürden im Wald. Während dieser Zeit besuchte ich kein einziges Mal mein Boot, sondern dachte nur manchmal daran, mir ein neues zu bauen. Auf keinen Fall wollte ich auch nur einen einzigen Versuch machen, das Boot um die Insel herum zu bringen, denn wenn ich auf dem Meer in die Hände der Wilden geriet, so wußte ich, daß es um mich geschehen war.
Allein die Zeit und die Hoffnung, daß ich nicht zu fürchten brauchte, von ihnen entdeckt zu werden, befreiten mich langsam etwas von meinem Alpdruck.
Ich lebte wieder wie früher, nur mit dem Unterschied, daß ich vorsichtiger war, und allmählich wich der Alpdruck der Furcht von mir. Ich feuerte fast nie mein Gewehr ab, damit nicht einer von den gerade anwesenden Wilden den Schuß hören konnte. Nun kam es mir doppelt zugute, daß ich mir eine Herde zahmer Ziegen aufgezogen hatte und nicht mehr in den Wäldern zu jagen brauchte.
Mußte ich nun Ziegen fangen, so geschah es mit Fallen und Schlingen. Innerhalb der nächsten zwei Jahre feuerte ich kein einziges Mal mein Gewehr ab, obwohl ich es immer bei mir hatte und es nie vergaß, wenn ich ausging, ebensowenig wie die zwei Pistolen, die in meinem Gürtel steckten. Auch trug ich stets eines der kleinen Beile an einem Riemen bei mir. Wenn ich mit allen diesen Waffen behängt ausging, sah ich nun höchst kriegerisch aus.

Pläne zur Bestrafung der Wilden – Die Höhle

So ging mein Leben eine Zeitlang weiter, und abgesehen von diesen Vorsichtsmaßnahmen war alles wieder so still und friedlich wie zuvor. Mehr und mehr kam ich zu der Überzeugung, daß meine Lage im Vergleich zu der manches anderen Menschen durchaus nicht unglücklich war.

Mir fiel auch nichts mehr ein, was mir noch zur Befriedigung meiner täglichen Bedürfnisse fehlen könnte. Manchmal wollte es mir fast scheinen, als hätte die Angst vor den Wilden und der einzige Gedanke an meine Sicherheit mir die Erfindungsgabe für alles übrige genommen. Unter anderem kam dadurch ein Plan in Vergessenheit, an den ich früher oft gedacht hatte, nämlich aus meiner Gerste Malz zu machen und mir dann Bier daraus zu brauen. Das war zwar ein närrischer Einfall, über den ich selbst oft hatte lachen müssen, denn mir fehlten die notwendigen Hilfsmittel zum Bierbrauen. Beim besten Willen konnte ich mir diese Dinge nicht beschaffen, vor allem nicht die Fässer zum Aufbewahren. Wie schon gesagt, hatte ich nie ein rechtes Faß zuwege gebracht, obwohl ich mich viele Tage, ja Wochen und Monate vergeblich damit abgequält hatte. Dann besaß ich auch keinen Hopfen, um das Bier haltbar zu machen, keine Bierhefe, um es zum Gären zu bringen, keine Kessel zum Sieden. Dennoch bin ich sicher, daß es mir trotz all dieser Hindernisse gelungen wäre, Bier zu brauen – denn ich gab selten etwas auf, das ich mir in den Kopf gesetzt hatte –, wäre ich damals nicht wie besessen von einem anderen Gedanken gewesen.

Tag und Nacht konnte ich nichts anderes mehr denken, als

einige der Wilden bei ihrem grausigen und blutigen Vorhaben zu vernichten und das Opfer zu retten, das sie auf meine Insel geschleppt hatten. Aber was hätte ich allein gegen sie vermocht, wenn vielleicht ihrer zwanzig oder dreißig mit Wurfspießen, Bogen und Pfeilen landeten, mit denen sie so sicher zielten wie ich mit meinem Gewehr! Zuweilen nahm ich mir vor, unter ihrem Feuerplatz ein paar Pfund Schießpulver zu vergraben, das beim Anzünden des Feuers explodieren und alles vernichten würde, was in der Nähe war. Aber es wäre unsinnig gewesen, so viel Pulver zu verschwenden, da mein Vorrat bis auf ein Fäßchen zusammengeschmolzen war. Ich konnte auch nicht sicher sein, daß das Pulver zur rechten Zeit hochgehen würde, und vielleicht würde es ihnen auch nicht mehr tun, als ihnen das Feuer um die Ohren blasen und sie erschrecken, aber nicht so, daß sie für immer genug hätten. Ich gab daher diesen Plan auf und beschloß, mich mit meinen drei geladenen Doppelläufern in einen Hinterhalt zu legen und mitten in ihrer blutigen Zeremonie auf sie zu schießen. Dann wollte ich mit meinen drei Pistolen und dem Säbel über sie herfallen und zweifelte nicht einen Augenblick daran, sie alle zu töten, und wenn sie auch zwanzig gegen mich gewesen wären. Dieser Gedanke hielt mich einige Wochen in Atem, und ich war so voll davon, daß ich immer wieder davon träumte und im Traum heftig mit den Wilden kämpfte.

Ich ging in meinem Zorn so weit, daß ich mehrere Tage herumlief, um einen geeigneten Platz für den Hinterhalt zu finden. Schließlich wählte ich einen Hügel bei ihrer Landungsstelle, auf dessen Kuppe ich ungefährdet lauern konnte, bis ich eines ihrer Boote kommen sah. Während sie landeten, wollte ich mich im Dickicht verbergen, und zwar in einem hohlen Baum. Hier wollte ich sitzen, sie bei ihrem Treiben beobachten und dann genau aufs Korn nehmen und gewiß mit keinem Schuß fehlen. In dem hohlen Baum verbarg ich zwei mit kleinen Metallstücken und einigen Kugeln geladene Büchsen und auch meine Vogelflinte, die ich mit einer Handvoll groben Schrots lud, ferner hatte jede meiner Pistolen vier Kugeln im Lauf.

Jeden Morgen ging ich nun auf die Kuppe des Hügels, der von meiner Festung etwa drei Meilen entfernt war, und suchte das Meer nach Kanus ab. Aber nachdem ich drei Monate lang Wache gehalten hatte, wurde ich dieser mühsamen Arbeit überdrüssig. Ich hatte in dieser Zeit nicht ein einziges Kanu auf dem Meer entdeckt, auch nicht durch das Fernrohr. Überhaupt betrachtete ich alles nun viel kühler und begann mich zu fragen, mit welchem Recht ich mich zum Richter über diese Wilden gemacht hatte. Sie hatten mir nichts zuleide getan. Hatte ich das Recht, mit ihnen um des Blutes wegen zu streiten, das sie untereinander vergossen? Wer kann sagen, daß diese Menschen solche Taten, die uns ein Greuel sind, als Verbrechen betrachten und sich bewußt sind, daß es ein Verbrechen ist. Sie hielten es vielleicht für kein größeres Vergehen, einen Kriegsgefangenen zu töten, als einen Ochsen zu schlachten oder Hammelfleisch zu essen.

Ja, ich kam zu dem Schluß, daß ich mit meinen Rachegedanken unrecht hatte. Diese Menschen waren keine Mörder oder vielmehr nicht mehr Mörder als wir Christen, die wir doch auch die in der Schlacht gemachten Gefangenen töten und immer wieder ganze Scharen von Menschen bei jeder Gelegenheit und ohne Pardon über die Klinge springen lassen. Diese Betrachtungen erschütterten mich, mein geplantes Strafgericht über die Wilden schien mir nun selbst ein Verbrechen.

Der Brauch, den sie gegeneinander übten, war wohl unmenschlich, ging mich aber in Wahrheit nichts an. Diese Menschen hatten mir nichts zuleide getan. Hätten sie mich angegriffen, hätte ich mein Leben und meine Existenz verteidigen müssen, so wäre es etwas anderes gewesen. Aber sie wußten ja nichts von mir, wollten mir daher auch nichts Böses, und deshalb hatte ich kein Recht, sie zu überfallen. Ich hatte stets das Vorgehen der Spanier in Amerika verurteilt, die Tausende von Menschen umgebracht hatten, nur weil diese Barbaren waren.

Nein, es lag nicht an mir, mich mit diesen Wilden hier einzulassen, außer, wenn sie mich zuerst angriffen. Meine einzige Pflicht war, mich vor einem Angriff zu schützen. Entdeckten sie mich aber und griffen sie mich an, dann wußte ich, was ich zu tun hatte. Mein früherer Plan zur Vernichtung der Wilden hätte womöglich zu meinem Verderben geführt. Denn wenn ich nicht alle Wilden, die auf die Insel kamen oder je kommen würden, töten konnte, wenn auch nur einer von ihnen entwischen konnte, so würden vielleicht Hunderte vom Festland herüberkommen und den Tod ihrer Kameraden rächen. Dann war ich schuld an meinem eigenen Verderben. Ich beschloß, mich stets so gut zu verstecken, wie ich nur konnte, und nicht die geringste Spur zu hinterlassen, so daß sie niemals wissen sollten, daß irgendein menschliches Wesen auf der Insel war.

Ich lebte nun wieder ein ganzes Jahr ruhig und ungestört und ging nicht einmal mehr auf den Hügel, um nach Kanus Ausschau zu halten. Nur mein Boot, das auf der anderen Seite der Insel lag, entfernte ich und brachte es nach der östlichen Küste, wo ich es in einer kleinen Bucht unter einigen hohen Felsen verbarg, weil ich wußte, daß die Wilden wegen der Strömung dort niemals hinkommen würden.

Mit dem Boot schaffte ich auch alles Zubehör fort, das ich dort gelassen hatte, Mast und Segel und den Anker. Nicht die geringste Spur der Anwesenheit eines Menschen sollte dort mehr zu sehen sein.

Nachher lebte ich zurückgezogener denn je. Ich verließ kaum meine Festung und ging nur aus, wenn ich die Ziegen zu melken hatte und nach meiner kleinen Herde im Wald sehen mußte. Das war ganz ungefährlich, weil sicherlich niemals ein Wilder dorthin kommen würde. Ich konnte gewiß sein, daß die Wilden, die manchmal meine Insel heimsuchten, sich nie weit von der Küste entfernten. Oft malte ich mir aber mit Schrecken aus, wie es gewesen wäre, wenn sie früher einmal auf mich gestoßen wären, mich entdeckt hätten zu einer Zeit, als ich meist unbewaffnet oder nur mit einer Schrotflinte kreuz und quer durch die Insel gewandert war. Was für ein tödlicher Schreck wäre es gewesen, wenn ich anstatt der Fußspur eine Schar Wilder zu Gesicht bekommen hätte!

Bei solchen Gedanken wurde mir oft ganz elend zumute, und ich konnte mich lange nicht erholen. Was hätte ich denn damals tun sollen? Ich wäre vor Schreck so erstarrt gewesen, daß ich ihnen keinen Widerstand geleistet hätte, wäre auch nicht geistesgegenwärtig genug gewesen, um das zu tun zu meinem Schutz, was ich jetzt nach reiflicher Überlegung sehr wohl zu tun imstande war. Kein Wunder, daß es mir nachträglich bei solchen Vorstellungen sehr bange wurde. Das hielt manchmal lange an, aber zum Schluß löste es sich immer in Dankbarkeit gegen mein Geschick auf, das mich so viele Jahre vor dieser großen Gefahr bewahrt hatte.

Ich bin gewiß, daß niemand sich wundern wird, daß diese Gedanken allen Erfindungen und Arbeiten, mit denen ich mir

mein Leben behaglicher einrichten wollte, ein Ende machten. Es war mir nun mehr um meine Sicherheit als um meine Bequemlichkeit zu tun.
Ich wagte oft kaum, einen Nagel einzuschlagen oder ein Stück Holz zu spalten, aus Angst, zufällig anwesende Wilde könnten dieses Geräusch hören. Vor allem unterließ ich es, Feuer anzuzünden, damit der Rauch mich nicht verraten konnte. Aus diesem Grunde verlegte ich alle Arbeiten, zu denen ich Feuer brauchte – wie das Brennen von Töpfen, Pfeifen und so weiter – in mein Landhaus. Ich hatte nämlich dort im Wald eine natürliche Höhle in der Erde gefunden, die sich sehr weit ausdehnte und in die gewiß kein Wilder einzudringen wagte.
Der Eingang zu dieser Höhle lag am Fuß eines großen Felsens, wo ich eines Tages durch bloßen Zufall einige dicke Äste von einem Baum abhieb, um Holzkohle daraus zu machen. An Stelle des Holzes verwendete ich nämlich nun Kohle zur Zubereitung meines Essens, weil sie wenig oder gar keinen Rauch gab. (Die Herstellung von Holzkohle war mir von England her bekannt. Ich brauchte nur Holz unter Torf zu brennen, bis es zu Kohle wurde.) Als ich gerade einen starken Ast abschneiden wollte, bemerkte ich hinter den dichtbelaubten Zweigen eines niedrigen Gesträuchs den Eingang einer Höhle. Ich war neugierig und zwängte mich durch das Gebüsch. Die Öffnung der Höhle war ziemlich groß, ich konnte aufrecht darin stehen, doch floh ich schleunigst wieder, da ich in dem vollständig finsteren Loch zwei große, grünlich leuchtende Augen gesehen hatte. Als ich mich von meinem Schreck erholt hatte, zündete ich mir eine Fackel an und drang wieder in die Höhle ein. Nach ein paar Schritten blieb ich ebenso erschrocken wie vorher stehen. Ich hörte einen lauten Seuf-

zer, wie von einem Menschen, der Schmerzen leidet, gefolgt von einem Geräusch, das wie ein Flüstern klang, und dann wieder einen tiefen Seufzer.

Ich wich zurück. Der kalte Schweiß brach mir am ganzen Körper aus, und ich mußte meinen ganzen Mut zusammennehmen, um weiterzugehen. Beim Schein der Fackel sah ich aber nur einen alten Ziegenbock am Boden liegen, der nach Luft schnappte und schon halb verendet war. Als er mich sah, wollte er sich aufrichten, war aber dazu nicht mehr imstande. Ich ließ ihn ruhig liegen und begann mich in der Höhle umzuschauen.

Sie war verhältnismäßig klein, nur etwas über zwölf Fuß groß. Nach hinten zu dehnte sie sich weiter aus, war jedoch so niedrig, daß ich auf Händen und Füßen hätte kriechen müssen. Ich gab daher die Höhlenforschung für diesmal auf und beschloß, am folgenden Tag wiederzukommen, versehen mit Kerzen und einem Feuerzeug, das ich mir aus dem Schloß einer Muskete und einer Zündschnur angefertigt hatte.

Am nächsten Morgen kehrte ich mit sechs großen Kerzen, die ich aus Ziegentalg bereitet hatte, zu der Höhle zurück und kroch auf allen vieren etwa zehn Ellen weit hinein. Das war ein Wagnis, da ich nicht wußte, wie weit sich dieser niedrige Gang ausdehnte, noch, was sich dahinter befand. Plötzlich erweiterte sich der Gang, und ich stand in einem Gewölbe, das fast zwanzig Fuß hoch war. Die Wände warfen das Licht meiner Kerzen tausendfältig zurück, ein herrlicher Anblick, wie ich noch niemals einen gesehen hatte. Fast nehme ich an, daß die Felswände goldhaltig waren, da ich mir sonst das Blinken und Spiegeln nicht erklären kann.

Es war eine wunderbare Höhle oder vielmehr Grotte, nur war sie stockfinster. Der Boden war trocken und mit feinem, lokkerem Sand bedeckt, und keine Spur von widerlichem oder giftigem Getier war zu bemerken, wie es sich sonst manchmal in Höhlen aufhält, auch waren die Wände nicht naß. Schwierig war nur das Hereinkommen, doch das war mir gerade recht, die Höhle war ein Zufluchtsort, wie ich ihn brauchte, und ich freute mich über die Entdeckung ganz närrisch. Ohne zu zögern, brachte ich mein kostbarstes Eigentum dort unter: meinen Pulvervorrat und meine Reservewaffen, wie die beiden Vogelflinten und drei von den acht Stück Musketen. Fünf Musketen behielt ich in der Festung zurück, wo sie am äußeren Wall wie Kanonen montiert standen.

Bei dieser Gelegenheit öffnete ich zufällig das Pulverfaß, das ich aus dem Meer gefischt hatte. Das Wasser war nur etwa vier Zoll tief auf jeder Seite in das Pulver eingedrungen und hatte eine steinharte Rinde gebildet, während der Rest, wie ein Kern in der Schale, trocken geblieben war. Das Faß enthielt noch etwa sechzig Pfund gutes Pulver, für mich eine freudige Überraschung. Ich schleppte das Blei und alle meine Pulvervorräte in die Höhle und behielt nur einige Pfund in der Festung.

Manchmal kam ich mir nun vor wie einer der alten Riesen, die in Felsenhöhlen gelebt haben sollen, zu denen niemand gelangen konnte. Selbst wenn fünfhundert Wilde auf mich Jagd gemacht hätten, kein einziger hätte mich dort gefunden oder es gewagt, mich anzugreifen. Der alte Ziegenbock starb am nächsten Tag, und ich scharrte ihn in der Höhle ein.

Ich war nun bereits dreiundzwanzig Jahre auf der Insel und hatte mich so eingelebt, daß ich zufrieden gewesen wäre, auch den Rest meines Lebens dort zu verbringen, hätte ich nur die Gewißheit gehabt, daß ich von den Wilden nie angegriffen würde.

Zwar hatte ich keinen Menschen, mit dem ich reden konnte, keinen Freund, an dessen Gesellschaft ich Freude gehabt hätte, aber ich war doch nicht ganz einsam. Wenn mein Pol zutraulich mit mir plauderte, fand ich wirklich viel Vergnügen daran. Sechzehn Jahre lang war mir mein Hund ein treuer Gefährte gewesen, bis er eines Tages an Altersschwäche starb. Meine Katzen hatten sich dermaßen vermehrt, wie ich schon berichtet habe, daß ich einige erschießen mußte, um zu verhindern, daß sie mich und alles, was ich besaß, auffraßen. Andere hatten sich in die Wälder geflüchtet und waren dort verwildert. Einige Katzen aber blieben immer bei mir und waren sehr zahm und anhänglich. Außer diesen Tieren hielt ich mir immer zwei bis drei Ziegenlämmer, die mir aus der Hand zu fressen gelernt hatten, und ich fing auch noch andere Papageien ein, die nach einiger Zeit ganz hübsch »Robinson Crusoe« plapperten, wenn sie auch nie so gut sprechen lernten wie Pol. Auch eine Menge zahmer Vögel besaß ich, die ich am Strand gefangen und denen ich die Flügel beschnitten hatte. Sie hielten sich ständig auf den Bäumen meines Hains auf und nisteten und brüteten dort, was mir viel Freude bereitete. So hätte ich wahrhaftig sehr zufrieden mit meinem Leben sein können, hätte ich mich nicht vor den Wilden fürchten müssen. Und doch sollte es später geschehen, daß das, was ich fürchtete, zu meinem Besten ausschlug. Es mag für alle, die meine Geschichte lesen, nicht ohne Nutzen sein, wenn sie daraus ersehen, daß oft in unserem Leben ein Unheil, das wir zu vermeiden suchen und in das wir dennoch hineingeraten, nur ein Mittel zu unserem Heil ist. Ich könnte dafür aus meinem wunderbaren Leben viele Beispiele aufzählen, besonders aber aus den letzten Jahren meiner Einsiedlerzeit auf der Insel.

Wiederholter Besuch von Wilden – Ein trauriger Fund

Es war im Dezember, im dreiundzwanzigsten Jahr meines Aufenthalts auf der Insel, für jenen Himmelsstrich gerade die Zeit der Ernte, und ich war den größten Teil des Tages auf den Feldern beschäftigt. Als ich eines Morgens vor Tagesanbruch auf das Feld ging, bemerkte ich von einem Hügel aus den Schein eines Feuers auf dem Strand, etwa zwei Meilen von mir entfernt, nicht auf der anderen Seite, sondern zu meinem größten Entsetzen auf meiner Seite der Insel.

Ich war so erschrocken, daß ich mich kaum rühren konnte und wie erstarrt stehenblieb. Dann aber überfiel mich eine fieberhafte Unruhe. Sollten die Wilden auf der Insel umherstreifen, so entdeckten sie mein abgemähtes Korn und meine übrigen Anlagen und konnten sofort sehen, daß die Insel bewohnt war. Ich flüchtete in meine Festung und zog die Leiter hinter mir herauf.

Dann setzte ich mein Kastell in Verteidigungszustand. Ich lud meine sämtlichen Kanonen, wie ich die Musketen nannte, Pistolen und Gewehre und bereitete mich auf eine Belagerung vor, fest entschlossen, mich bis zum letzten Atemzug zu verteidigen. So verbrachte ich zwei qualvolle Stunden. Schließlich konnte ich es nicht mehr aushalten und kletterte auf den Gipfel des Hügels. Dort legte ich mich flach auf den Bauch und beobachtete durch das Fernrohr die Wilden. Es waren neun nackte Männer, die um ein kleines Feuer herum saßen, aber nicht, um sich zu wärmen, denn es war außerordentlich heiß, sondern um sich ein barbarisches Mahl aus Menschenfleisch zuzubereiten.

Sie hatten zwei Kanus bei sich, die sie an den Strand gezogen hatten. Es war gerade Ebbe, und sie schienen die Rückkehr der Flut für die Heimfahrt abzuwarten. Es läßt sich schwer beschreiben, wie furchtbar mich dieser Anblick erregte, vor allem, sie auf meiner Seite der Insel und mir so nahe zu sehen. Aber als ich mir klarmachte, daß sie nie anders als mit der Strömung der Ebbe kommen konnten, beruhigte ich mich wieder etwas bei dem Gedanken, daß ich während der ganzen Flutzeit jedesmal ungefährdet ausgehen durfte.

Wie ich gedacht hatte, so geschah es. Sobald die Flut nach Westen daherrollte, sah ich die Wilden allesamt in die Boote springen und wegrudern. Ich packte zwei Gewehre, steckte zwei Pistolen und den Säbel in den Gürtel und eilte so rasch als möglich nach dem Hügel, von dem aus ich sie entdeckt hatte. Oben angelangt, sah ich noch drei weitere Kanus, die mit den anderen nach dem Festland hinüberruderten.

Als ich an den Strand hinunterkam, bot sich mir ein schrecklicher Anblick. Ich starrte auf die Überreste einer entsetzlichen Mahlzeit, auf das Blut, die Knochen und Fleischfetzen und war so zornig, daß ich fest beschloß, den nächsten Wilden, den ich antraf, sofort zu töten, und mochten noch so viele daherkommen, sie alle über den Haufen zu schießen.

Eines wurde mir aber nach einiger Zeit klar. Die Besuche der Wilden auf meiner Insel waren nicht allzu häufig. Fünfzehn Monate vergingen, und ich sah weder einen Wilden, noch bemerkte ich Fußstapfen oder andere Zeichen ihrer Anwesenheit. Trotzdem kam ich nie ganz zur Ruhe. Ich lebte in steter Angst, daß sie mich eines Tages überraschen würden. Ich sollte nun erfahren, daß die Erwartung eines Unglücks schlimmer ist als das Unglück selber, vor allem, wenn man nicht die Kraft hat, die Furcht vor dem Kommenden abzuschütteln. Die ganze Zeit plagten mich finstere Gedanken, und ich vergeudete mit sinnlosem Pläneschmieden meine Zeit, die ich hätte besser verwenden können. Überfallen wollte ich sie, wenn sie das nächstemal kamen, und ich vergaß ganz, daß ich wohl eine Schar niedermachen konnte, aber am nächsten Tag oder in einer Woche oder in einem Monat später wieder eine Schar umbringen mußte, und dann wieder und wieder, bis ich schließlich zu einem ebensolchen Massenmörder wurde wie sie mit ihrer Menschenfresserei.

Angst und Sorge quälten mich, daß ich eines Tages in die Hände dieser unbarmherzigen Geschöpfe fallen könnte. Ich verließ meine Burg nie ohne die denkbar größte Vorsicht. Ich sah nun erst, welches Glück die Herde zahmer Ziegen für mich war, denn ich durfte ja um keinen Preis mein Gewehr abfeuern, vor allem nicht in der Nähe der Inselseite, zu der sie gewöhnlich kamen.

Aber es sollte, wie schon gesagt, ein Jahr und drei Monate vergehen, bis ich wieder einen Wilden zu Gesicht bekam. Vielleicht waren sie inzwischen ein- oder zweimal hier gewesen. Jedenfalls hatte ich nichts von ihnen bemerkt. Im Monat Mai jedoch, im vierundzwanzigsten Jahr meines Insellebens, hatte ich ein abenteuerliches Treffen mit ihnen – davon aber später!

Die Unruhe meines Gemütes war jetzt meist so groß, daß ich unruhig schlief und schreckliche Träume hatte. Oft fuhr ich mitten in der Nacht aus dem Schlaf auf. Es war um Mitte Mai, ich glaube, am sechzehnten, nach meinem armseligen hölzernen Kalender zu rechnen. (Noch immer kerbte ich jeden Tag den Pfosten ein.) Den ganzen Tag hatte ein heftiger Sturm getobt, von Blitz und Donner begleitet. In der noch immer sehr stürmischen Nacht wurde ich durch den Knall eines Kanonenschusses von der See her geweckt.

Das war nun freilich ein Schreck ganz anderer Art als der vorige und jagte meine Gedanken in eine andere Richtung.
Ich sprang auf, kletterte mit der Leiter auf die Felsen und lief auf den Gipfel des Hügels. Ein zweiter Schuß blitzte auf, ein paar Sekunden später hörte ich den Knall. Er kam von der gleichen Stelle, wohin seinerzeit mein Kanu von der Strömung getrieben worden war. Dort mußte sich ein Schiff in Not befinden. Ich trug hastig einen Holzstoß zusammen und steckte ihn in Brand. Der Wind blies heftig, aber das Holz war trocken und brannte so lichterloh, daß die Besatzung des Schiffes den Feuerschein bemerken mußte. Gleich darauf fielen nun auch wieder einige Kanonenschüsse. Ich unterhielt das Feuer bis Tagesanbruch. Als es hell genug geworden war, sah ich in großer Entfernung auf hoher See, östlich von der Insel, etwas, das ein Schiff sein mußte. Ob es noch unter Segel war oder ob ich nur ein Wrack sah, konnte ich nicht ausmachen, auch mit meinem Fernrohr nicht, da die Entfernung zu weit und das Wetter noch immer diesig war.
Immer wieder schaute ich während des Tages hinüber und bemerkte bald, daß das Schiff sich nicht vom Fleck bewegte. Es mußte vor Anker liegen. Ich wollte mir Gewißheit verschaffen, nahm mein Gewehr und lief zu jenen Felsen auf der Südküste, von denen ich einst durch die Strömung weggerissen worden war. Inzwischen war das Wetter ganz klar geworden, und zu meinem Kummer konnte ich deutlich erkennen, daß es ein Wrack war, das in der Nacht auf jene unsichtbaren Klippen aufgelaufen war, die ich damals entdeckt hatte, als ich mit meinem Boot draußen auf See gewesen war.

Offenbar hatten die Seeleute in der Nacht die Orientierung verloren und waren durch den Sturm auf die völlig unter Wasser liegenden Klippen getrieben worden. Hätten sie die Insel gesehen, so würden sie gewiß versucht haben, sich in ihren Booten an die Küste zu retten. Über ihre Notsignale machte ich mir viele Gedanken und bildete mir schließlich ein, sie hätten mein Feuer doch gesehen. Vielleicht hatten sie versucht, die Küste zu erreichen, waren aber auf der hohen See gekentert. Vielleicht auch hatten sie ihr Rettungsboot verloren, wie das oft geschieht, wenn die See über das Schiff schlägt und die Mannschaft gezwungen ist, ihr Boot in Stücke zu schlagen oder mit eigenen Händen über Bord zu werfen. Es konnte aber auch sein, daß noch ein anderes oder mehrere Schiffe hier gewesen waren, die die Notsignale gehört und die Mannschaft gerettet hatten. So dachte ich an die verschiedensten Möglichkeiten, meinte aber endlich, es wäre wohl sicher, daß alle im Rettungsboot in See gegangen und ebenso wie ich durch die Strömung abgetrieben worden waren, hinaus auf das weite Meer, wo Tod und Elend auf sie warteten. Ich vermag mit keinem Wort auszudrücken, was für eine heiße Sehnsucht ich bei dem Anblick des Wracks fühlte. »O wären doch ein oder zwei, nein, wäre nur ein einziger Mensch von dem ganzen Schiff gerettet worden und käme zu mir, daß ich einen Gefährten, einen Freund hätte, der mit mir reden und mit dem ich reden könnte!« Während meines ganzen einsamen Lebens hatte ich nie so leidenschaftlich nach der Gesellschaft eines anderen Menschen verlangt wie in diesem Augenblick. Es gibt Regungen in der menschlichen Seele, die, wenn sie geweckt werden, so heftig sind, daß es uns ganz unerträglich scheint, auf das Ersehnte verzichten zu müssen. »Wäre doch nur einer von diesen Männer gerettet worden! Wäre doch nur einer gerettet worden!« Ich glaube, ich wiederholte diese Worte wohl hundertmal, während sich meine Hände ineinander verkrampften und meine Zähne so fest aufeinanderbissen, daß ich sie kaum wieder auseinanderbringen konnte. Allein, all mein heftiges Wünschen war umsonst!

Einige Tage später fand ich auf dem Strand der Insel zu meinem Kummer den Leichnam eines ertrunkenen Schiffsjungen. Er hatte nur eine Matrosenjacke an, leinene, an den Knien offene Unterhosen und ein blaues Leinenhemd, nichts, was mir hätte sagen können, welcher Nation der Knabe angehörte. In seinen Taschen befanden sich zwei Achtschillingstücke und eine Tabakspfeife, die für mich zehnmal wertvoller war als das Geld.

Allmählich beruhigte ich mich wieder und bekam große Lust, mich in meinem Boot zu dem Wrack hinauszuwagen. Ich zweifelte nicht daran, an Bord manchen für mich nützlichen Gegenstand zu finden oder – vor allem dies lockte mich – ein lebendes Wesen, das ich retten konnte. Dieser Gedanke ließ mir keine Ruhe, ich mußte mit meinem Boot hinaus zum Wrack und alles übrige Gottes Vorsehung anheimstellen. Ich eilte in meine Festung zurück und bereitete alles für die Fahrt vor. Ich verstaute etwas Brot, einen Topf frisches Wasser, einen Kompaß, eine Flasche Rum und einen Korb voller Trauben im Boot, brachte es ins Wasser und kehrte noch einmal zu meinem Heim zurück, holte einen großen Beutel voll Reis, meinen Sonnenschirm, einen zweiten Topf Trinkwasser, zwei Dutzend kleine Brotlaibe, eine Flasche Ziegenmilch und etwas Käse. Dann bat ich Gott um Hilfe und ruderte längs des Strandes bis zur äußersten Spitze der Insel. Auf gut Glück mußte ich mich nun hinaus in den Ozean begeben, es galt, entweder das Wagnis zu unternehmen oder zu unterlassen.

Ich schaute auf die reißenden Strömungen, die zu beiden Seiten der Insel liefen, und noch in der Erinnerung graute mir vor dem gefährlichen Abenteuer, das ich hier mit meinem Boot erlebt hatte. Der Mut wollte mir sinken. Geriet ich wieder in eine der beiden Strömungen, so würde ich weit in das Meer hinausgetrieben werden, und beim leisesten Wind war es dann um mein kleines Boot und mich geschehen.
Diese Gedanken machten mich so niedergeschlagen, daß ich beinahe beschloß, die Fahrt aufzugeben.
Ich brachte das Kanu in eine kleine Bucht, stieg an Land, setzte mich auf eine Bodenerhöhung und starrte unschlüssig auf das Wrack hinaus. Bald bemerkte ich, daß die Flut einsetzte, es war nun für mehrere Stunden unmöglich, sich auf das Meer zu wagen. Ich kletterte deshalb auf einen Hügel, von dem aus ich die Strömung und den Flutwechsel beobachten konnte, und ich fand, daß die Ebbe dicht bei der Südspitze der Insel einsetzte und die Flut an der nördlichen Küste begann. Ich brauchte also nichts anderes zu tun, als mich bei der Rückfahrt längs der Nordseite zu halten.
Diese Tatsache machte mir Mut, und ich beschloß, am nächsten Morgen mit der ersten Flut abzufahren. Die Nacht schlief ich im Kanu. Sobald der Tag anbrach, stieß ich ab, fuhr erst in nördlicher Richtung eine Strecke in die See hinaus, bis ich in die ostwärts fließende Strömung geriet, die mich rasch vorwärtsbrachte. In weniger als zwei Stunden erreichte ich das Wrack. Es bot einen traurigen Anblick. Das Schiff – seiner Bauart nach zu schließen aus Spanien – saß festgeklemmt zwischen zwei Klippen. Der ganze Stern und auch der Bug waren von den Wellen zertrümmert, und da das Heck mit großer Gewalt aufgelaufen war, waren Hauptmast und Fock gebrochen. Nur das Bugspriet schien noch fest zu

sein. Als ich dicht beim Wrack angelangt war, tauchte ein Hund an Deck auf und bellte mich an; ich lockte ihn, und er sprang ins Wasser. Ich zog ihn ins Boot und bemerkte, daß er vor Hunger und Durst halb tot war. Als ich ihm ein Stück Brot gab, verschlang er es wie ein rasender Wolf, der seit vierzehn Tagen nichts gefressen hat; dann reichte ich dem armen Geschöpf etwas frisches Wasser.

An Bord oben sah ich als erstes zwei ertrunkene Männer, wahrscheinlich hatten sie die ununterbrochen über das Schiff hereinbrechenden Wellen erstickt. Außer dem Hund fand ich kein lebendes Wesen mehr an Bord, auch keinerlei Schiffsgut, das nicht vom Wasser verdorben gewesen wäre. Nur tiefer unten im Schiffsraum entdeckte ich einige Fässer mit Alkohol, doch waren sie zu groß, als daß ich etwas damit hätte anfangen können. Schließlich stöberte ich noch einige Seekisten der Matrosen auf, von denen ich zwei ins Boot schaffte, ohne ihren Inhalt zu prüfen. Wäre das Schiff mit dem Bug aufgelaufen anstatt mit dem Heck, so hätte ich gewiß eine lohnende Fahrt gemacht, denn alles wies darauf hin, daß das Fahrzeug eine wertvolle Ladung gehabt haben mußte. Nach seinem Kurs zu schließen, war es wohl von Buenos Aires oder Rio de la Plata in Südamerika nach Havanna, dem Golf von Mexiko oder vielleicht sogar nach Spanien bestimmt gewesen. Die Schätze, die es mit sich geführt hatte, nützten nun keinem Menschen mehr, und wo die Besatzung geblieben war, wußte ich nicht.

Außer den beiden Kisten brachte ich noch mit viel Mühe ein kleines Fäßchen mit Alkohol in mein Boot. In der Kajüte hingen außerdem noch einige Musketen und ein großes Pulverhorn. Die Musketen, für die ich keine Verwendung hatte, ließ ich zurück und nahm nur das Pulverhorn mit. Ferner verstaute ich im Boot eine Feuerschaufel und eine Feuerzange, die ich dringend benötigte, zwei kleine Messingkessel und einen kupfernen Topf. Mit dieser Ladung und dem Hund fuhr ich zu Beginn der Flut vom Wrack ab und erreichte noch am selben Abend die Insel.

Ich schlief die ganze Nacht im Kanu und beschloß, alles, was ich gefunden hatte, in meiner neuen Höhle zu lagern. Nachdem ich gefrühstückt hatte, brachte ich alles an Land und untersuchte die einzelnen Stücke. Das Faß enthielt einen herzlich schlechten Rum, als ich dann aber die Kisten öffnete, fand ich verschiedene Dinge, die ich gut verwenden konnte, vor allem zwei Töpfe mit Marmelade, die so dicht verschlossen waren, daß das Salzwasser nicht hatte eindringen können. Auch einige gute Hemden befanden sich in der Kiste, weiße Leinentaschentücher und bunte Halstücher. Darunter lag ein großer Beutel mit Geldstücken, etwa elfhundert Stück, und in einem anderen Beutel sechs Golddublonen und einige kleine Goldbarren.

Die zweite Kiste war nicht so ergiebig, sie enthielt nur einige Kleidungsstücke von geringem Wert und drei kleine Pulverflaschen mit feinem Pulver für Vogelflinten. Im ganzen bekam ich von dieser Fahrt nur wenig, was wirklich nützlich für mich gewesen wäre. Für das Gold hatte ich leider gar keine Verwendung, und ich hätte gern alles gegen drei oder vier Paar englischer Schuhe oder Strümpfe hergegeben. In der zweiten Kiste hatte ich noch fünfzig Stück zu acht Realen, aber kein Gold gefunden. Das gesamte Geld schleppte ich nach der Höhle und legte es zu dem, das ich früher aus unserem eigenen Schiff geborgen hatte.

Nachdem ich die ganze Ladung in Sicherheit gebracht hatte, kehrte ich zu meinem Boot zurück, ruderte es entlang der

Küste in seinen alten Hafen und wanderte dann zu meiner Festung zurück. Ich lebte nun wie bisher, nur war ich wachsamer, hielt öfters Umschau und entfernte mich nur, wenn es notwendig war, von meiner Festung. Mußte ich sie verlassen, so bevorzugte ich den östlichen Teil der Insel, wo ich ziemlich sicher war, daß die Wilden niemals hinkommen würden, und wo ich weniger vorsichtig zu sein und nicht soviel an Waffen und Munition mitzuschleppen brauchte.

Lebhafter Traum – Kampf um Freitag

So lebte ich zwei weitere Jahre ruhig und ungestört, doch war während dieser Zeit mein Kopf voll mit allerlei Plänen, wie ich von der Insel fortkommen könnte. Bisweilen dachte ich daran, eine zweite Fahrt nach dem Wrack zu machen, obwohl mir mein Verstand sagte, daß dort nichts zurückgeblieben war, was das Wagnis einer solchen Fahrt wert war. Die innere Unruhe, die mich als junger Mensch aus dem Haus meines Vaters getrieben hatte, überfiel mich auch jetzt immer wieder. Oft war mein ganzes Sinnen und Trachten nur darauf gerichtet, Mittel und Wege zum Verlassen der Insel zu finden.

In einer Nacht während der Märzregenperiode lag ich schlaflos auf meinen Fellen. Die Stille der Nacht quälte mich, mein Schicksal schien mir plötzlich wie eine schwere Last, die ich kaum tragen konnte. Ich konnte durchaus nicht die Augen zutun und Schlaf finden, nein, nicht einen Augenblick, fast die ganze Nacht lang. Wieviel tolle Gedanken mir in dieser Nacht durch den Kopf gingen, kann ich gar nicht sagen. Nur weg von dieser Insel wollte ich, welche Gefahren mich anderswo erwarteten, war mir gleichgültig. Sollten mich die Wilden auf dem Festland drüben töten und auffressen – nun, dann war ich eben tot und damit aller Jammer mit einemmal zu Ende!

All dies waren Ausgeburten eines verstörten Gemüts, das fast zur Verzweiflung getrieben war durch die schon so lange währende Beunruhigung und durch die Enttäuschung, die ich auf dem Wrack erfahren hatte, nicht das zu finden, wonach ich mich so sehr gesehnt hatte: einen Menschen, mit dem ich reden konnte! Schließlich fiel ich, zu Tod erschöpft, in einen tiefen Schlaf und hatte einen seltsamen Traum, den ich so deutlich erlebte, als hätte sich alles in Wirklichkeit zugetragen. Träumend war mir, daß ich am Morgen, wie immer, meine Festung verließ und plötzlich am Strand zwei Kanus mit elf Wilden sah. Sie landeten und brachten einen Gefangenen mit, den sie töten und fressen wollten. Plötzlich sprang der Gefangene auf und lief auf Tod und Leben davon. Im Schlaf glaubte ich, daß er auf mein Wäldchen zulief, um sich dort zu verbergen. Als ich sah, daß die anderen ihn dort nicht suchten, zeigte ich mich ihm und lächelte ihm ermutigend zu. Er kniete nieder und schien mich um Hilfe zu bitten. Darauf ließ ich ihm meine Leiter hinunter, er kletterte über den Wall, und ich führte ihn in meine Höhle. Der Wilde wurde nun mein Diener. »Nun kann ich es gewiß wagen«, sagte ich mir, »nach dem Festland zu fahren, dieser Bursche wird mir als Lotse dienen und mir sagen, wo ich mir Proviant verschaffen kann, wo die Küste sicher ist und welche Stellen ich meiden soll.« Das alles träumte ich so lebhaft, daß ich, als ich aufwachte, es kaum glauben konnte, nicht den Wilden vor mir zu sehen. Meine Freude im Traum war so unbeschreiblich groß gewesen, daß mich die sogleich folgende Enttäuschung bitter niederdrückte.

Trotzdem kam ich zu dem Schluß, daß es für mich nur eine Möglichkeit der Befreiung gab: Ich mußte mich eines Wilden bemächtigen, und zwar eines Gefangenen, den die Kannibalen zur Insel brachten, um ihn hier zu töten und zu essen. Ich mußte einmal eine ganze Schar angreifen und niedermachen. Ein so verzweifelter Versuch konnte aber auch leicht mißlingen. Überdies hatte ich so viel darüber nachgedacht, ob ich das Recht zur Bestrafung der Wilden hatte, daß sich bei dem

Gedanken an so viel Blutvergießen mein Herz zusammenkrampfte, mochte die Tat auch zu meiner eigenen Befreiung geschehen. Ich brauche nicht alle Gründe zu wiederholen, die dagegen sprachen. Es waren die gleichen, über die ich schon so oft nachgedacht hatte. Wohl konnte ich aber auch andere Gründe vorbringen, die mir recht gaben, nämlich, daß diese Menschen mein Leben gefährdeten und daß sie mich ohne Barmherzigkeit töten und aufessen würden, wenn sie es nur könnten. Wenn ich mich vor diesem Tod zu schützen suchte, so war es Notwehr im höchsten Grad, und ich handelte in Verteidigung meines eigenen Lebens. Obwohl dies alles für mich sprach, war mir der Gedanke, für meine eigene Rettung andere Menschen zu töten, so entsetzlich, daß ich mich lange Zeit nicht damit versöhnen konnte.

Schließlich aber, nach großer Ratlosigkeit und vielem inneren Zweifel, behielt das heftige Verlangen nach Freiheit die Oberhand. Ich beschloß, einen dieser Wilden in meine Gewalt zu bekommen, koste es, was es wolle. Wie sollte ich dies aber tun? Das machte mir viel Kopfzerbrechen. Schließlich gab ich das Grübeln auf, beschloß, mich auf die Lauer zu legen und aufzupassen, wenn sie an Land kommen sollten. Alles weitere wollte ich dem Zufall überlassen und nach dem Gebot des Augenblicks handeln.

Mit diesem Vorsatz im Herzen hielt ich fleißig Ausschau, und zwar so oft und so lange, daß ich der Sache herzlich müde wurde. Anderthalb Jahre lang wanderte ich fast täglich an das Südwestende der Insel und spähte nach Kanus aus. Keines ließ sich je blicken. Das war entmutigend und beunruhigte mich. Aber mein Eifer wurde dadurch nicht abgestumpft, im Gegenteil, je länger es dauerte, um so begieriger war ich, die Wilden zu sehen, wie ich zuvor ängstlich bemüht gewesen war, sie zu meiden. Ich malte mir aus, daß ich einen, ja vielleicht zwei oder drei zu meinen Untergebenen und Freunden machen könnte. Eine ganze Zeitlang spann ich genüßlich diese Pläne, es blieb aber alles nur ein Hirngespinst, und kein Wilder ließ sich je am Strand blicken.

Nachdem ich über anderthalb Jahre diese Ideen im Kopf gewälzt hatte, wurde ich eines frühen Morgens durch den Anblick von nicht weniger als fünf Kanus überrascht, und zwar auf meiner Seite der Insel. Die Wilden selbst waren nicht zu sehen. Ich war von der Anzahl der Boote betroffen, denn ich wußte, daß stets vier oder sechs Männer, manchmal auch mehr, in einem Boot fuhren, und so war guter Rat teuer. Ich konnte doch nicht als einzelner zwanzig oder vielleicht gar dreißig Mann angreifen. Bestürzt und verwirrt verbarg ich mich in meiner Festung und bereitete mich auf einen Angriff vor. Lange wartete ich und lauschte angestrengt auf jedes Geräusch, schließlich konnte ich die Untätigkeit nicht länger ertragen und kletterte auf den Hügel, wo ich mich so hinlegte, daß sie mich nicht sehen konnten. Hier beobachtete ich nun durch mein Fernrohr die Wilden. Es waren nicht weniger als dreißig, sie hatten ein Feuer angezündet und tanzten alle mit Gott weiß was für barbarischen Gebärden um die flackernden Flammen herum.

Wie ich so hinschaute, entdeckte ich durch mein Fernglas zwei unglückliche Kerle, die von den Kanus herbeigeschleppt wurden. Der erste Gefangene stürzte unmittelbar darauf, wahrscheinlich war er mit einer Keule oder einem Holzschwert niedergeschlagen worden. Zwei Wilde machten sich sofort über den am Boden liegenden Toten her, das zweite Opfer stand dabei und wartete, bis es an die Reihe kam. In diesem Augenblick, als er sich unbeobachtet fand, erfaßte den

armen Burschen neuer Lebensmut, er sprang zur Seite und lief mit unglaublicher Geschwindigkeit direkt auf mich zu, ich meine, zu jenem Teil der Küste, wo meine Ansiedlung lag.
Mein Herz schien fast stillzustehen, und ich war zu Tode erschrocken, das muß ich gestehen, als ich sah, daß er auf mich zulief und der ganze Haufen hinter ihm dreinstürzte. Nun traf der erste Teil meines Traumes ein: Er wollte in meinem Wäldchen Zuflucht suchen. Nur konnte ich mir die Fortsetzung meines Traumes nicht zusammenreimen, nämlich, daß die anderen ihn nicht verfolgen und dort finden sollten. Wie es auch sei, ich blieb auf meinem Beobachtungsposten und atmete bald erleichtert auf, weil ich sah, daß schließlich meinem Flüchtling nur mehr drei Mann folgten. Und noch viel leichter wurde mir ums Herz, als ich merkte, daß er ihnen im Laufen weit überlegen war und sie bald ein ganzes Stück hinter sich zurückließ.
Zwischen den Wilden und meiner Festung lag die Bucht. Über diese mußte der Flüchtende schwimmen, wenn er nicht wieder eingefangen werden wollte. Er zögerte auch keinen Augenblick – obwohl die Flut hoch stand –, sprang ins Wasser, schwamm mit raschen Stößen herüber, kletterte ans Land und lief mit der gleichen Kraft und Ausdauer wie vorher weiter. Als seine drei Verfolger das Ufer der Bucht erreicht hatten, bemerkte ich, daß nur zwei von ihnen schwimmen konnten. Der dritte blieb am Ufer stehen und kehrte wieder um. Die beiden anderen brauchten noch einmal soviel Zeit wie ihr Gefangener, um über die Bucht zu schwimmen.
Ich konnte mich nicht länger zurückhalten. Jetzt war der Augenblick gekommen, mir einen Diener und vielleicht einen Gefährten und Freund zu verschaffen. Es schien mir, als hätte ich von der Vorsehung den Auftrag erhalten, das Leben dieses

armen Geschöpfes zu retten. Ich kletterte, so schnell ich konnte, die Leiter hinunter, raffte meine Gewehre zusammen, lief wieder auf den Hügel zurück und an der anderen Seite zum Meer hinunter. Da ich ein ziemliches Stück Weg abschnitt, kam ich gerade zwischen die Verfolger und den Flüchtling, den ich laut anrief. Er sah sich um und war über mein Erscheinen sicher ebenso erschrocken wie über seine Feinde, doch ich winkte ihm beruhigend mit der Hand zu und näherte mich vorsichtig den beiden Verfolgern. Dann stürzte ich mich auf den vorderen und schlug ihn mit dem Gewehrkolben nieder. Schießen wollte ich nicht, damit es die anderen nicht hören konnten, obwohl die Entfernung zum Landeplatz der Wilden sehr groß war und sie den Knall wahrscheinlich nicht wahrgenommen hätten.

Nachdem ich den einen Burschen niedergeschlagen hatte, blieb der zweite entsetzt stehen, aber als ich einige Schritte vorwärts machte, sah ich, daß er seinen Bogen spannte; ich war daher gezwungen, auf ihn zu feuern. Der arme verfolgte Wilde hatte seine beiden Feinde niederfallen sehen, Blitz und Knall des Schusses aber hatten ihn so erschreckt, daß er stocksteif dastand und sich nicht von der Stelle rührte, obwohl man es ihm ansah, daß er am liebsten davongestürzt wäre. Ich rief ihn nochmals an, winkte ihm und machte beruhigende Gesten. Er verstand mich und kam tatsächlich langsam näher und näher, zitterte aber am ganzen Körper. Ich nickte ihm freundlich zu und gab ihm auf alle mögliche Weise zu verstehen, daß ich sein Freund war. Als er vor mir stand, kniete er nieder, faßte meinen Fuß und setzte ihn auf seinen Kopf, wie mir schien, um mir damit zu sagen, daß er mein Diener sein wollte und ich sein Herr war. Ich hob ihn auf und beruhigte ihn, so gut ich konnte.

Allein, es gab jetzt noch mehr zu tun. Der erste Wilde, den ich niedergeschlagen hatte, war nicht tot, sondern nur betäubt und schien zu sich zu kommen. Als ich es merkte, zeigte ich auf den Niedergestürzten, und mein Schützling sagte darauf einige Worte zu mir, die ich nicht verstand, die mich aber trotzdem vor Rührung fast erschauern ließen. Es waren die ersten Laute einer menschlichen Stimme, die ich seit fünfundzwanzig Jahren hörte!

Doch blieb mir zur Freude vorerst nur wenig Zeit. Der niedergeschlagene Bursche erholte sich zusehends, und ich sah, wie mein Wilder darüber erschrak. Ich hob mein zweites Gewehr, aber er deutete bittend auf den Säbel, der ohne Scheide an meiner Seite hing. Kaum hatte ich ihm den Säbel in die Hand gegeben, als er auf seinen Feind zulief und ihm mit einem Hieb den Kopf abschlug. (Wie ich später erfuhr, verfertigen die Eingeborenen ihre Schwerter so scharf und aus so hartem Holz, daß sie damit einen Kopf oder Arm mit einem Hieb abschlagen konnten.)

Mein Schützling kam lachend zu mir und legte zum Zeichen seines Triumphes den Säbel mit dem Kopf des Getöteten zu meinen Füßen nieder. Am meisten schien er aber darüber verwundert zu sein, wie ich den zweiten Indianer aus solcher Entfernung hatte töten können; er lief zu dem Toten, stand zuerst wie versteinert still vor ihm und untersuchte nachher bestürzt den leblosen Körper.

Dann nahm er Bogen und Pfeile des Gefallenen und kam zu mir zurück; ich hatte mich schon zum Fortgehen gewandt und winkte ihm zu, mir zu folgen, da noch mehr Wilde nachkommen konnten. Durch Zeichen gab er mir nun zu verstehen, daß er zuerst die beiden Toten verscharren wollte, damit sie von den übrigen nicht entdeckt wurden. In kurzer Zeit hatte er mit den Händen ein großes Loch in den Sand gescharrt, warf die Leichen hinein und schüttete das Loch wieder zu. Ich glaube, er brachte diese Arbeit in einer Viertelstunde zuwege.

Als er fertig war, rief ich ihn wieder zu mir und führte ihn fort, nicht in die Festung, sondern zu meiner Höhle im Wald. Dort gab ich ihm etwas Brot und ein Bündel Traubenrosinen zu essen und Wasser zu trinken. Da er sehr erschöpft schien, bereitete ich ihm einen Haufen Reisstroh als Lager und gab ihm eine Decke. Der arme Kerl legte sich hin und schlief sofort ein.

Er war ein hübscher und gut gewachsener Bursche, mit geraden, kräftigen Gliedern, groß und schlank und, meiner Schätzung nach, etwa sechsundzwanzig Jahre alt. Sein Gesichtsausdruck war angenehm, seine Züge waren männlich, aber doch sanft, besonders wenn er lächelte. Das Haar war lang und schwarz, die Stirn hoch und breit, und die Augen glänzten lebhaft. Seine Hautfarbe war bräunlich, nicht so gelb wie die der Brasilianer und Virginier oder anderer Eingeborener Amerikas, eher dunkelolivgrün. Er hatte etwas sehr Angenehmes an sich, das schwer zu beschreiben ist. Sein Gesicht war rund, die Nase klein, und er hatte einen Mund mit schmalen Lippen und Zähnen so weiß wie Elfenbein.

Nachdem er etwa eine Stunde geschlafen hatte, wachte er auf. Ich hatte inzwischen die Ziegen gemolken, die sich in dem ganz in der Nähe liegenden Gehege befanden. Kaum sah er mich, so lief er auf mich zu, kniete sich mit allen Zeichen demütiger Dankbarkeit wieder auf den Boden und deutete mir seine Ergebenheit mit allen erdenklichen Gesten an. Ich verstand ihn ganz gut und machte ihm begreiflich, daß ich mich über ihn freute.

Ja, ich freute mich ganz unbeschreiblich, wieder einen Menschen neben mir zu wissen. Weil der Tag, an dem ich meinen neuen Freund gerettet hatte, ein Freitag war, so nannte ich den Burschen »Freitag«, und er begriff bald, daß dies nun sein Name war. Die Wörter »Ja« und »Nein« und ihre Bedeutung brachte ich ihm spielend bei, auch das Wort »Master«, mit dem er mich in Zukunft immer anredete. Dann gab ich ihm in einem irdenen Topf etwas Milch und zeigte ihm, wie ich Brot darin eintauchte. Er folgte meinem Beispiel ohne Scheu und aß sich satt. Die Nacht verbrachten wir miteinander in der Laube, als der Tag dämmerte, ging ich mit ihm zu meiner Festung zurück.

Bei der Stelle, wo die beiden Toten verscharrt lagen, blieb er stehen und gab mir zu verstehen, daß wir sie ausgraben und aufessen sollten, und er war nicht wenig bestürzt, als ich meinen Abscheu davor ausdrückte, und folgte mir dann ganz unterwürfig. Ich führte ihn auf den Gipfel des Hügels. Durch das Fernrohr sah ich deutlich den Platz, wo die Eingeborenen gelandet waren. Nichts mehr war von ihnen und von ihren Kanus zu bemerken, sie waren fortgerudert und hatten ihre beiden Kameraden zurückgelassen, ohne nach ihnen zu suchen.

Mit dieser Feststellung allein gab ich mich aber nicht zufrieden. Die Gegenwart eines zweiten Menschen bewirkte, daß ich viel mehr Mut hatte als früher. Ich gab Freitag den Säbel, den Bogen und die Pfeile und ließ ihn auch ein Gewehr tragen, während ich selbst zwei nahm. Als wir zum Lagerplatz kamen, stand mir fast das Herz still über das, was ich sah. Es war in der Tat ein schreckliches Bild, wenigstens für mich, denn Freitag machte sich nichts daraus. Rings um die Feuerstelle war der Boden mit menschlichen Gebeinen bedeckt,

und der Sand war noch rot vom Blut. Freitag gab mir zu verstehen, daß die Eingeborenen vier Gefangene in ihren Kanus mitgebracht hatten, drei waren aufgefressen worden, und er selbst hätte der vierte sein sollen. Wie ich seinen Gesten entnahm, hatten zwei Stämme miteinander gekämpft, er und die anderen Getöteten waren Kriegsgefangene gewesen, die die Sieger hierhergebracht hatten, um sie auf einem ihrer Feste zu töten. Ich ließ Freitag alles, was von den Opfern übriggeblieben war, einsammeln, auf einen Haufen legen, anzünden und zu Asche verbrennen. Ich sah, daß Freitag nur zu gern von den schrecklichen Überresten gegessen hätte, auch er war ja ein Kannibale, aber ich zeigte solchen Unwillen darüber, daß er es nicht wagte. Ich hatte ihm auch begreiflich gemacht, daß ich ihn töten würde, sollte er es tun.
Nachdem wir mit dieser Arbeit fertig waren, kehrten wir zu meiner Festung zurück, und ich überlegte, wo ich ihn einquartieren sollte, damit er sich selbst wohl und ich mich vollständig ruhig fühlte. Nach einigem Nachdenken errichtete ich für ihn auf dem freien Platz zwischen den beiden Wällen ein kleines Zelt. Da sich dort ein Eingang zu der Höhle befand, zimmerte ich einen Türstock und eine Tür aus Brettern. Diese Tür sperrte ich in der Nacht zu und nahm auch die Leitern fort, so daß Freitag nicht auf die Innenseite des Walles gelangen konnte, ohne beim Darüberklettern großen Lärm zu verursachen, der mich bestimmt geweckt hätte. Mein Heim hatte um diese Zeit schon ein Dach aus langen Stangen, über die ich kleinere Latten gelegt hatte, die mit einer dicken Lage Reisstroh bedeckt waren, das so fest wie Rohr war. Die Öffnung, durch die ich mit der Leiter ein- und ausstieg, war durch eine Falltür verschlossen, die sich von außen nicht öffnen ließ. Jeden Abend nahm ich alle Waffen zu mir.

Tatsächlich hätte es aller dieser Vorsichtsmaßnahmen nicht bedurft, denn niemals hatte ich einen treueren und aufrichtigeren Gefährten als Freitag. Er kannte keine Launen, war immer heiter, immer bereit, mir in allem zu folgen, und seine ganze Zuneigung gehörte mir, wie die eines Kindes seinem Vater gehört. Ich darf wohl sagen, daß er sein Leben zu jeder Zeit geopfert hätte, um das meine zu retten. Die vielen Beweise, die er mir im Lauf der Zeit gab, schlossen jeden Zweifel aus, und bald wußte ich, daß ich ihm völlig vertrauen konnte.

So hatte ich die größte Freude über meinen Gefährten. Ich bemühte mich, ihn alles zu lehren, was ich konnte. Vor allem war ich bestrebt, ihm so viel von der englischen Sprache beizubringen, daß er mich verstehen konnte. Er war ein gelehriger Schüler, stets fröhlich und immer glücklich, wenn er etwas begriffen hatte, daß es bald ein großes Vergnügen für mich war, mich mit ihm zu unterhalten. In seiner Gesellschaft vermißte ich nie mein früheres Leben mit meinen Landsleuten. Oft sagte ich mir, daß ich keinen Wunsch mehr gefühlt hätte, die Insel zu verlassen, wäre ich nur sicher vor einem Angriff der Wilden gewesen.

Da Freitag vollkommen nackt herumlief, schneiderte ich ihm eine Jacke aus Ziegenfell und gab ihm ein Paar Leinenhosen. Die Kleider behagten ihm zuerst gar nicht. Er benahm sich sehr ungeschickt, und vor allem war ihm das Tragen der Hose lästig, und am Anfang rieben ihm die Ärmel der Jacke Schultern und Arme wund. Mit der Zeit aber gewöhnte er sich daran.

Eines Morgens nahm ich Freitag mit mir in den Wald, ich wollte ein Ziegenlamm meiner Herde töten und zubereiten. Auf dem Weg zum Gehege sah ich im Schatten eines Baumes

eine wilde Ziege mit zwei Kitzchen; ich blieb stehen, lud mein Gewehr und schoß eines der beiden Lämmer. Der arme Bursche, der schon einmal dabei gewesen war, wie ich einen Feind aus der Entfernung getötet hatte, konnte sich nicht vorstellen, was nun geschehen war. Er zitterte am ganzen Körper wie ein Kind, das sich entsetzlich fürchtet, bemerkte in seiner Verwirrung das Kitzchen nicht, das ich geschossen hatte, sondern riß seine Weste auf, um zu sehen, ob er nicht verwundet war. Offenbar glaubte er, ich hätte ihn töten wollen, kniete vor mir nieder, umfaßte meine Knie und stieß flehende Worte aus, die ich nicht verstand.
Ich hob ihn auf, lächelte ihn an und zeigte auf das tote Kitzchen; ich befahl ihm hinzulaufen und es zu holen. Während er verwirrt untersuchte, wie das Tier getötet worden war, lud ich mein Gewehr wieder.
Zufällig sah ich auf einem Baum in Schußweite einen großen Vogel, der einem Habicht glich. Nachdem ich Freitag begreiflich gemacht hatte, was ich tun wollte, feuerte ich, und gleich darauf sah er den Vogel zu Boden fallen. Trotz allem, was ich ihm erklärt hatte, war er ganz verstört. Er hatte nicht gesehen, daß ich etwas in den Lauf hineingesteckt hatte, und glaubte, das Gewehr sei ein wunderbarer Zauberstock, mit dem man Menschen, Tiere und Vögel, ob nah oder entfernt, jederzeit töten konnte. Sein Erstaunen war so groß, daß er sich lange Zeit nicht davon erholen konnte. Ich glaube, er hätte am liebsten mich und mein Gewehr angebetet, wenn ich ihn nicht daran gehindert hätte. Das Gewehr wollte er nun viele Tage um keinen Preis berühren, wohl aber sprach und schwatzte er mit ihm, wenn er allein war, als könnte es ihm antworten. Später gestand er mir, daß er die Flinte oftmals gebeten hatte, ihn nicht zu töten.

Nachdem sein Schrecken ein wenig verflogen war, hieß ich ihn den Vogel holen. Er lief hin, hob ihn auf und brachte ihn mir. Da ich vorher seinen Schrecken vor der Wunderkraft des Gewehres wahrgenommen hatte, benutzte ich die Zwischenzeit und lud es heimlich wieder. Für diesmal kam mir aber nichts mehr vor den Lauf.

So brachte ich das Kitzchen heim, bereitete es zu, kochte ein Stück Fleisch und machte eine gute Brühe. Nachdem ich ein paar Bissen gegessen hatte, gab ich auch Freitag ein Stück zu kosten. Es schien ihm sehr gut zu schmecken, aber es kam ihm seltsam vor, als er sah, daß ich Salz dazu verwendete. Er gab mir zu verstehen, daß Salz abscheulich zu essen sei, nahm eine Fingerspitze in den Mund, spuckte es schleunigst wieder aus und spülte sich gründlich den Mund mit Wasser. Ich nahm nun meinerseits ein Stückchen Fleisch in den Mund und spuckte es aus, so schnell, wie er es mit dem Salz gemacht hatte. Aber es nützte nichts, erst nach langer Zeit gebrauchte er Salz zu Fleisch oder einer Suppe, und auch dann nur sehr wenig.

Nachdem ich ihn mit gekochtem Fleisch und Suppe gefüttert hatte, briet ich ihm am nächsten Tag ein Stück Kitz. Ich hängte das Fleisch an einer Schnur über das Feuer, wie ich es oft in England gesehen hatte, und zwar rammte ich auf jeder Seite des Feuers eine Stange in die Erde, legte einen Stecken quer darüber und band die Schnur daran, so daß das Fleisch sich fortwährend drehte. Freitag bewunderte das sehr. Er kostete von dem Fleisch mit sichtlichem Vergnügen und suchte mir auf alle mögliche Art deutlich zu machen, wie gut es ihm schmeckte.

Am nächsten Tag ließ ich ihn etwas Korn ausklopfen und auf meine gewohnte Art durchsieben. Er war dabei sehr anstellig und geschickt, besonders nachdem er begriffen hatte, wozu das geschah. Dann ließ ich ihn zuschauen, wie ich mein Brot bereitete und backte. Schon nach kurzer Zeit war Freitag imstande, alle diese Arbeiten ebenso gut wie ich selber zu verrichten.

Es galt jetzt, zwei Mäuler statt eines zu füttern und eine größere Menge Korn anzubauen als früher. Also suchte ich ein größeres Stück Land aus und hegte es ein, und auch bei dieser Arbeit war Freitag eine große Hilfe. Als ich ihm erklärt hatte, dieser Acker sei für Korn bestimmt, um auch für ihn Brot backen zu können, schien er ganz gerührt zu sein und half mir mit wahrem Feuereifer.

Freitag erzählt aus seiner Heimat

Dieses Jahr war für mich das schönste, das ich auf der Insel zubrachte. Freitag fing an, ziemlich gut zu sprechen, wußte bald die Namen von den meisten Gegenständen, die ich ihm bezeichnet hatte, und kannte bereits jeden Platz, zu dem ich ihn schickte. Außer dem Vergnügen, mit jemandem sprechen zu können, fand ich auch Gefallen an dem Burschen selbst. Er war ein so einfacher, offener Mensch, daß ich ihn täglich mehr ins Herz schloß, wie er auch mich, glaube ich, mehr liebte als jemals einen anderen in seinem ganzen Leben.
Eines Tages wollte ich ihn auf die Probe stellen, ob er noch Sehnsucht nach seiner Heimat hatte, und da er inzwischen so viel Englisch gelernt hatte, daß er mir fast alles beantworten konnte, fragte ich ihn, ob das Volk, dem er angehörte, in der Schlacht besiegt worden sei.
Er antwortete lächelnd: »Ja, ja, wir kämpfen am besten.«
»So«, sagte ich, »ihr kämpft am besten? Wie kam es dann, daß du gefangengenommen wurdest, Freitag?«
»Mein Volk schlug alle.«
»Wie? Schlug? Wenn dein Volk sie schlug, wie konntest du dann gefangen werden?«
»Sie mehr Leute als mein Volk, dort, wo ich war. Sie nahmen einen, zwei, drei und mich gefangen. Mein Volk besiegte sie an einer anderen Stelle, wo ich nicht war. Dort nahm mein Volk nicht einen, zwei... tausend!«
»Aber weshalb befreiten eure Leute euch nicht aus den Händen der Feinde?«
»Sie liefen mit einem, zwei, drei und mir in das Kanu. Mein Volk damals kein Kanu.«

»Was macht dein Volk mit seinen Gefangenen, Freitag? Frißt es sie auf?«
»Ja, mein Volk ißt auch Menschen.«
»Wo führen sie die Gefangenen hin?«
»Gehen nach anderen Plätzen, wie es ihnen einfällt.«
»Kommen sie auch hierher?«
»Ja, ja, kommen hierher. Kommen auch nach anderen Inseln.«
»Bist du mit ihnen hier gewesen?«
»Ja, ich hier gewesen.«
Als ich etwas später einmal mit Freitag nach jenem Teil der Küste ging, wo die Wilden zu landen pflegten, erkannte er den Platz wieder und erklärte mir, daß er einmal hier gewesen sei, als sie zwanzig Männer, zwei Weiber und ein Kind aufgegessen hatten. Da er damals noch nicht auf englisch bis zwanzig zählen konnte, legte er ebenso viele Steine in einer Reihe hin, um mir die Zahl zu zeigen.
Nach diesem Gespräch fragte ich ihn, wie weit es von unserer Insel bis zu jener Küste sei und ob die Kanus nicht oft untergingen.
Er antwortete, es sei keine Gefahr vorhanden, und niemals sei ein Kanu verlorengegangen. Etwas weiter draußen auf dem Meer sei Strömung und Wind am Morgen nach einer Richtung hin und am Nachmittag nach der anderen. Ich nahm an, dies wären Ebbe und Flut in ihrem dauernden Wechsel, später allerdings erfuhr ich, daß die sich stets ändernde Strömung durch den großen Zu- und Rückfluß des gewaltigen Orinokostromes verursacht wurde, in dessen Mündungsgebiet unsere Insel lag. Das Land, das ich nach Westnordwest zu sehen geglaubt hatte, war die große Insel Trinidad an der nördlichen Spitze der Flußmündung.

Ich stellte tausenderlei Fragen an Freitag über das Land, die Einwohner und das Meer und die Küste, die er mit der größten Offenheit beantwortete, soweit ihm alles bekannt war. Auch wollte ich die Namen verschiedener Völkerschaften wissen, doch kannte er keinen anderen als den der Kariben, die auf unseren Amerika-Völkerkarten vom Orinoko bis Guayana und St. Martha verzeichnet sind. Er erzählte mir, daß eine große Strecke jenseits des Mondes (er meinte westlich von seinem Lande) weiße, bärtige Männer wohnen, die viele Eingeborene getötet hatten. Ich nahm an, daß er damit die Spanier meinte, deren Grausamkeiten im ganzen amerikanischen Erdteil bekannt waren und bei allen Völkern in furchtbarer Erinnerung standen. »Weißt du, was ich tun muß, um von dieser Insel zu den weißen Männern zu kommen?« fragte ich ihn.

»Ja, ja«, erwiderte er, »in zwei Kanus hinfahren!«

Ich verstand nicht, wie er das meinte, bis ich endlich herausbrachte, ich müßte in einem Boot fahren, das so groß wie zwei Kanus wäre. Dieser Teil von Freitags Erzählung war ganz nach meinem Wunsch. Früher oder später würde ich doch Gelegenheit finden, mit seiner Hilfe von der Insel fortzukommen.

Als Freitag gelernt hatte, mich besser zu verstehen, war ich bestrebt, ihm die Grundbegriffe der christlichen Religion beizubringen, und fragte ihn eines Tages, ob er wisse, wer ihn erschaffen habe.

Er verstand mich ganz und gar nicht und glaubte, ich hätte gefragt, wer sein Vater sei. Ich fragte ihn daher, wer das Meer, die Erde, die Hügel und Wälder geschaffen habe. Er antwortete, das sei der alte »Benamuckee« gewesen, der jenseits von allem lebe. Er konnte von ihm nur sagen, daß

er sehr alt sei, viel älter als Meer oder Land, als Mond oder Sterne.
Als ich ihn fragte, weshalb sein Volk diesen alten Mann denn nicht anbete, wenn er alle Dinge erschaffen habe, sah er mich ernst und unschuldig an und antwortete. »Wir alle sagen ›O‹ zu ihm!«
»Wohin kommen die Menschen, wenn sie gestorben sind?« fragte ich weiter, und er sagte: »Sie kommen alle zu Benamuckee.«
Wer mit Benamuckee sprechen wolle, erzählte er, müsse auf einen großen Berg steigen. Ich fragte ihn, ob er schon dort gewesen sei. »Nein«, antwortete er, »junge Männer dürfen das niemals, sondern nur alte Männer, die wir ›Oowookakee‹ nennen. Sie gehen auf den Berg und sagen ›O‹« – so bezeichnete er das Beten –, »und dann kehren sie wieder zu uns zurück.«
Auf diese Weise erfuhr ich, daß es selbst bei diesen unwissenden Menschen eine Priesterkaste gab und daß sie sich aus dem Geheimnis der Religion die Verehrung ihres Volkes zu erhalten suchten.
Von da an begann ich Freitag in der Erkenntnis des wahren Gottes zu unterweisen. Ich erzählte von dem großen Schöpfer allen Lebens, der allmächtig und gütig und weise ist und der die Welt mit derselben Macht und Vorsehung regiert, mit der er sie geschaffen hat. Mein junger Freund war ein aufmerksamer Zuhörer. Eines Tages brachte er mich durch eine ganz natürliche und unschuldige Frage so in Verlegenheit, daß ich kaum wußte, was ich ihm antworten sollte. Ich hatte ihm vom Teufel erzählt, der der Feind des Menschen und der Feind Gottes ist, und nach einer Weile sagte Freitag nachdenklich: »Wenn Gott stark und groß ist, so ist er mächtiger als der Teufel.«

»Gewiß, Freitag«, antwortete ich.
»Aber«, fragte er, »wenn Gott mächtiger ist als der Teufel, warum tötet er ihn dann nicht, damit er nichts Böses mehr tun kann?«
Ich mußte gestehen, daß ich diese Frage kaum beantworten konnte. Gott allein weiß, warum er das Böse auf der Welt duldet. »Gott wird den Teufel am Ende der Zeiten bestrafen«, erklärte ich.
Diese Antwort befriedigte Freitag nicht. »Am Ende der Zeiten! Ich verstehe nicht. Warum das Böse nicht gleich jetzt totmachen?«
»Du kannst ebensogut fragen«, sagte ich, »warum Gott dich und mich nicht tötet. Wir tun doch auch böse Dinge. Doch bleiben wir am Leben, wir können es bereuen, und es wird uns vergeben werden.«
Freitag dachte eine Weile nach, dann antwortete er sehr erfreut: »Gut! Das ist gut! Du – und ich – und Teufel – alle bereuen. Gott vergibt allen!«
Da war ich wieder ganz aus dem Text gebracht. Ich begann nun ein langes Gespräch mit ihm über die Erlösung des Menschen durch Christus, ich erklärte ihm, daß Gott aus Liebe zu den Menschen selbst die Gestalt eines Menschen angenommen hatte, daß aber die gefallenen Engel nicht teil an der Erlösung hätten.
Gott weiß, ich hatte bei all meinen Bekehrungsversuchen mehr guten Willen als Gelehrsamkeit, und ich muß bekennen, daß es mir dabei erging, wie es, glaube ich, im gleichen Fall allen ergeht. Indem ich ihm alles erklärte, wurde mir selbst erst vieles richtig klar, und ich hatte mehr Freude am Nachdenken über vieles als je zuvor, so daß ich allen Grund hatte, dafür dankbar zu sein, daß dieser Wilde zu mir gekom-

men war. Mein Los lastete leichter auf mir, seitdem er mein Leben mit mir teilte. Wenn ich an die vielen einsamen Jahre zurückdachte, die ich auf der Insel verbracht hatte, bevor Freitag zu mir gekommen war, so dankte ich dem Himmel aus zwei Gründen: daß ich Freitags Leben hatte retten dürfen und daß er nun bei mir auf der Insel lebte.

Als wir später noch näher befreundet waren und er besser, wenn auch noch gebrochen, englisch sprechen konnte, erzählte ich ihm meine eigene Geschichte. Ich weihte ihn auch in das Geheimnis des Schießpulvers ein und gab ihm Unterricht im Schießen. Als ich ihm ein Messer und ein Beil schenkte, hatte er eine kindliche Freude darüber.

Auch die Länder Europas beschrieb ich ihm, besonders meine Heimat England; ich erzählte ihm, wie wir lebten und wie wir durch unsere Schiffahrt mit allen Teilen der Welt Handel trieben, ich berichtete ihm von dem Wrack, an dessen Bord ich gewesen war, und zeigte ihm die Stelle, wo es gelegen hatte. Als Freitag die letzten Wrackreste des Bootes sah, blieb er längere Zeit nachdenklich stehen, ohne etwas zu sagen. Ich fragte ihn: »Worüber denkst du nach?« und er sagte endlich: »Solches Boot kam an Land zu meinem Volk.«

Zuerst verstand ich ihn nicht, und er erklärte mir, daß ein Boot wie jenes durch einen Sturm an den Strand seines Volkes getrieben worden war. Ich dachte, irgendein europäisches Schiff wäre an jener Küste gestrandet. Es fiel mir gar nicht ein, daran zu denken, daß Menschen aus einem Wrack dorthin gelangt sein konnten. Freitag beschrieb mir aber das Boot ziemlich genau und fügte eifrig hinzu: »Wir retten die weißen Männer vor dem Ertrinken.« Er zählte siebzehn an seinen Fingern auf und fügte hinzu: »Sie leben, sie wohnen bei meinem Volk.«

Jetzt erst kam mir der Gedanke, es könnten vielleicht jene Männer sein, deren Schiff vor meiner Insel gescheitert war.
Ich fragte Freitag näher aus, was aus den Männern geworden war, und er versicherte, daß sie noch immer bei seinem Volk lebten. Die Eingeborenen ließen sie ganz für sich wohnen und versorgten sie mit Lebensmitteln. Als ich fragte, warum sie die Weißen nicht getötet und gefressen hatten, antwortete er lebhaft: »Nein, wir machten Bruder mit ihnen. Wir essen nur Menschen, die im Krieg gefangen wurden.«
Einige Zeit später stand ich mit Freitag auf der Kuppe des Hügels, der an der Ostküste lag und von dem aus ich an klaren Tagen den Streifen Land am Horizont sehen konnte, in dem ich das Festland von Amerika zu entdecken geglaubt hatte. Freitag blickte ernst hinüber, fing plötzlich an wie ein kleines Kind zu springen und zu tanzen und rief immer wieder: »O Freude! Freude! Dort ist mein Land, dort ist mein Volk!«
Sein Gesicht strahlte vor unbändigem Glück, und seine Augen glänzten. Mich aber bedrückte seine Freude. Die seltsame Aufregung, die aus allen seinen Gebärden sprach, als könnte er es vor Sehnsucht nach seiner Heimat kaum mehr aushalten, machte mich nachdenklich. Freitag kam mir auf einmal nicht mehr so verläßlich vor wie bisher. Ich zweifelte keinen Augenblick, daß er, sollte er je zu seinem Volk zurückkehren, alle seine Verpflichtungen mir gegenüber vergessen würde. Ja, gewiß würde er seinen Landsleuten von mir erzählen, vielleicht mit hundert von ihnen herüberkommen und mich zur Feier aufessen. Doch mit diesem Verdacht tat ich Freitag unrecht, und ich bereute es später sehr. Mein Argwohn wuchs aber zunächst und hielt wochenlang an, ich war vorsichtiger und nicht mehr so vertraulich und freundlich zu ihm wie bis-

her. Das war, wie gesagt, sehr unrecht von mir. Der ehrliche und dankbare Bursche dachte mit keinem Gedanken daran, mich zu verlassen, war mir von ganzem Herzen ergeben und wollte nichts anderes sein als mein treuer Freund, wie sich später zu meiner vollen Beruhigung herausstellte. Solange ich jedoch mißtrauisch war, fragte ich ihn jeden Tag aus, um irgend etwas von seinen Absichten aus ihm herauszubringen. Aber alles, was er sagte, war so ehrlich und unschuldig, daß mein Argwohn nicht die geringste Nahrung erhielt. Und so wurde ich nach einiger Zeit wieder ganz der Seine, besonders da er selbst nichts von meinem Mißtrauen bemerkt hatte und niemals die Absicht gehabt hatte, mich zu überlisten.

Eines Tages gingen wir wieder auf den selben Hügel. Auf dem Meer lag Nebel, und wir konnten das Land am Horizont nicht sehen. Ich rief Freitag zu mir und fragte ihn, ob er nicht Sehnsucht hatte, zu seinem Volk zurückzukehren.

»O ja«, antwortete er sofort.

»Was würdest du dort tun?« fragte ich. »Würdest du wieder Menschen essen wie früher?«

Er sah mich lange an, schüttelte dann ernst den Kopf und sagte: »Nein, nein!«

»Aber die anderen, werden sie Menschen essen?«

»Ich werde ihnen sagen«, fiel er mir sofort lebhaft ins Wort, »sie sollen Ziegenfleisch essen, Kornbrot und Milch trinken. Gute Menschen beten zu Gott und essen keine Menschen.«

Da begann ich zu verstehen, daß Freitag aus Liebe und Ergebenheit zu mir bereit war, sogar die vertrauten Gewohnheiten seines Volkes aufzugeben. »Werden sie dich dann nicht töten?« fragte ich.

»Nein«, sagte er sehr ernst, »sie töten mich nicht, sie wollen lernen.«

Er fügte hinzu, daß seine Leute auch von den bärtigen Männern vieles gelernt hätten. Als ich ihn fragte, ob er wieder zurückkehren wollte, lächelte er und antwortete, er könnte nicht so weit schwimmen. Ich bot ihm an, ein Kanu für ihn zu machen, aber er wollte nur dann hinüberfahren, wenn auch ich ihn begleiten würde.

»Ich will gern mit dir gehen«, sagte ich, »aber deine Leute werden mich auffressen, wenn ich zu ihnen komme.«

»Nein, nein!« rief er. »Ich sage ihnen, du bist gut!«

Dann erklärte er mir, wie freundlich seine Landsleute die siebzehn weißen Männer aufgenommen hatten, als diese in ihrer Not und Verlassenheit zu ihnen gekommen waren.

Von dieser Zeit an bekam ich Lust, mich über das Meer zu wagen und jene bärtigen Männer aufzusuchen, die ohne Zweifel Spanier oder Portugiesen sein mußten. Mit ihnen gemeinsam würde ich sicher einen Weg finden, eine von Europäern bewohnte Küste zu erreichen.

Nach einigen Tagen sagte ich zu Freitag: »Ich habe ein Boot, mit dem du zu deinem Volk fahren kannst«, und führte ihn zu meinem Kanu, das auf der anderen Inselseite lag. Ich schöpfte das Wasser aus, denn ich hielt es wegen der großen Sonnenhitze stets unter Wasser liegend, zog es auf den Strand und zeigte es ihm. Wir stiegen beide ein. Ich sah bald, daß er das Boot geschickt zu handhaben wußte. »Nun, Freitag«, fragte ich, »wollen wir zu deinem Volk fahren?«

Er sah mich bestürzt an, sicher glaubte er, das Boot sei für eine so lange Fahrt zu klein. Am nächsten Tag gingen wir zu jener Stelle, wo das erste Boot lag, das ich vor vielen Jahren angefertigt und nicht ins Wasser hatte bringen können. Freitag meinte, es wäre groß genug, aber durch die langen Jahre war es von der Sonne ausgetrocknet und unbrauchbar geworden.

Ich war danach fest entschlossen, mit Freitag nach dem Festland hinüberzusegeln, und forderte ihn auf, mit mir gemeinsam ein größeres Fahrzeug zu bauen. Er sagte dazu kein Wort, sondern schaute mich nur sehr ernst und traurig an. Als ich ihn um den Grund seines Schweigens fragte, rief er: »Weshalb bist du böse auf Freitag? Was habe ich getan?«

»Warum soll ich auf dich böse sein?« fragte ich.

»Nicht böse? Weshalb schickst du Freitag zu seinem Volk?«

»Hast du mir nicht gesagt, daß du wieder dort sein willst?«

»Ja, ja! Aber wir beide! Nicht ich allein!«

Kurz, er wäre um nichts in der Welt ohne mich fortgefahren.

»Wenn ich mitkäme, was sollte ich dort machen?« fragte ich.

»Gutes!« antwortete er fest entschlossen. »Wir werden von dir lernen, zu Gott beten und neues Leben haben.«

»Ach, Freitag, du weißt nicht, was du sprichst. Ich bin selbst nur ein unwissender Mensch.«

»Du hast mich Gutes gelehrt«, behauptete er, »du wirst auch sie Gutes lehren.«

»Nein, Freitag«, sagte ich, denn plötzlich wollte ich wissen, ob es ihm ernst war mit allem, was er sagte, »nein, Freitag, du sollst ohne mich gehen. Laß mich hier allein leben wie bisher.«

Er sah bei diesen Worten ganz verwirrt aus, nahm das Beil, das er stets bei sich trug, reichte es mir und sagte: »Töte mich!«

»Weshalb?« rief ich erstaunt aus, und er antwortete: »Weshalb schickst du mich fort? Töte mich, schicke mich aber nicht fort.«

Er sagte das mit großem Ernst. Seine Augen waren naß geworden, und ich sah, wie entschlossen er war und wie aufrichtig er es meinte. »Niemals, Freitag«, versprach ich ihm, »werde ich dich fortschicken, solange du bei mir bleiben willst.«

Doch ich hatte einen dringenden Grund, nach dem Festland hinüberzufahren: Ich wollte die siebzehn bärtigen Männer suchen. Auf der Insel gab es wahrhaft Bäume genug, um daraus eine kleine Flotte zu bauen, eine Flotte nicht aus Kanus, sondern von großen Schiffen! Die Hauptsache war jedoch, einen Baum ausfindig zu machen, der nahe genug am Wasser wuchs, damit wir das fertige Boot auch vom Stapel lassen konnten. Ich wollte meinen Fehler vom ersten Bootsbau nicht wieder begehen.

Endlich fand Freitag, der die Sache besser verstand als ich, einen passenden Baum. Zuerst wollte er den Stamm mit Feuer aushöhlen, aber ich zeigte ihm, daß es mit unseren Werkzeugen schneller als mit dem Brennen ging. Nach einem Monat harter Arbeit hatten wir den Stamm ausgehöhlt, mit Hilfe unserer Äxte gaben wir ihm dann die Form eines Bootes. Zum Schluß kostete es vierzehn Tage Mühe, das Boot auf Rollen Zoll für Zoll ins Wasser zu schaffen.

Das Fahrzeug hätte mit Leichtigkeit zwanzig Personen getragen. Es schwamm gut, und ich staunte, wie geschickt und flink mein Freitag es trotz seiner Größe lenken, wenden und rudern konnte. Als ich fragte, ob wir uns in dem Boot hinüberwagen dürften, antwortete er: »Ja, selbst wenn es stark weht.«

Ich hatte noch etwas im Sinn, wovon er nichts ahnte, nämlich

Mast und Segel zu machen und es mit Anker und Tau zu versehen. Für den Mast wählten wir eine gerade, junge Zeder, die Freitag fällte. Für das Segel sorgte ich selbst. Ich hatte noch genügend alte Segel oder wenigstens Stücke davon. Aber ich hatte sie nun 26 Jahre nicht gerade sorgfältig aufbewahrt, da ich nie daran gedacht hatte, sie jemals wieder auf solche Art zu verwenden. Ich nahm an, daß sie längst zerschlissen oder verfault waren, und dies war auch tatsächlich bei den meisten der Fall. Ich fand aber doch noch zwei Stücke, die mir leidlich gut schienen. Mit vieler Mühe und einer langwierigen, verdrießlichen Stichelei – weil ich keine Nadeln hatte – gelang es mir schließlich, ein dreieckiges, unförmiges Ding zusammenzustückeln, ähnlich einem »Hammelschultersegel«, mit einem Klüverbaum unten und einer kurzen Spiere oben. Damit verstand ich bestens umzugehen, da ich bei meiner Flucht aus Saleh ein ähnliches gehabt hatte. Zum Schluß verfertigte ich noch ein kurzes Focksegel, das uns helfen sollte, hart in den Wind zu drehen. Schließlich brachte ich am Stern noch ein Steuerruder an.

Nach etwa zwei Monaten waren wir mit unserer Arbeit fertig, und ich mußte nun Freitag Unterricht in der Schiffahrtskunde geben. Wohl verstand er sehr gut mit dem Ruder umzugehen, hatte aber noch nie ein Schiff mit Steuer und Segel gesehen und machte daher große Augen, als ich das Boot mit dem Steuer hin und her lenkte und das Segel sich bald nach dieser und bald nach jener Richtung blähte. So verdutzt und verblüfft er anfangs war, so machte er sich doch sehr bald damit vertraut und wurde ein ausgezeichneter Segler. Nur der Kompaß wollte ihm nicht einleuchten. In dieser Zone war aber der Himmel nur selten bewölkt, und es gab selten oder niemals Nebel, und wir brauchten den Kompaß nicht oft.

Nachts sah man immer die Sterne und bei Tag das Land, ausgenommen in der Regenzeit, in der sich aber niemand draußen herumtreibt, weder auf dem Land noch auf dem Meer.
Mittlerweile war der siebenundzwanzigste Jahrestag meiner Gefangenschaft auf der Insel gekommen, obwohl ich sagen muß, daß die letzten drei Jahre, die ich mit Freitag zusammen verbracht hatte, nicht mitzählen sollten. Mein Leben war durch ihn ein ganz anderes geworden. Ich feierte den Jahrestag meiner Landung noch immer mit der gleichen Dankbarkeit gegen Gott wie zuerst, und wenn ich anfangs Grund zum Danken gehabt hatte, so hatte ich jetzt noch viel mehr. Außerdem glaubte ich unerschütterlich daran, daß meine Befreiung ganz nahe war und ich vielleicht nur mehr ein Jahr auf der Insel sein würde. Trotzdem führte ich meinen Haushalt wie bisher weiter, ich grub die Felder um, säte und pflanzte und machte Zäune, sammelte und trocknete meine Trauben, und mein Leben verlief wie bisher mit Arbeit und Muße im rechten Gleichmaß.
Da die Regenzeit inzwischen eingesetzt hatte, hielten wir uns viel im Haus auf und konnten nicht daran denken fortzusegeln. Ich hatte das Boot in der Bucht eingestellt und es bei Hochwasser auf den Strand gezogen. Freitag hatte ein kleines Dock gegraben, das groß genug war, das Fahrzeug aufzunehmen. Um den Regen abzuhalten, hatten wir es dicht mit Baumzweigen bedeckt, und nun warteten wir auf die Monate November und Dezember. Zu dieser Zeit wollten wir die Fahrt wagen.
Die gute Jahreszeit kam. Ich bereitete alles für die Reise vor, sorgte für den nötigen Proviant und hatte vor, in etwa vierzehn Tagen unser Boot flottzumachen. Eines Morgens schickte ich Freitag an den Strand zum Fang einer Schild-

kröte. Gewöhnlich fingen wir jede Woche ein Tier, um Eier und Fleisch zu erhalten. Er war noch nicht lange fortgewesen, als er zurückgestürzt kam, und, bevor ich ihn noch fragen konnte, atemlos ausrief: »Master, ein Unglück! Ein Unglück!«

»Was gibt es, Freitag?«

»Dort! Eins, zwei, drei Kanus! Eins, zwei, drei!« Ich dachte zuerst, daß er damit sagen wollte, es seien sechs Kanus, aber es waren dann doch nur drei Boote.

»Nun, Freitag«, beruhigte ich ihn, »sei nicht so erschrokken!«

Ich sah, wie sehr er sich fürchtete. Der arme Bursche bildete sich ein, die Wilden wären nur seinetwegen gekommen, um ihn zu fangen und zu töten. So gut ich es konnte, beruhigte ich ihn und sagte: »Ich bin in der gleichen Gefahr wie du. Glaubst du nicht, daß sie auch mich töten würden?« Dann fügte ich hinzu: »Freitag, wir müssen uns entschließen, mit ihnen zu kämpfen.«

»Ich werde schießen«, sagte er, »aber es sind viele!«

»Das macht nichts. Unsere Gewehre werden ihnen schon Angst einjagen.«

Als ich ihn fragte, ob er mit mir kämpfen wollte, mich verteidigen, wenn ich angegriffen wurde, und ob er alles tun würde, was ich von ihm verlangte, sagte er: »Ich werde sterben, wenn Master es verlangt.«

Ich ließ ihn einen guten Schluck Rum nehmen, dann lud er die beiden Vogelflinten mit grobem Schrot, während ich selbst vier Musketen mit je fünf kleinen Kugeln lud, und die Pistolen mit je einem Streifen Patronen. Mein Säbel hing wie gewöhnlich an meiner Seite, Freitag nahm das Beil. So bewaffnet ging ich mit dem Fernrohr auf den Hügel, und durch das Glas bemerkte ich bald die Eingeborenen. Am Strand standen einundzwanzig Männer und drei Gefangene. Sie waren an der gleichen Stelle gelandet wie damals mit Freitag, vielleicht etwas näher der Bucht zu, wo die Küste flach war und ein dichter Wald sich fast bis zum Meer hinabzog. Ein heftiger Abscheu vor dem unmenschlichen Vorhaben erfaßte mich. Ich stieg von dem Felsen hinunter und erklärte Freitag, ich sei entschlossen, alle zu töten. Inzwischen hatte er seine Furcht überwunden, war gelassen, fast heiter, und wiederholte, er sei bereit zu sterben, wenn ich es wollte.

In der ersten Hitze verteilte ich die geladenen Waffen unter uns beide. Ich gab Freitag eine Pistole, die er in den Gürtel steckte, und drei Gewehre, die er über die Schulter nahm. Ich selber nahm die anderen drei Flinten und die zweite Pistole. In dieser kriegerischen Ausrüstung marschierten wir los. Ich steckte noch eine kleine Flasche Rum in meine Tasche, gab Freitag einen großen Beutel mit Pulver und Blei und befahl ihm, dicht hinter mir zu bleiben, nicht zu schießen noch sonst etwas zu tun, bevor ich es ihm befahl, und vor allem kein lautes Wort zu sprechen. In dieser Schlachtordnung schlug ich einen Umweg nach rechts ein, ungefähr eine Meile weit, um sowohl über den Bach wie in das Gehölz hineinzukommen und in Schußweite zu sein, bevor sie mich entdeckten.

Während des Marsches quälte mich der Gedanke, daß ich eigentlich kein Recht hatte, diese nackten, unbewaffneten Menschen zu töten, denen ich so überlegen war und die mir persönlich nie etwas zuleide getan hatten, während ihre barbarischen Gewohnheiten mich eigentlich nichts angingen. Ich kam zu dem Entschluß, mich nur in ihrer Nähe aufzustellen und sie zu beobachten und erst dann zu handeln, wenn ein zwingender Grund dafür sprach.

In tiefstem Schweigen gelangten wir bis zum Rand des Waldes. Ich befahl Freitag, auf einen hohen Baum zu klettern und mir zu sagen, was er von ihrem Treiben sehen konnte. Er kam bald zurück und berichtete, daß alle um ein Feuer herum saßen und den ersten Gefangenen aßen, während ein zweiter Gefangener gefesselt auf dem Sand nicht weit von ihnen lag, den sie allem Anschein nach später töten wollten. Dieser sei, sagte Freitag, keiner von seinem Volk, sondern einer von den bärtigen Männern. Ich war entsetzt, kletterte sofort auf den Baum und erkannte durch das Fernglas deutlich einen Weißen, der, an Händen und Füßen gebunden, auf dem Sand lag. Er war europäisch gekleidet. Etwa zwanzig Schritte näher zu den Wilden stand ein zweiter, mächtig gewachsener Baum, und hinter diesem lag ein kleines Dickicht. Dort befanden wir uns dann nur mehr eine halbe Schußweite von den Wilden.

Ich unterdrückte meinen Zorn, ging etwa zwanzig Schritte vor und gelangte zu dem Buschwerk. Es war keine Zeit zu verlieren. Neunzehn der Kannibalen saßen um das Feuer, und zwei waren zu dem weißen Gefangenen gegangen und banden gerade die Füße des Opfers los. Ich drehte mich zu Freitag um und befahl ihm: »Freitag, tu, was ich dir befehle! Genau das, was du mich tun siehst, versäume nichts!«

Ich stellte eine Muskete und die Vogelflinte auf den Boden, und Freitag folgte meinem Beispiel. Mit der anderen Muskete zielte ich auf die Wilden und sah, daß es Freitag ebenso machte. Ich fragte ihn, ob er schußbereit sei, und er bejahte es.

»Dann Feuer!« rief ich und schoß im gleichen Augenblick. Freitag hatte sein Ziel sogar besser genommen als ich, denn er tötete mit seinem Schuß zwei und verwundete drei, während ich nur einen tödlich getroffen und zwei verwundet hatte. Die

Wilden gerieten in einen unbeschreiblichen Schrecken, sie sprangen auf, wußten aber nicht, wohin sie laufen sollten und wo sie ihren Feind suchen sollten, da sie nicht ahnten, woher dieses Gericht gekommen war. Freitag hielt seine Augen fest auf mich gerichtet, um zu sehen, was ich tat. Nach dem ersten Schuß warf ich das Gewehr hin und riß die Vogelflinte hoch, und Freitag folgte mir sofort. Als wir den Hahn gespannt und angelegt hatten, fragte ich wieder: »Bist du bereit, Freitag?«

»Ja«, antwortete er.

»Also Feuer, in Gottes Namen!« rief ich und feuerte gleichzeitig mit Freitag auf die entsetzten Eingeborenen. Da die Gewehre mit grobem Schrot geladen waren, stürzten nur zwei tot nieder, doch wurden so viele verwundet, daß sie schreiend und heulend wie Wahnsinnige umherliefen, alle blutend und zum größten Teil jämmerlich zugerichtet.

»Komm, Freitag!« befahl ich, warf das leergeschossene Gewehr fort, nahm die geladene Muskete und stürzte mit Freitag aus dem Wald. Ich lief, so schnell ich konnte, auf das arme Opfer zu, das zwischen der Feuerstelle und den Kanus lag. Die beiden Schlächter, die gerade ihr Werk hatten beginnen wollen, waren bei unseren ersten Schüssen in panischem Schrecken zum Meer geflüchtet und dort in ein Kanu gesprungen, gefolgt von drei anderen ihres Stammes. Ich befahl Freitag, ihnen nachzulaufen und auf sie zu schießen. Er rannte etwa sechzig Schritte näher und feuerte. Ich sah, wie die Eingeborenen in einem wirren Knäuel im Kanu niederstürzten, und nahm an, er hätte alle getötet. Zwei standen aber rasch wieder auf, doch hatte er wirklich zwei andere erschossen und einen schwer verwundet.

Während Freitag auf die fünf Wilden feuerte, hatte ich mein

Messer gezogen und die Fesseln des armen Opfers durchgeschnitten. Ich stützte den Mann und fragte ihn auf portugiesisch, wer er sei. Er antwortete in seiner Sprache, war aber so kraftlos, daß er kaum stehen konnte. Ich gab ihm zu trinken, und er sagte mir, er sei ein Spanier und wollte mir wortreich danken.

»Señor«, sagte ich, so gut es ging, auf spanisch, »darüber wollen wir uns später unterhalten. Jetzt müssen wir kämpfen. Nehmt diese Pistole und den Säbel, wenn Euch noch Kraft geblieben ist.« Kaum hatte er die Waffen in den Händen, so stürzte er, als hätten sie ihm neue Kraft gegeben, wie ein Rasender auf die Eingeborenen und hieb mit einem Schlag zwei zusammen. Der Knall der Gewehre und der rätselhafte Tod ihrer Gefährten hatte den überlebenden Kannibalen eine solche Furcht eingejagt, daß sie vor Schrecken auf den Boden fielen und nicht mehr den Mut hatten, den Versuch einer Flucht zu machen.

Ich hielt mein Gewehr noch immer schußbereit in der Hand, feuerte aber nicht und rief Freitag zu, die leergeschossenen Waffen zu holen. Er lief wie der Blitz zu dem Baum, brachte mir die Musketen und die Vogelflinten, und ich lud sie eiligst.

Inzwischen entspann sich ein wütendes Handgemenge zwischen dem Spanier und einem der Wilden. Der Kannibale hatte das Holzschwert ergriffen, mit dem der Spanier hätte getötet werden sollen, und bedrängte ihn damit. Der Spanier, der ein so kühner und tapferer Kerl war, wie man sich nur denken kann, hatte sich trotz seiner Schwäche eine gute Weile gegen den Wilden gehalten und ihm zwei große Wunden am Kopf beigebracht. Der Wilde aber, ein starker, kräftiger Bursche, warf den nun schon ziemlich Erschöpften auf den Bo-

den und wollte ihm dabei den Säbel aus der Hand winden. Klugerweise ließ der Weiße den Säbel los, zog die Pistole und schoß seinen Gegner durch die Brust, bevor ich ihm noch zu Hilfe kommen konnte.
Freitag verfolgte mit dem Beil in der Hand die anderen Wilden und tötete noch drei, die alle verwundet gewesen waren. Der Spanier packte eine meiner Vogelflinten, verfolgte zwei Eingeborene und verwundete sie. Er war aber nicht mehr imstande, schnell zu laufen, und beide entkamen in den Wald, wo Freitag sie einholte und einen von ihnen niederschlug. Der zweite war zu flink, er sprang, obwohl er verwundet war, ins Meer und schwamm aus allen Kräften nach dem Kanu hin, in das sich drei Wilde gerettet hatten. Das waren die einzigen von den einundzwanzig Kannibalen, die uns entkamen.
Die Männer im Kanu ruderten verzweifelt. Freitag feuerte noch einige Male auf sie, sie waren aber schon zu weit entfernt, und ich konnte nicht bemerken, daß einer getroffen worden wäre. Freitag hätte sie nur zu gern in einem der Kanus verfolgt, und mich selbst beunruhigte ihre Flucht. Wenn sie ihrem Volk Nachricht von dem Überfall brachten, kamen diese vielleicht mit drei- oder vierhundert Kanus zurück und besiegten uns durch Übermacht. Ich war daher einverstanden, sie auf das Meer hinaus zu verfolgen, sprang in eines der Kanus und forderte Freitag auf, mich zu begleiten. Als ich aber in dem Kanu stand, bemerkte ich zu meiner Überraschung noch ein weiteres lebendes Opfer, das, wie der Spanier, an Händen und Füßen gebunden war. Der Mann war starr vor Furcht und begriff nicht, was vorging. Da er ganz gekrümmt zusammengeschnürt war, schien er mir mehr tot als lebendig zu sein.

Ich schnitt sofort die Stricke durch und wollte ihm aufhelfen, doch er konnte weder stehen noch sprechen, sondern stöhnte nur leise. Wahrscheinlich glaubte er, daß man ihn losgebunden hatte, um ihn zu töten. Als Freitag herankam, forderte ich ihn auf, mit dem Unglücklichen zu sprechen und ihm zu sagen, daß er gerettet sei, dann zog ich meine Flasche aus dem Gürtel und ließ den armen Menschen einen tüchtigen Schluck nehmen. Kaum hatte Freitag dem Gefangenen ins Gesicht gesehen, als er den Mann küßte, umarmte und liebkoste, schrie, lachte, herumsprang und tanzte wie ein Wahnsinniger, daß ich fast zu Tränen gerührt wurde. Es dauerte eine ganze Weile, bis ich Freitag so weit gebracht hatte, daß er sprechen konnte. Der Wilde war Freitags Vater.

Ich kann nicht leicht ausdrücken, wie sehr es mich rührte, diese große kindliche Liebe bei diesem einfachen, unzivilisierten Menschen zu sehen. Der arme Bursche war vor Freude ganz außer sich. Er sprang unzählige Male in das Kanu und wieder heraus, setzte sich zu dem Befreiten, legte seines Vaters Kopf an seine Brust und rieb ihm die Hand- und Fußgelenke, die durch die Fesseln erstarrt und steif geworden waren. Ich gab ihm etwas Rum dazu, was dem Alten sehr gut tat.

Das Kanu, das wir hatten verfolgen wollen, war aber inzwischen außer Sicht gekommen. Es war jedoch ein wahres Glück für uns, daß wir die Verfolgung aufgeben mußten. Zwei Stunden später setzte ein heftiger Wind ein, der aus Nordwesten, also vom Festland her kam, und ich nahm an, daß die Wilden den Sturm nicht überstehen konnten und keiner von ihnen die Küste ihrer Heimat erreichte.

Freitag war mit seinem Vater so beschäftigt, daß ich es nicht übers Herz brachte, ihn wegzuholen. Erst später rief ich ihn zu mir, und als er lachend und glücklich angesprungen kam, fragte ich ihn, ob er seinem Vater Brot gegeben habe. Er schüttelte den Kopf und sagte: »Nein!« So gab ich ihm Brot aus meinem kleinen Beutel, den ich stets bei mir trug. Ich wollte, daß auch er ein kleines Stück aß, aber er brachte alles seinem Vater. Ich hatte in meiner Tasche auch noch ein Säckchen mit Rosinen und reichte ihm auch davon eine Handvoll für seinen Vater. Kaum hatte er sie ihm gegeben, so sah ich ihn aus dem Boot springen und wie behext davonlaufen. Er lief so schnell – er war der flinkste Bursche, der mir je in meinem Leben begegnet ist –, daß er mir im Nu aus den Augen war. Ich rief ihm nach, aber er blieb verschwunden. Kaum war aber eine Viertelstunde vergangen, als er wieder zurückkam, er lief nun langsamer, weil er etwas in der Hand trug. Es stellte sich heraus, daß er nach Hause gelaufen war und einen Krug mit Wasser und zwei Brotlaibe geholt hatte.

Zuerst ließ Freitag seinen Vater, der fast ohnmächtig war, und dann den Spanier trinken. Der Spanier lag erschöpft im Schatten eines Baumes, und als ich zu ihm hinging, schaute er mich dankbar an und versuchte aufzustehen. Doch er, der sich im Kampf so tapfer gezeigt hatte, war nun zu schwach dazu. Seine Knöchel waren von den harten Fesseln angeschwollen und schmerzten ihn zu sehr, er konnte sich nicht auf den Beinen halten.

Ich bat ihn, ruhig sitzen zu bleiben, und ließ ihm von Freitag die Knöchel mit Rum abreiben, wie dieser es bei seinem Vater getan hatte. Während sich Freitag um den Spanier bemühte, sah ich, wie er doch immer wieder den Kopf nach seinem Vater hin wandte, wie um sich zu vergewissern, daß er bestimmt noch da war. Da der Spanier kaum imstande war, die paar Schritte zum Strand zu machen und in das Boot zu steigen, hob ihn Freitag auf und trug ihn zu seinem Vater ins Kanu, sprang selbst hinein, stieß ab und ruderte entlang der Küste, schneller, als ich gehen konnte, zu unserer Bucht, wo er das Boot verankerte und zurücklief, um auch das zweite Kanu zu holen. Er erreichte im zweiten Kanu fast gleichzeitig mit mir die Bucht. Wir halfen unseren Gästen aus dem Boot, aber sie waren nicht imstande, den doch verhältnismäßig weiten Weg bis zu unserer Festung zu gehen. Ich bastelte mit Freitags Hilfe daher rasch eine Art Tragbahre, wir legten die beiden darauf und trugen sie zu unserem Heim.

Als wir unseren Wall erreichten, wurde die Sache schwierig. Es war unmöglich, die beiden Männer über die hohe Umzäunung hinüberzuheben. Freitag und ich schlugen daher ein kleines Zelt auf, das wir mit alten Segeln und Baumzweigen bedeckten. Das Lager bereiteten wir ihnen aus gutem Reisstroh und Decken.

Sobald unsere beiden Gäste untergebracht waren, sorgte ich für eine ausgiebige Mahlzeit. Ich befahl Freitag, aus meiner besten Herde eine einjährige Ziege zu schlachten. Wir hackten die Hinterviertel ab, schnitten sie in kleine Stücke und kochten und dünsteten das Fleisch. Der Fleischsuppe fügten wir noch etwas Reis und Gerste bei. Als alles fertig war, trug ich es in das Zelt, Freitag stellte einen Tisch auf, wir setzten uns um diesen und aßen unsere erste gemeinsame Mahlzeit. Freitag machte sich dabei als Dolmetscher nützlich, nicht nur bei seinem Vater, sondern auch bei dem Spanier, dem die Sprache der Eingeborenen ziemlich geläufig war.

Nach dem Essen ruderte Freitag in einem der Kanus zu dem Kampfplatz, holte die Gewehre und Feuerwaffen, die wir zurückgelassen hatten, und begrub auch die Toten und die Überreste ihres barbarischen Festes.

Am nächsten Morgen begann ich eine längere Unterhaltung mit meinen neuen Untertanen. Freitag fragte seinen Vater, ob die geflohenen Wilden ihr Volk erreichen konnten und ob wir einen Überfall einer großen Horde zu fürchten hatten. »Nein«, sagte der alte Mann, »das Kanu hat sicher den Sturm nicht überstanden, der die ganze Nacht gewütet hat. Entweder sind die Geflohenen ertrunken oder an eine fremde Küste verschlagen worden, wo sie von feindlichen Stämmen bestimmt bald getötet werden.«

»Wenn sie aber trotzdem ihre Heimat erreichten«, fragte ich, »was wird dann geschehen?«

Freitag übersetzte: »Wenn sie zu ihrem Volk kommen, werden sie sagen, sie seien nicht durch Menschen, sondern von Blitz und Donner überfallen worden. Geister aus dem Himmel oder Dämonen hätten sie vernichtet.« Sein Vater war sich dessen ganz sicher, denn er hatte gehört, was die Wilden sich während des Kampfes zugerufen hatten. Wer konnte auch begreifen, daß ein Mensch Blitze schleudern kann, den Donner brüllen läßt und aus der Entfernung jemand tötet?

Der alte Vater hatte recht. Die Eingeborenen versuchten tatsächlich nie wieder, nach der Insel herüberzukommen. Als einige Zeit verstrichen war und sich nie ein feindliches Kanu blicken ließ, verschwand meine Furcht vor einem Angriff, und ich begann wieder an eine Fahrt nach dem Festland zu denken. Freitags Vater hatte mir versichert, sein Volk würde mich gut aufnehmen, und auch der Spanier erzählte, daß seine Landsleute und einige Portugiesen, als sie sich nach ihrem Schiffbruch an die Küste gerettet hatten, in Frieden mit den Eingeborenen lebten. Der Spanier und seine Freunde waren die Besatzung eines Schiffes gewesen, das von Rio de la

Plata nach Havanna gesegelt war. Auch noch fünf Portugiesen waren an Bord gewesen, die sie von einem anderen Wrack aufgenommen hatten. Fünf Leute ihrer eigenen Mannschaft waren beim Kentern des Schiffes ertrunken, und das Seewasser hatte ihr ganzes Pulver verdorben; sie waren schutzlos an der Küste gelandet, doch von allem Anfang an sehr freundlich von Freitags Volk aufgenommen worden.

»Nun aber«, sagte der Spanier, »sind sie verzweifelt und hoffnungslos, da sie weder ein Schiff noch Werkzeug besitzen, um sich ein Boot zu bauen.« Ich erklärte ihm, daß ich seine Landsleute und die Portugiesen gern auf meiner Insel aufnehmen würde, wenn ich von ihnen nichts zu befürchten hatte. Hier könnten wir dann gemeinsam eine Barke bauen, die groß genug war, um uns nach Brasilien oder zu einer der spanischen Besitzungen zu bringen.

Der Spanier entgegnete ehrlich und offen: »Die Lage meiner Landsleute ist verzweifelt. Sie werden jeden Gedanken verabscheuen, einem Mann zu schaden, der sie befreien kann. Ich will, wenn Sie es erlauben, mit dem alten Wilden zuerst hinüberfahren, mit meinen Leuten sprechen und Ihnen ihre Antwort bringen. Ich werde sie feierlich schwören lassen, sich unter Ihre Führung zu stellen. Auch ich schwöre, daß ich Sie nicht verlassen werde. Meine Landsleute sind ehrenhafte Männer. Wenn Sie uns aus unserer hoffnungslosen Lage retten, werden wir Ihnen immer dankbar sein.«

Diese Versicherungen gefielen mir, außerdem vertraute ich dem Spanier völlig, und ich beschloß, ihn mit Freitags Vater nach dem Festland hinüberzuschicken. Als alles vorbereitet war, brachte aber der Mann einige Bedenken vor, die wohl begründet waren und von Klugheit und Aufrichtigkeit zeugten.

Der Spanier war nun bereits einen Monat bei mir und hatte gesehen, auf welche Weise ich für meinen Unterhalt sorgte und welchen Vorrat an Korn und Reis ich besaß. Für mich selbst war alles reichlich vorhanden, doch schon mehr als knapp für meine Familie, die jetzt aus vier Personen bestand. Noch viel weniger würden meine Vorräte ausreichen, wenn die Schiffbrüchigen auf die Insel kamen. Wir waren auch nicht in der Lage, ein Fahrzeug zur Reise nach den Kolonien von Amerika hinreichend mit Proviant auszurüsten. »Es ist ratsamer«, sagte daher der Spanier, »wenn wir gemeinsam so viel Land umgraben und bebauen, als Sie Getreide zur Aussaat haben, und die nächste Ernte abwarten, damit wir genügend Lebensmittel für den Unterhalt meiner Landsleute haben.«

Dieser Rat war so gut, daß ich ihn gerne annahm. Wir begannen sofort, so gut es mit unseren hölzernen Werkzeugen ging, neue Felder anzulegen. In einem Monat hatten wir so viel Boden umgegraben, daß wir zweiundzwanzig Büschel Gerste und sechzehn Krüge Reis aussäen konnten; das war alles, was ich zur Saat hatte.

Wir waren jetzt genug Männer, um einen Besuch der Wilden nicht mehr fürchten zu müssen, und wanderten frei auf der ganzen Insel herum. Freitag und sein Vater fällten mehrere Bäume für das künftige Schiff, und ich zeigte ihnen, mit welcher Mühe ich aus einem großen Stamm Bretter angefertigt hatte. Ich ließ sie dann ein Dutzend großer Bretter aus gutem Eichenholz anfertigen, etwa zwei Fuß breit, fünfunddreißig Fuß lang und zwei bis vier Zoll dick. Man kann sich denken, was das für eine Arbeit war!

Auch meine kleine Herde zahmer Ziegen vergrößerte ich. Wir schossen alte Ziegen, schonten deren Kitzchen und fingen sie ein. Als die Zeit der Weintraubenernte gekommen war, hängten wir so viele Trauben zum Trocknen auf, das wir sechzig bis achtzig Fässer damit hätten anfüllen können. Diese Rosinen aßen wir zum Brot, und sie bildeten einen Hauptteil unserer Nahrung. Sie schmeckten vorzüglich und waren außerdem sehr nahrhaft.

Nun kam die Ernte, und unser Getreide stand recht gut. Von zweiundzwanzig Scheffeln Gerste ernteten und droschen wir ungefähr zweihundertzwanzig Scheffel, und wir ernteten auch ebensoviel Reis. Das war Vorrat genug bis zur nächsten Ernte, und alle sechzehn Spanier konnten getrost auf meine Insel kommen.

Nun gingen wir daran, noch mehr große Körbe zu flechten, um das Korn darin aufzubewahren. Vor allem der Spanier war bei dieser Arbeit sehr geschickt, und einmal warf er mir vor, daß ich nicht um meine Festung herum eine Verschanzung aus einem solchen Geflecht gemacht hatte. Ich hielt dies aber für überflüssig.

Als wir nun reichlich Vorrat für alle zu erwartenden Gäste hatten, gab ich dem Spanier die Erlaubnis, nach dem Festland zu seinen Landsleuten hinüberzufahren.

In dem gleichen Kanu, das sie auf die Insel zu ihrem sicheren Verderben hätte bringen sollen, fuhren nun der Spanier und der alte Wilde wieder ab. Ich gab jedem von ihnen eine Muskete und acht Ladungen Pulver und Blei und legte ihnen ans Herz, sehr sparsam damit zu sein und sie nur in dringender Not zu benützen.

All das tat ich mit großer Freude. Es geschah ja zu meiner Befreiung, die mir nun nach siebenundzwanzig Jahren und einigen Tagen winkte. Ich gab ihnen auch Brot und getrocknete Trauben für ihre Landsleute mit, wünschte ihnen eine glückliche Reise und ließ sie abfahren, nachdem wir zuvor noch ein Signal verabredet hatten, das sie bei ihrer Rückkehr geben sollten. Sie fuhren bei gutem Wind ab, am Tage vor Vollmond, meiner Rechnung nach im Oktober.

Landung englischer Seeleute

Acht Tage nach ihrer Abfahrt trat ein seltsames und unvorhergesehenes Ereignis ein. Ich schlief eines Morgens noch fest in meinem Kastell, als Freitag zu mir hereinstürzte und laut rief: »Master, Master, sie sind gekommen!«

Ich sprang auf, zog mich rasch an und lief durch den kleinen Hain, der schon zu einem sehr dichten Wald herangewachsen war. Entgegen meiner Gewohnheit nahm ich keine Waffen mit. Als ich in einer Entfernung von etwa zwei Meilen ein Boot mit einem dreieckigen Segel auf das Ufer zusteuern sah, blieb ich überrascht stehen. Das Boot kam vom südlichsten Teil der Insel und nicht vom Festland. Ich befahl Freitag, sich verborgen zu halten, denn es waren nicht die erwarteten Spanier, und ich konnte nicht wissen, ob es Freunde oder Feinde waren.

Danach holte ich mein Fernrohr und stieg auf den Hügel. Kaum war ich oben, als ich deutlich ein Schiff erkannte, das etwa drei Meilen südöstlich der Insel vor Anker lag. Allem Anschein nach war es ein englisches Segelschiff, ebenso wie ich das Boot für ein englisches Ruderboot hielt.

Die Freude, als ich nach so vielen Jahren ein Schiff sah, das meinen eigenen Landsleuten zu gehören schien, kann ich nicht beschreiben. Ich behielt aber trotzdem einen ruhigen Kopf und war auf meiner Hut. Welches Geschäft könnte ein englisches Schiff in diesem Teil der Welt suchen? Die Insel lag nicht auf dem Weg zu einem Hafen, mit dem die Engländer Handel trieben, und in letzter Zeit hatte es keinen Sturm gegeben, der das Schiff hierher hätte verschlagen können. Waren es wirklich Engländer, so erschien es mir sehr wahrscheinlich, daß sie in keiner guten Absicht auf meine Insel kamen. In diesem Fall war es für mich besser, wie bisher weiterzuleben, als in die Hände von Dieben und Mördern zu fallen.

Ich war noch nicht lange auf meinem Beobachtungsposten, als ich sah, wie sich das Boot dem Ufer näherte. Die Männer schienen nach einer Bucht zu suchen, in der sie bequem landen konnten, sie verfehlten aber die kleine Bachmündung, in der ich vor vielen Jahren meine Flöße an Land gebracht hatte, und ließen das Boot etwa eine halbe Meile von mir entfernt auf den Strand laufen, zu meinem Glück! Sonst wären sie gerade vor meiner Tür gelandet und hätten mich gewiß bald aus meiner Festung herausgetrieben. Als sie gelandet waren, sah ich, daß sie der Kleidung nach Engländer sein mußten, zwei hielt ich zunächst für Holländer, was sich aber als Irrtum erwies. Es waren insgesamt elf Männer, drei waren unbewaffnet und gefesselt. Nachdem die ersten fünf an Land gesprungen waren, zogen sie die drei Gefangenen aus dem Boot. Ich sah, wie einer der drei bittende Gebärden machte, und war nun ganz verwirrt und wußte nicht, was das alles bedeuten sollte. Freitag aber rief aus: »O Master, weiße Männer essen Gefangene wie mein Volk!«

»Wie, Freitag? Du glaubst, sie wollen die Leute aufessen?« fragte ich erstaunt.

»Ja!«

»Nein, nein! Aber ich fürchte, sie wollen alle drei ermorden. Doch du kannst sicher sein, sie werden sie nicht essen.«

Ich konnte mir nicht vorstellen, was das alles bedeuten sollte, und erwartete jeden Augenblick, daß die Gelandeten ihre drei Gefangenen niederschlagen würden. Einmal hob auch einer der Kerle seine Hand, in der er ein großes Messer hielt, als wollte er die Wehrlosen niederstechen. Ich wünschte von Herzen, ich hätte den Spanier und den alten Wilden bei mir oder könnte wenigstens ungesehen bis in Schußweite herankommen, um die drei Männer zu befreien. Die Burschen zerstreuten sich nun, als ob sie die Insel ansehen wollten, und die drei Gefangenen hockten sich mutlos auf den Boden. Ihr Anblick erinnerte mich an meine ersten Stunden an dieser Küste und wie verzweifelt ich damals gewesen war.

Wie ich in jener meiner ersten Nacht auf der Insel nichts davon gewußt hatte, daß das Schiff durch den Sturm und die Flut näher ans Ufer getrieben werden würde, so daß ich auf lange Zeit mit Nahrung und Hilfsmitteln versorgt sein würde, so wenig wußten diese drei verzweifelten Männer, daß sie nicht allein und schutzlos waren, daß es jemanden gab, der ihnen helfen und sie befreien wollte.

Das Boot war gerade zur Zeit der höchsten Flut gelandet, und während die Burschen sich nun herumtrieben, um zu sehen, wo sie eigentlich waren, hatten sie leichtsinnigerweise nicht darauf geachtet, daß die Flut inzwischen ablief und das Wasser bereits so weit verebbt war, daß ihr Boot festsaß.

Zwei Mann waren im Boot zurückgeblieben, die, wie ich später feststellte, zuviel Branntwein getrunken hatten und eingeschlafen waren. Einer von ihnen wachte aber bald wieder auf und rief laut nach den anderen, als er merkte, daß das Boot festsaß. Alle kamen wieder zum Boot zurück, doch waren sie nicht imstande, es flottzumachen. Das Boot war zu schwer und der Strand hier weich und locker, fast wie Flugsand. Sie gaben ihre Versuche bald auf und trieben sich wieder am Ufer herum. Dabei hörte ich, wie einer laut einem anderen auf englisch zurief: »Laß das Boot nur liegen, Jack, es wird mit der nächsten Flut schon wieder flott werden!« Ich wußte nun gewiß, daß es Landsleute von mir waren.

Ich verbarg mich jetzt mit Freitag in der Festung. Das Boot würde erst in zehn Stunden wieder flott werden, bis dahin war es finster, und ich hatte vielleicht Gelegenheit, sie zu belauschen. Inzwischen rüstete ich mich zu einem Kampf. Aber diesmal hatte ich es mit einer anderen Art von Feinden zu tun als mit Wilden. Ich befahl auch Freitag, den ich zu einem ausgezeichneten Schützen ausgebildet hatte, sich mit Waffen zu versehen, und nahm selbst zwei Vogelflinten, während ich ihm drei Musketen gab. Mein Aussehen war in der Tat erschreckend: Ich trug mein absonderliches Kostüm aus Ziegenfell und die große Kappe, hatte einen Säbel an der Seite und zwei Pistolen im Gürtel und über jeder Schulter ein Gewehr.

Gegen zwei Uhr nachmittags, als die Luft heiß und drückend war, bemerkte ich, daß sich alle in den Wald zurückzogen, wo sie sich vermutlich schlafen legten. Die drei Gefangenen blieben allein zurück, sie saßen im Schatten eines großen Baumes, nur etwa eine Viertelmeile von mir entfernt, wo die übrigen sie nicht sehen konnten. Ich entschloß mich daher, zu ihnen zu schleichen. Freitag folgte mir in einiger Entfernung.

Ich näherte mich ihnen, soweit ich konnte, ohne entdeckt zu werden, und rief ihnen dann auf spanisch zu: »Wer sind Sie, Señores?« Bei diesen Worten fuhren sie auf, waren aber noch zehnmal mehr bestürzt, als sie meine abenteuerliche Gestalt erblickten. Sie gaben nicht eine Silbe zur Antwort, und als ich merkte, daß sie eben auf dem Sprung waren davonzulaufen, fügte ich rasch in englischer Sprache hinzu: »Gentlemen, erschrecken sie nicht vor mir. Vielleicht haben Sie einen Freund vor sich, den Sie nicht erwarten.«

»Dann muß er direkt vom Himmel gesandt sein«, antwortete einer von ihnen. »Ein Mensch kann uns nicht helfen.«

»Alle Hilfe kommt vom Himmel«, antwortete ich. »Aber sagen Sie mir, wie ich Ihnen helfen kann. Haben Sie keine Angst, ich bin ein Engländer und bereit, Ihnen beizustehen. Wie Sie sehen, habe ich einen Diener bei mir und bin mit Waffen und Munition versorgt. Sagen Sie mir frei heraus, wie wir Ihnen helfen können. Wie sind Sie in diese Lage gekommen?«

»Es würde zu lange dauern, Ihnen alles zu erzählen; aber in wenigen Worten: Herr, ich war Kapitän jenes Schiffes dort. Meine Leute haben gegen mich gemeutert. Deshalb setzten sie mich auf dieser Insel mit jenen beiden Männern hier aus. Der eine ist mein Maat, der andere ein Passagier. Wir rechneten damit, hier umkommen zu müssen, da wir die Insel für unbewohnt hielten.«

»Wo sind die Meuterer?« fragte ich. »Wissen Sie, wohin sie gegangen sind?«

»Sie liegen dort«, antwortete er und zeigte nach dem Dikkicht.

»Haben sie irgendwelche Schußwaffen?« fragte ich ihn weiter aus und erfuhr, daß sie nur zwei Flinten bei sich hatten, von denen eine im Boot zurückgeblieben war.

»Dann überlassen Sie das übrige mir«, sagte ich. »Oder sollen wir sie lieber gefangennehmen?«

»Zwei Rädelsführer sind unter den Leuten«, antwortete er, »und gegen sie Gnade zu zeigen wäre nicht gut. Haben wir die beiden aber in der Gewalt, dann werden die anderen bestimmt wieder ihre Pflicht erfüllen.«

»Wir wollen uns nun aus Seh- und Hörweite von hier zurückziehen«, wies ich ihn an, »und warten, bis sie aufwachen, und dann das weitere beschließen.«

Ich befreite sie von ihren Fesseln, und wir suchten gemeinsam den Schutz des Waldes auf.

»Wenn ich Ihre Befreiung wage, Herr«, sagte ich, »wollen Sie dann auf zwei Bedingungen von mir eingehen?«

Der Kapitän kam meinen Vorschlägen zuvor und erklärte, daß er und sein Schiff, wenn wir es wieder in unsere Gewalt bekämen, in jeder Hinsicht unter meinem Befehl stehen würden. »Ich habe nur zwei Bedingungen«, antwortete ich. »Beanspruchen Sie bitte keine Autorität, solange Sie auf dieser Insel sind. Geben Sie mir meine Waffen zurück, mit denen ich Sie versorgen will, und erheben Sie keinen Anspruch auf mich oder mein Eigentum auf dieser Insel. Meine zweite Bedingung ist, daß Sie mir und meinem Diener freie Überfahrt nach England gewähren, sollten wir das Schiff wieder in unsere Gewalt bringen.«

Der Kapitän versprach mir feierlich, alle meine Forderungen getreu einzuhalten. »Gut«, sagte ich nun, »hier sind drei Musketen mit Pulver und Kugeln. Es scheint mir gefährlich, uns auf einen Kampf einzulassen. Am besten wäre es, solange die Burschen schlafen, auf sie zu feuern. Jene, die durch die erste Salve nicht getötet werden, können wir schonen und gefangennehmen.«

»Wenn es anders geht«, antwortete der Kapitän, »so wäre es mir leid, einen von ihnen zu töten. Es sind keine so schlechten Leute, sie sind nur verführt worden von den beiden Rädelsführern. Entkommen uns aber diese beiden, so kehren sie bestimmt an Bord zurück und holen die restliche Mannschaft, gegen die wir zu schwach sind.«

Da ich sah, wie sehr sich der Kapitän vor Blutvergießen scheute, erklärte ich ihm, er möge so handeln, wie er es selbst für richtig halte. Während wir noch berieten, wachten einige der schlafenden Matrosen auf, und wir sahen zwei von ihnen aufstehen. »Ist einer der Rädelsführer?« fragte ich den Kapitän. Er verneinte. »Dann lassen Sie sie doch entkommen«, sagte ich, »die Vorsehung scheint sie aufgeweckt zu haben, um sie zu retten. Wenn Ihnen aber auch der Rest der Leute entgeht, so ist es Ihre Schuld!«

Der Kapitän packte nun eine der Musketen und steckte sich eine Pistole in den Gürtel, und der Maat und der Passagier folgten seinem Beispiel. Dabei ging es nicht ganz lautlos zu, bei einem leisen Geräusch schreckte einer der Matrosen auf und weckte laut schreiend seine Gefährten. Im gleichen Augenblick schossen der Maat und der Passagier, während der Kapitän klugerweise sein eigenes Gewehr in Reserve hielt. Einer der Rädelsführer wurde auf der Stelle getötet, der andere schwer verwundet. Der Verwundete schrie laut um Hilfe, aber der Kapitän trat zu ihm und sagte: »Es ist zu spät, wenn Ihr jetzt um Hilfe ruft. Bittet Gott um Verzeihung. Ich kenne kein Erbarmen gegen Meuterer.« Dann schoß er den Mann nieder.

Noch drei Matrosen befanden sich in der Nähe, und einer von ihnen war leicht verwundet worden. Der Kapitän erklärte ihnen, daß jeder Widerstand vergebens sei, doch wollte er ihr Leben schonen, wenn sie ihre Verräterei bereuen würden. Sie versprachen ihm wieder Gehorsam, und der Kapitän war bereit, ihnen Glauben zu schenken. Ich hatte nichts dagegen einzuwenden, nur schien es mir angebracht, sie an Händen und Füßen zu fesseln, solange sie auf der Insel waren.

Freitag und der Maat waren inzwischen zum Boot geeilt und hatten die Ruder und das Segel fortgenommen. Nach und nach kamen noch drei Matrosen, die getrennt von den anderen umhergestreift waren, und als sie den Kapitän bewaffnet vor sich sahen, ließen sie sich gefangennehmen.

Wir hatten jetzt etwas Zeit, und ich erzählte dem Kapitän meine Geschichte, die ihn mit Erstaunen und Verwunderung erfüllte. Nachher führte ich ihn und seine Begleiter in meine Behausung, gab ihnen zu essen und zu trinken und zeigte ihnen alles, was ich mir während meines langen, langen Aufenthaltes geschaffen hatte. Am meisten bewunderte der Kapitän meine Festung und wie gut ich meinen Zufluchtsort hinter dem dichtwuchernden Hain verborgen hatte. Ich erzählte ihm auch von meinem Landsitz und den Feldern, aber das alles wollte ich ihm erst später zeigen, jetzt galt es vor allem zu überlegen, wie wir wieder in den Besitz des Schiffes gelangen konnten. Der Kapitän wußte durchaus nicht, was zu tun war. An Bord befanden sich noch sechsundzwanzig Matrosen, alle hatten sich an der Meuterei beteiligt und nach dem Gesetz ihr Leben verwirkt. Sollten wir sie angreifen, würden sie bestimmt sofort davonsegeln, da sie nur zu gut wußten, daß in England oder in einer der englischen Kolonien der Galgen auf sie wartete.

Ich mußte dem Kapitän recht geben. Es mußte aber schleunigst ein Entschluß gefaßt werden, um die an Bord Gebliebenen in irgendeine Falle zu locken und gleichzeitig zu verhindern, daß sie an Land kamen und uns überwältigten. Ich war sicher, daß die Schiffsmannschaft, die sich gewiß darüber wunderte, wo ihre Kameraden blieben, sehr bald mit einem anderen Boot an Land kommen würde, und zwar mit Gewehren bewaffnet. Gegen eine solche Überzahl konnten wir nur mit List vorgehen. Dieser Meinung war auch der Kapitän.

Als erstes mußten wir das Boot, das auf dem Strand lag, zerschlagen, damit sie es nicht wegbringen konnten. Wir gingen also hin, nahmen die Waffen heraus und was sonst noch darinnen war, nämlich eine Flasche Branntwein, eine Rumflasche, Zwieback, ein Pulverhorn und einen großen, etwa sechs Pfund schweren Klumpen Zucker, der in einem Stück Segeltuch eingewickelt war. Über den Zucker empfand ich eine fast kindische Freude, hatte ich ihn doch schon seit vielen Jahren vermißt.

Wir brachten unsere Beute in Sicherheit und schlugen hernach ein großes Loch in den Bauch des Bootes. Um die Wahrheit zu gestehen, muß ich sagen, daß es mir nicht recht einleuchtete, wie wir das Schiff wiedererobern sollten. Ich dachte mir daher: Wenn sie ohne das Boot abfahren, so kann ich es wieder zurechtmachen und damit zum Festland, zu meinen Freunden, den Spaniern, fahren. Plötzlich hörten wir vom Schiff her einen Kanonenschuß und sahen, wie die Mannschaft die Flagge hißte und ihre Kameraden an Land aufforderte, wieder an Bord zu kommen. Als alle ihre Signale und Kanonenschüsse fruchtlos blieben, sahen wir durch das Fernrohr, daß sie ein Boot aussetzten und nach der Küste ruderten. Es waren nicht weniger als zehn bewaffnete Männer in dem Boot. Da das Schiff fast zwei Seemeilen vom Ufer entfernt lag, konnten wir sie deutlich heranrudern sehen und die einzelnen Leute, ja sogar ihre Gesichter, klar erkennen. Die Flut trieb sie ein wenig nach Osten ab, und sie ruderten daher das letzte Stück an der Küste entlang, um an die Stelle zu kommen, wo das erste Boot gelandet war.

Wir konnten sie, wie gesagt, in aller Ruhe beobachten, und der Kapitän erklärte, wer jeder einzelne sei und was wir von ihm zu halten hatten. Er sagte, es seien drei ganz ehrliche Burschen dabei, die sicherlich nur durch die anderen mit Drohung und Gewalt in die Verschwörung hineingezogen worden seien. Dagegen gehörten der Bootsmann und alle übrigen

zu den Schlimmsten der Besatzung und seien ganz gemeine Kerle.
Der Kapitän zweifelte daran, daß wir mit ihnen fertig werden konnten, ich lächelte aber nur und sagte ihm: »Männer in unserer Lage dürfen nicht an Furcht denken. Vergessen Sie nicht, welches Leben ich hier geführt habe. Meine Freiheit ist mir wert, alles dafür zu wagen. Wenn einige ehrliche Burschen in dem Boot Schonung verdienen, so sollen sie leben, aber jeder andere Mann, der an Land geht, gehört uns. Er soll leben oder sterben, wie es uns beliebt.«
Unsere Gefangenen hatten wir inzwischen in Sicherheit gebracht. Zwei, denen der Kapitän am wenigsten traute, schickte ich mit Freitag und dem Maat in meine Höhle, wo sie weit genug entfernt waren und wo keine Gefahr bestand, daß sie gehört oder entdeckt werden konnten. Auch wenn sie sich selber befreit hätten, würden sie den Weg aus dem Wald heraus nicht gefunden haben. Der Maat und Freitag ließen sie dort gefesselt zurück, gaben ihnen aber einige Nahrungsmittel und versprachen ihnen, sie in ein bis zwei Tagen wieder freizulassen, wenn sie sich still verhielten. Versuchten sie aber zu entfliehen, so würde es sie ohne Pardon das Leben kosten.
Die Matrosen waren sehr niedergeschlagen, versprachen bereitwillig, keinen Fluchtversuch zu machen, und waren dankbar für die Lebensmittel und das Licht, das man ihnen gelassen hatte. Denn Freitag hatte ihnen ein paar von meinen selbstgemachten Kerzen gegeben. Auch meinten sie, daß er am Eingang der Höhle als Wache zurückblieb.
Den anderen Gefangenen ging es noch etwas besser. Zwei von ihnen blieben zwar gefesselt, weil ihnen der Kapitän nicht ganz traute, die beiden übrigen wurden jedoch auf seine Empfehlung hin in unseren Dienst genommen, nachdem sie

uns vorher Treue geschworen hatten. Wir waren nun im ganzen sieben wohlbewaffnete Männer, und ich zweifelte keinen Augenblick daran, mit den im Boot ankommenden Matrosen fertig zu werden, zumal, wie der Kapitän sagte, drei oder vier ehrliche Burschen darunter waren.

Als sie in der Bucht angekommen waren, stiegen sie aus und zogen das Boot aufs Trockene. Ich war darüber sehr froh, denn ich hatte gefürchtet, sie würden es in einiger Entfernung von der Küste vor Anker legen und ein paar Mann zur Bewachung darin lassen. In diesem Fall hätten wir das Boot niemals in unsere Gewalt bekommen.

Kaum waren die Kerle ausgestiegen, als sie auch schon zu dem anderen Boot hinliefen, und wir konnten deutlich sehen, wie verdutzt sie dreinschauten, als sie es geplündert und leck fanden.

Nachdem sie eine Weile darüber debattiert hatten, riefen sie laut nach ihren Kameraden. Als sie keine Antwort erhielten, stellten sie sich alle im Kreis auf und feuerten eine Salve ab, die uns in die Ohren gellte und in den Wäldern ringsum widerhallte. Aber auch daraufhin blieb es still, denn die in der Höhle konnten es sicherlich nicht hören, und die, die bei uns waren, durften keinen Laut von sich geben.

Die Burschen unten am Strand waren wie vor den Kopf geschlagen. Später erzählten sie uns, daß sie sofort wieder an Bord des Schiffes hatten fahren wollen, um dort zu berichten, daß ihre Kameraden alle ermordet und ihr Boot entzweigeschlagen worden war. Sie machten also ihr eigenes Boot wieder flott und stiegen ein.

Der Kapitän war nicht wenig bestürzt darüber, denn sollten sie fortrudern, mußte er jede Hoffnung aufgeben, das Schiff wieder in seine Gewalt zu bringen.

Doch die Matrosen überlegten es sich schließlich wieder anders, sie stießen nicht ab, ließen drei Mann als Bewachung beim Boot zurück, zerstreuten sich an Land und suchten nach ihren Gefährten. Dies war ein dicker Strich durch unsere Rechnung, und wir wußten nicht, was wir nun tun sollten. Es hätte uns nichts geholfen, die sieben Mann an Land anzugreifen, wenn uns das Boot inzwischen entkam.
Während die sieben Matrosen an Land gingen, verankerten die drei nämlich das Boot in ziemlicher Entfernung vom Strand, so daß es unmöglich war, ungesehen bis zu ihnen zu kommen. Die Matrosen marschierten auf meinen kleinen Hügel zu, unter dem die Festung lag. Wir konnten sie deutlich beobachten, während sie selbst uns nicht sahen. Als sie oben auf der Kuppe des Hügels standen, von wo aus sie eine gute Sicht auf die Insel hatten, riefen und schrien sie, so laut sie konnten, wagten es aber nicht, sich weit vom Strand zu entfernen oder sich zu trennen.
Wir mußten lange Zeit still liegen und warten. Schließlich erklärte ich, daß wir meiner Meinung nach vor Einbruch der Dunkelheit nichts anfangen konnten, wenn es uns nicht gelang, mit irgendeiner List die Leute im Boot an Land zu lokken. Wir warteten längere Zeit ungeduldig auf den Abmarsch der sieben an Land gegangenen Matrosen und wurden nicht wenig besorgt, als wir sahen, daß sie nach einer längeren Beratung wieder zum Strand hinunterzogen. Ich war überzeugt, daß sie die Suche nach ihren Kameraden aufgegeben hatten und nach dem Schiff zurückkehren wollten. Der Kapitän war nicht wenig bestürzt, mir fiel jedoch sogleich ein Täuschungsmanöver ein, mit dem wir sie zurückhalten konnten. Ich befahl Freitag und dem Maat, westlich über die kleine Bucht hinaus zu jener Stelle zu gehen, wo die Eingeborenen

damals mit Freitag gelandet waren. Sobald sie die kleine Bodenerhöhung dort erreicht hatten, sollten sie laut rufen und abwarten, bis die Matrosen sie hörten. Wenn ihre Rufe beantwortet würden, sollten sie nochmals »Hallo« schreien, sich aber außer Sicht halten und stets antworten, wenn die anderen riefen, sie so weit als möglich ins Innere der Insel locken und schließlich auf dem nächsten Weg zu mir zurückkommen.

Die Matrosen wollten gerade ins Boot steigen, als Freitag und der Maat zum erstenmal riefen. Die Burschen fuhren erstaunt auf, antworteten und liefen längs des Strandes nach Westen, von woher sie die Stimmen gehört hatten. Als ihnen die Bucht den Weg versperrte, blieben sie stehen und riefen nach dem Boot, um überzusetzen, wie ich es erwartet hatte. Auf der anderen Seite der Bucht nahmen sie einen von den drei Matrosen mit sich und ließen nur zwei Mann im Boot zurück, nachdem sie es an einem Baumstamm festgebunden hatten. Wir setzten sofort über die Bucht außerhalb der Sichtweite der Bootswache und überraschten die beiden vollständig, einer lag gerade am Ufer, während der zweite sich im Boot befand. Der Bursche am Strand wollte davonstürzen, doch der Kapitän war schneller als er und schlug ihn nieder. Dann forderte er den Mann im Boot auf, sich zu ergeben. Es bedurfte keines Zuredens, er sah fünf Mann sich gegenüberstehen, und außerdem war er einer von den dreien, die sich nur gezwungen an der Meuterei beteiligt hatten. Er ergab sich nicht nur, sondern schloß sich uns auch bereitwillig an.

Mittlerweile hatten Freitag und der Maat ihre Sache so gut gemacht, daß sie die anderen Meuterer durch Schreie und Rufe von einem Hügel zum anderen, aus einem Wald in den anderen gelockt hatten, bis die Burschen, schon herzlich erschöpft, im Innern der Insel umherirrten und vor Einbruch der Dunkelheit nicht zurückkommen konnten.

Wir hatten nun nichts weiter zu tun, als auf sie zu warten und in der Dunkelheit über sie herzufallen. Freitag war schon seit mehreren Stunden zurück, als sie endlich ankamen. Bestürzt und mit offensichtlicher Angst sahen sie, daß ihre Kameraden nicht mehr da waren. Wir konnten hören, wie sie darüber jammerten; die Insel mußte ihnen wahrhaft verzaubert vorkommen oder von geheimnisvollen Wilden bewohnt. Sie riefen nach ihren Kameraden, erhielten aber natürlich keine Antwort.

Meine Leute wären gern sofort über sie hergefallen, doch das schien mir unklug. Ich wollte die Meuterer überraschen und nur möglichst wenige von ihnen töten, vor allem aber wollte ich es vermeiden, daß im Kampf einer von den Meinigen getötet würde. Wir warteten daher ab und hofften, daß sich die Burschen trennen würden. Inzwischen schlichen wir uns vorsichtig näher, und Freitag und der Kapitän krochen so dicht als möglich an die Gruppe der Meuterer heran. Schließlich kamen auch der Bootsmann und zwei Mann direkt auf uns zu. Der Kapitän war so begierig, diesen Rädelsführer in seine Gewalt zu bekommen, daß er es kaum abwarten konnte, bis sie in der Dunkelheit nahe genug herangekommen waren. Dann sprangen er und Freitag auf und feuerten. Der Bootsmann wurde auf der Stelle getötet, einer seiner Männer brach schwer verwundet zusammen – er starb eine Stunde später –, der dritte entkam.

Als die Schüsse aufblitzten, stürzte ich mit dem Rest meiner kleinen Armee vorwärts und fiel über die anderen Meuterer her. Es war so dunkel, daß sie nicht erkennen konnten, wie wenig Angreifer wir in Wirklichkeit nur waren. Ich ließ sie alle durch jenen Mann, den sie im Boot zurückgelassen hatten und der nun auf unserer Seite stand, mit Namen aufrufen, um sie zum Verhandeln zu bewegen. Es ging alles nach Wunsch. In der Tat kann man sich leicht denken, daß Leute in ihrer Lage nicht lange zögerten zu kapitulieren.

»Tom Smith, Tom Smith!« rief unser Mann, und Tom Smith antwortete: »Wer ist da? Dick Jones?«

»Ja, ja, um Himmels willen, Tom, legt die Waffen nieder und ergebt euch, oder ihr seid alle noch in diesem Augenblick tote Leute.«

»Wem sollen wir uns ergeben? Wer sind sie?« rief Smith.

»Hier ist unser Kapitän und fünfzig Mann, die euch seit zwei Stunden gejagt haben. Der Bootsmann ist tot, Will Frey schwer verwundet, und ich selbst bin ein Gefangener. Wenn ihr euch nicht ergebt, seid ihr alle verloren.«

»Wollen sie uns Pardon bewilligen? Dann wollen wir uns ergeben!« antwortete Tom Smith.

»Ich will den Kapitän fragen«, erwiderte Dick Jones. Der Kapitän rief darauf selbst: »Smith, du kennst meine Stimme. Wenn ihr die Waffen streckt und euch sofort ergebt, so geschieht euch nichts, ausgenommen ist Will Atkins.«

»Um Gottes willen, Kapitän«, schrie dieser Mann, »geben Sie mir ebenso Pardon. Was habe ich getan? Sie sind alle so gewesen wie ich!«

Das war aber nicht wahr, denn dieser Will Atkins war tatsächlich der erste gewesen, der Hand an den Kapitän gelegt hatte, als die Meuterei ausgebrochen war. Der Kapitän erwiderte: »Atkins, ergib dich auf Gnade oder Ungnade dem Gouverneur!«, und damit meinte er mich, denn sie nannten mich alle »Gouverneur«. Die Matrosen legten ihre Waffen nieder und baten um ihr Leben. Jener Mann, der mit ihnen verhandelt hatte, und zwei andere gingen nun zu ihnen hinüber und brachten sie gefesselt zurück. Dann rückte ich mit meiner Armee, die nicht aus fünfzig, sondern nur aus acht Mann bestand, heran und nahm ihr Boot in Besitz. Nun galt es, das Boot auszubessern und an die Eroberung des Schiffes zu denken. Der Kapitän hatte Zeit, in aller Ruhe den Meuterern ins Gewissen zu reden, und er hielt ihnen vor, daß sie etwas getan hatten, was mit dem Galgen bestraft wurde. Die Burschen hörten ihm niedergeschlagen zu, schienen tatsächlich ihr Vorgehen zu bereuen und baten immer wieder um Pardon. Der Kapitän aber erklärte ihnen, sie seien nicht seine Gefangenen, sondern die des Gouverneurs der Insel, denn sie hätten ihn nicht auf einer unbewohnten Insel ausgesetzt, wie sie es vorhatten, sondern sich eine bewohnte gewählt, deren Gouverneur sogar Engländer sei. »Er kann euch hängen lassen, er kann euch nach England schicken und dort vor Gericht stellen lassen. Er kann euch aber auch Pardon geben, ausgenommen Atkins! Atkins, bereiten Sie sich auf den Tod vor, das Urteil steht fest, Sie werden morgen früh hängen!«

Obwohl alles nur eine Erfindung des Kapitäns war, hatte es doch die gewünschte Wirkung. Atkins fiel auf die Knie und bat den Kapitän, bei dem Gouverneur ein gutes Wort für ihn einzulegen, und alle anderen baten, man möge sie doch um Gottes willen nicht als Gefangene nach England schicken.

Die Zeit meiner Erlösung schien mir gekommen. Ich war nun sicher, daß diese Leute uns tapfer beistehen würden, das Schiff in unseren Besitz zu bringen. Damit sie nicht sehen konnten, welche Art von Gouverneur sie vor sich hatten, zog ich mich etwas ins Dunkel zurück und schickte einen meiner Leute zum Kapitän mit der Bitte, zu mir zu kommen. »Sage

Seiner Exzellenz, ich komme sofort!« rief der Kapitän, und die armen Kerle glaubten, der Kommandant mit seinen fünfzig Mann sei ganz in der Nähe.
Als der Kapitän bei mir war, eröffnete ich ihm meinen Plan zur Eroberung des Schiffes, der ihm so gut gefiel, daß er ihn gleich am nächsten Morgen ausführen wollte.
Um so sicher als möglich zu gehen, trennten wir die Gefangenen. Meiner Meinung nach sollten Atkins und noch zwei andere Gefangene, denen der Kapitän nicht ganz traute, gefesselt in die Höhle geschickt werden. Freitag und der Maat brachten sie also in das Höhlengefängnis, wahrlich kein angenehmer Ort, zumal für Männer in ihrer Lage. Die anderen wurden in mein Landhaus gebracht, wo sie nicht entkommen konnten, da der Platz eingezäunt und sie selber gefesselt waren.
Am Morgen schickte ich den Kapitän zu ihnen. Er wollte mit ihnen reden und sie ausfragen und mir dann Bescheid geben, ob wir es wagen konnten, sie zu dem Überfall auf das Schiff mitzunehmen. Er sprach zu ihnen von dem Unrecht, das sie getan hatten, und von der Lage, in die sie nun geraten wären; der Gouverneur hätte ihnen zwar das Leben geschenkt, würden sie jedoch nach England kommen, so würden sie sicherlich alle in Ketten aufgehängt werden. Wer aber uns helfen würde, das Schiff wiederzuerobern, für den würde sich der Gouverneur einsetzen und die Begnadigung erwirken.
Man kann sich leicht denken, wie bereitwillig dieser Vorschlag angenommen wurde. Sie fielen vor dem Kapitän auf die Knie und schwuren ihm Treue und Ergebenheit.
»Nun gut«, sagte der Kapitän, »ich werde dem Gouverneur berichten, was ihr sagt, und dann sehen, was ich für euch tun kann.« Er berichtete mir, in welcher Gemütsverfassung er sie

angetroffen hatte und daß er der festen Meinung wäre, sie würden uns nun wirklich treu sein. Um ganz sicherzugehen, kehrte der Kapitän noch einmal zurück, wählte fünf von ihnen aus und sagte ihnen, er hätte zwar genug Streitmacht, aber diese fünf sollten ihn unterstützen, um den guten Willen der reuigen Meuterer zu beweisen. Der Gouverneur, so sagte der Kapitän, würde die anderen zwei und die drei, die in dem Kastell (meiner Höhle!) gefangen lägen, als Geiseln zurückbehalten. Sollte sich einer der fünf als Verräter erweisen, so drohte der Kapitän, die Geiseln sofort aufzuhängen.

Das hörte sich ernst an und überzeugte die Burschen davon, daß wir nicht spaßten. Sie gingen darauf ein, und nun hatten die anderen Gefangenen ebensoviel Ursache wie der Kapitän, die fünf an ihre Pflicht zu mahnen.

Unsere Streitmacht setzte sich nun folgendermaßen zusammen: 1. Der Kapitän, sein Steuermann und der Passagier. 2. Die beiden Gefangenen aus der ersten Schar, denen wir vertrauten und die wir mit Waffen versehen hatten. 3. Die beiden, die bisher gefesselt in meinem Landhaus gewesen waren und nun auf Anraten des Kapitäns freigelassen worden waren. 4. Die fünf Meuterer der letzten Truppe.

Insgesamt hatten wir also zwölf Mann außer den fünf, die als Geiseln in der Höhle lagen.

Ich fragte den Kapitän, ob er es wagte, mit dieser Mannschaft das Schiff zurückzuerobern. Ich selber wollte mit Freitag auf der Insel zurückbleiben, es wäre doch leichtsinnig gewesen, die Gefangenen nicht zu bewachen. Freitag versorgte die Gefangenen in der Höhle mit Essen, auch die zwei Geiseln in der Laube.

Diesen beiden Geiseln zeigte ich mich in Begleitung des Kapitäns, und er sagte zu ihnen, ich wäre jener Mann, den der

Gouverneur zu ihrer Bewachung geschickt hätte. Ohne meine Erlaubnis dürften sie keinen Schritt weit gehen, sonst würden sie sofort in das Kastell gesperrt und in Eisen gelegt werden. Da ich mich zuvor nie als Gouverneur hatte blicken lassen, trat ich nun in anderer Person auf, redete bald vom Gouverneur, bald von der Garnison, bald vom Kastell und dergleichen mehr, und es gelang mir, die Kerle gründlich einzuschüchtern.

Der Kapitän ließ die beiden Boote klarmachen, das Loch des einen flicken und bemannte sie dann.

Den Passagier ernannte er zum Befehlshaber des einen Bootes und gab ihm vier Mann, während er selbst mit dem Maat und fünf weiteren in das zweite Boot stieg.

Bereits um Mitternacht gelangte der Kapitän mit seiner kleinen Mannschaft in den zwei Booten zum Schiff. Als sie in Rufweite waren, meldeten sie, daß sie das Boot und die an Land gegangenen Kameraden mit sich brächten, aber sie hätten lange nach ihnen suchen müssen und dergleichen mehr. Sobald der Kapitän und der Maat unbemerkt an Deck waren, schlugen sie sofort den zweiten Maat und den Zimmermann mit dem Gewehrkolben nieder und nahmen, wacker unterstützt von ihren Leuten, alles, was auf dem Haupt- und Quarterdeck war, gefangen. Dann banden sie die Luken zu, um die Matrosen, die sich unter Deck aufhielten, am Heraufkommen zu hindern.

Die Mannschaft des zweiten Bootes enterte das Schiff am Bug, besetzte das Vorderkastell und die Springluke, die in die Schiffsküche hinunterführte, und nahm drei Matrosen gefangen. Das ganze Deck war nun in der Gewalt des Kapitäns, und er befahl dem Maat, mit drei Mann in das Rundhaus auf dem Hinterdeck einzubrechen, wo der neue, rebellische Kapitän

schlief. Der Lärm hatte ihn bereits alarmiert, und er hatte sich mit zwei Matrosen und einem Jungen in der Kajüte verschanzt. Als der Maat die Tür mit einer Brechstange einschlug, feuerten der Rebellenkapitän und seine Leute auf die Eindringenden, sie verwundeten den Maat, dem eine Kugel den Arm zerschmetterte, und zwei von seinen Leuten, allerdings nicht schwer. Der Maat rief um Verstärkung, stürzte trotz seiner Verwundung in das Rundhaus und schoß dem meuternden Kapitän eine Pistolenkugel durch den Kopf. Nach dem Tod ihres Anführers ergaben sich alle Matrosen kampflos, und das Schiff wurde ohne weitere Verluste eingenommen.

Als er wieder Herr seines Schiffes war, ließ der Kapitän sieben Kanonenschüsse zum Zeichen seines Erfolges abfeuern. Dieses Signal hatten wir verabredet. Es war zwei Uhr morgens, und ich hatte am Strand sitzend voller Unruhe darauf gewartet. Nun legte ich mich nieder, ich war nach den Anstrengungen des Tages ziemlich erschöpft und schlief sofort ein. Gegen Morgen wurde ich durch einen Flintenschuß geweckt.

Ich sprang sogleich auf die Füße und hörte einen Mann nach dem Gouverneur rufen. An der Stimme erkannte ich den Kapitän. Als ich den Hügel hinaufstieg, sah ich ihn oben stehen. Er zeigte auf das Schiff und rief: »Mein Freund und Befreier, dort ist Ihr Schiff! Es gehört Ihnen!«

Ich richtete meine Augen auf das Schiff. Da lag es, nur etwa eine halbe Meile vom Ufer entfernt. Sie hatten nach dem Sieg sofort die Anker gelichtet, und da das Wetter gut war, vor der Bucht angelegt.

Ich wäre vor Freude beinahe in Ohnmacht gefallen. Nun war ich nach achtundzwanzigjähriger Gefangenschaft auf der Insel frei! Ein großes Schiff lag bereit, mich fortzutragen, wohin ich nur wollte. Lange Zeit konnte ich kein Wort hervor-

bringen, und es kostete mich Mühe, mich aufrecht zu halten, so ergriffen war ich.
Der Kapitän sah meine Erschütterung und gab mir einen Schluck Rum zu trinken. Ich setzte mich dann auf die Erde, und obwohl mich der Rum wieder etwas zu mir selbst brachte, dauerte es eine gute Weile, bevor ich sprechen konnte.
Die ganze Zeit über war der Kapitän ebenso tief bewegt wie ich. Er sagte mir tausend freundliche Dinge, um mich zu beruhigen, aber meine Freude war zu groß, um auch nur ein Wort herauszubringen. Schließlich sprangen mir die Tränen in die Augen, und da fand ich auch die Sprache wieder.
Ich umarmte den Kapitän, und ich schäme mich nicht zu erzählen, daß wir miteinander lachten und weinten. Ich sagte: »Ich sehe auf Sie als den Menschen, den mir der Himmel sandte, um mich zu erlösen.«
Dann war die Reihe an dem Kapitän, mich als seinen Befreier zu umarmen, und ich vergaß bei aller Freude und aller tiefen Gemütsbewegung nicht, aus ganzem Herzen Gott zu danken. Wer hätte das auch in meiner Lage unterlassen!
Als wir uns schließlich wieder beruhigt hatten, brachte einer seiner Leute aus dem Boot einen Korb mit Geschenken, die für den »Gouverneur« bestimmt waren. Die Geschenke waren derart, als ob ich nicht mit ihm wegfahren, sondern weiterhin auf der Insel bleiben wollte.
In dem Korb waren Flaschen bester Weine, Tabak, Pökelfleisch, Schweinefleisch, ein Sack voll Zuckererbsen, Zwieback – Dinge, die ich lange entbehrt hatte –, vor allem aber sechs neue Hemden, Halstücher, Handschuhe, eine Hose, Jacke, Schuhe und Strümpfe, kurz, der Kapitän kleidete mich vom Kopf bis zu den Füßen neu ein. Das war ein willkomme-

nes Geschenk für mich ziegenfellbekleideten Inselbewohner. Dennoch war mir nie in aller Welt etwas so unangenehm, unbehaglich und lästig wie diese Kleider, als ich sie zuerst anzog.

In meiner Festung überlegten wir dann, was wir mit unseren Gefangenen tun sollten und ob es ratsam sei, sie auf das Schiff zu bringen. Zwei von ihnen, die der Kapitän als unverbesserlich kannte, machten uns Sorgen. Der Kapitän wagte nicht, sie wieder in seine Mannschaft aufzunehmen, und sagte, es bleibe ihm nichts anderes übrig, als sie in Ketten zu legen und in der ersten englischen Kolonie dem Gericht zu übergeben.

»Wenn Sie es wünschen«, sagte ich, »so werde ich den Kerlen begreiflich machen, daß es in ihrem eigenen Interesse ist, wenn wir sie auf der Insel zurücklassen.«

»Ich wäre sehr froh darüber«, antwortete der Kapitän.

»So will ich sie holen lassen und in Ihrem Namen mit ihnen sprechen«, sagte ich.

Ich schickte Freitag mit den beiden nun freigelassenen Geiseln nach der Höhle und ließ die fünf gefesselten Gefangenen nach der Laube bringen. Dort sollten sie mich erwarten. Nachdem ich die neuen Kleider angezogen hatte, ging ich mit dem Kapitän und den übrigen Seeleuten nach der Laube. Die Gefangenen wurden vor mich gebracht, und ich erklärte ihnen, daß ich über alle ihre verbrecherischen Handlungen unterrichtet sei. »Die Vorsehung hat euch jedoch in eurer eigenen Schlinge fangen lassen. Auf meine Veranlassung hin ist das Schiff in Beschlag genommen und liegt nun auf der Reede. Ihr könnt euch selbst überzeugen, wie euer neuer Kapitän für seine Meuterei bestraft worden ist. Er wurde erschossen und hängt nun auf der Hauptrah. Was euch selbst betrifft, so möchte ich wissen, was ihr dagegen zu sagen habt, wenn ich

euch kraft meines Amtes gleichfalls als auf der Tat ergriffene Piraten betrachte und aufhängen lasse?«
Einer von ihnen antwortete im Namen der übrigen, sie hätten nichts anderes zu sagen, als daß der Kapitän ihnen das Leben versprochen hätte und daß sie auch mich um Gnade bitten würden.
Ich teilte ihnen nun mit, daß ich mit meinen Leuten die Insel verlassen würde, um mit dem Schiff nach England zu reisen. In England würde man sie zum Galgen verurteilen; sollten sie sich aber entschließen, hier auf der Insel zu bleiben, würde ich ihnen das Leben schenken. Sie schienen dafür dankbar zu sein und antworteten, sie wollten es lieber wagen, hier zu bleiben, als in England gehenkt zu werden.
Nach einer kurzen Rücksprache mit dem Kapitän setzte ich die Piraten in Freiheit, allerdings mußten sie versprechen, sich einstweilen noch in der Laube aufzuhalten. Dann bereitete ich alles für meine Abreise vor, während der Kapitän an Bord des Schiffes ging. Ich bat ihn, in einigen Stunden ein Boot an Land zu schicken und den Körper des toten Rebellenkapitäns an der Hauptrah hängen zu lassen, damit die fünf Kerle ihn sehen konnten.
Als der Kapitän fortgerudert war, ließ ich die fünf noch einmal zu mir kommen und sprach mit ihnen ernsthaft über ihre Lage. »Ihr habt das Richtige gewählt«, sagte ich zu ihnen, »hätte euch der Kapitän mit aufs Schiff genommen, so wäre bestimmt euer Los wie seines gewesen«, und ich zeigte auf den toten Piratenkapitän auf der Rah.
Nun erzählte ich ihnen, wie ich auf die Insel gekommen war, ich zeigte ihnen meine Festung und die Ziegenherde und unterwies sie, wie sie Brot backen, Korn anbauen und Weintrauben trocknen mußten. Auch sagte ich ihnen, daß bald sieb-

zehn Spanier hier eintreffen würden, gab ihnen einen Brief für diese, und sie mußten mir schwören, mit den Spaniern in guter Gemeinschaft zu leben. Am nächsten Tag, bevor ich mich einschiffte, übergab ich ihnen noch fünf Musketen, drei Vogelflinten und drei Säbel und anderthalb Faß Pulver sowie den Sack mit Erbsen, den der Kapitän mir geschenkt hatte. Auch alles Werkzeug überließ ich ihnen, und sie versprachen mir, es den Spaniern zu geben.

Als ich die Insel verließ, nahm ich als Andenken meine große Kappe aus Ziegenfell, meinen Sonnenschirm und meinen Papagei mit. Auch das Geld, das so lange nutzlos gewesen war, vergaß ich nicht.

Ganz zeitig im Morgengrauen kamen zwei von den fünf auf der Insel zurückgelassenen Rebellen zum Schiff geschwommen, beklagten sich über die drei anderen und baten, sie um Gottes willen auf das Schiff zu nehmen, da sie sonst bestimmt ermordet würden. Der Kapitän solle nur mit ihnen machen, so sagten sie, was er wolle, sie fürchteten sich nicht einmal mehr vor dem Hängen, da dies auf der Insel gewiß ihr Los wäre.

Der Kapitän nahm sie an Bord, nachdem er sich mit mir beraten hatte, und sie mußten ihm feierlich Gehorsam versprechen. Einige Zeit hielten wir sie eingesperrt, nachher erwiesen sie sich aber als ganz ehrliche und ruhige Burschen.

Am 19. Dezember 1687 verließ ich die Insel, nachdem ich achtundzwanzig Jahre, zwei Monate und neunzehn Tage auf ihr gelebt hatte; nach einer langen Reise erreichte ich am 11. Juni 1688 England, nach einer Abwesenheit von insgesamt fünfunddreißig Jahren.

Reise nach Lissabon – Wiedersehen mit dem alten Kapitän

Als ich in England eintraf, war ich für alle Welt ein Fremder geworden, als ob niemals mich dort jemand gekannt hätte. Meine treue Verwalterin, der ich mein Geld anvertraut hatte, war zwar noch am Leben, hatte aber viel Unglück durchgemacht. Sie war vor kurzem zum zweitenmal Witwe geworden, und es stand nicht eben gut um sie. Ich beruhigte sie und sagte ihr, sie schulde mir nichts, im Gegenteil, ich würde ihr nach Kräften für ihre frühere Sorgfalt und Treue beistehen.

Dann reiste ich nach Yorkshire. Mein Vater war gestorben, meine Mutter und die ganze Familie waren tot, nur zwei Schwestern lebten noch und zwei Kinder eines meiner Brüder. Ich war schon vor langer Zeit für tot erklärt worden, und von dem Vermögen war nichts mehr für mich übriggeblieben. Das wenige Geld aber, das ich mitgebracht hatte, genügte nicht, um mir meinen Lebensunterhalt in England zu sichern.

Ich erhielt aber einen Beweis von Dankbarkeit, den ich nicht erwartet hatte. Der Kapitän unseres Schiffes, dem ich Schiff und Ladung gerettet hatte, hatte den Eigentümern der Reederei einen so vorteilhaften Bericht über mich gegeben, daß diese mir ein Geschenk von zweihundert Pfund Sterling überreichen ließen.

Nun beschloß ich, nach Lissabon zu reisen und dort zu versuchen, etwas über meine Plantage in Brasilien zu erfahren. Ich segelte ab und traf in Begleitung meines treuen Freitag im folgenden April in Lissabon ein. Dort fand ich zu meiner großen Freude den alten Kapitän wieder, meinen Freund, der mich einst auf hoher See an der Küste Afrikas aufgefischt hatte. Er war recht alt geworden, hatte die Schiffahrt längst

aufgegeben und das Schiff seinem Sohn überlassen. Der alte Mann wußte zuerst nicht, wer ich war, aber als ich mich zu erkennen gab, begrüßte er mich herzlich.
Nachdem ich ihm alles erzählt hatte, fragte ich ihn nach der Plantage und erkundigte mich nach meinem Kompagnon. Der alte Herr war neun Jahre nicht mehr in Brasilien gewesen, damals hätte mein Partner noch gelebt, nur die beiden Bevollmächtigten, die meinen Plantagenanteil verwalteten, waren inzwischen gestorben, doch war der Kapitän sicher, daß ich eine gute Abrechnung aus dem Ertrag der Plantage erhalten müsse.
Da man allgemein geglaubt hatte, ich sei gestrandet und ertrunken, hätten meine Bevollmächtigten dem staatlichen Verwalter eine Abrechnung über meinen Anteil an der Plantage übergeben, und dieser habe verfügt, daß ein Drittel die Krone von England erhalten sollte, zwei Drittel aber das Kloster von Sankt Augustin in Brasilien zum Wohl der Armen. Sollte jedoch ich oder jemand anderer in meinem Auftrag erscheinen und das Erbe beanspruchen, so müßte der Betrag an mich zurückerstattet werden mit Ausnahme der bereits zu wohltätigen Zwecken verwendeten Summe.
Ich fragte den Kapitän, wie hoch seiner Meinung nach der Ertrag aus der Plantage sei und ob es der Mühe wert wäre, selbst hinüberzufahren und alles zu regeln. Der Kapitän wußte nicht, wie hoch der Ertrag war, aber er konnte mir sagen, daß mein Kompagnon außerordentlich reich geworden war, obwohl er nur die Hälfte des Ertrages aus der Plantage für sich hatte behalten können. »Es steht außer Frage«, sagte der Kapitän, »daß Sie wieder in den Besitz Ihres Anteils kommen. Ihr Partner kann bezeugen, daß Sie noch am Leben sind, und Ihr Name ist außerdem im Register des Landes ein-

getragen. Die Nachfolger der beiden Bevollmächtigten sind ehrenwerte Männer, sie werden Ihnen nicht nur beistehen, wieder in den Besitz Ihres Eigentums zu gelangen, sondern sie haben auch eine bedeutende Summe des Geldes für Sie verwaltet, das zum Teil noch aus der Zeit stammt, als ihre Väter das Vermögen verwalteten.«

»Aber«, rief ich, »wieso wurde mein Vermögen auf diese Art verwaltet! Ich habe doch Sie in meinem Testament zum Erben eingesetzt!«

»Das ist richtig«, antwortete der Kapitän, »aber Ihr Tod war nicht bewiesen, so konnte ich nicht als Vollstrecker Ihres Testaments handeln. Erst wenn Ihr Tod festgestellt worden wäre, hätte ich das Erbe beanspruchen können.

Ich muß Ihnen auch eine Mitteilung machen«, fuhr der Kapitän fort, »die Ihnen vielleicht nicht so angenehm ist. Da wir Sie alle für tot hielten, haben mir Ihr Partner und die beiden Bevollmächtigten angeboten, in Ihrem Namen über den Gewinn der ersten sechs oder acht Jahre abzurechnen. In den ersten Jahren aber betrug der Gewinn bei weitem nicht so viel wie später, da zu jener Zeit die Zuckerfabrik gebaut wurde und Sklaven gekauft werden mußten. Ich will Ihnen aber für alles, was ich erhalten habe, eine getreue Rechnung ablegen.«

Einige Tage später brachte mir mein alter Freund die von meinem Kompagnon und den beiden Bevollmächtigten unterzeichnete Abrechnung, laut der er mir vierhundertsiebzig Moydors in Gold schuldete. Der gute Mann klagte mir darauf sein Unglück: Er hatte damals sein Schiff verloren und war gezwungen gewesen, das Gold zur Deckung seiner Verluste und zum Ankauf eines Anteils an einem neuen Schiff zu verwenden. »Doch will ich Ihnen«, versicherte er mir, »alles zurückgeben, sobald mein Sohn wieder hier ist.« Darauf zog er einen alten Beutel hervor und gab mir hundertsechzig portugiesische Moydors in Gold, und als Sicherheit für den Rest der Forderung übertrug er mir die Besitztitel über das Schiff, mit dem sein Sohn nach Brasilien gefahren war und von dem die Hälfte ihm gehörte.

Ich war so gerührt über die Ehrlichkeit und Güte des alten Mannes, daß ich zuerst kaum sprechen konnte. Die Erinnerung an alles, was er für mich getan hatte und wie er mich damals vor Afrika gerettet hatte, stürmte auf mich ein. Dann fragte ich ihn, ob es seine Verhältnisse ihm erlaubten, so großzügig zu mir zu sein. Nun ja, antwortete er, es sei nicht so einfach, aber es wäre doch mein Geld, auf das ich ein Recht hätte.

Ich nahm nun hundert Moydors und gab ihm das übrige Geld zurück. Auch die hundert Moydors wollte ich ihm wiedergeben, sobald ich im Besitz meiner Plantage war. Die beiden Besitztitel über das Schiff nahm ich unter keiner Bedingung an.

Als wir das alles abgemacht hatten, sagte der alte Mann: »Was wollen Sie unternehmen, um Ihre Ansprüche auf die Plantage geltend zu machen? Wäre Ihnen an meinem Rat gelegen?«

Ich antwortete, daß ich selbst hinüberfahren wollte, und er antwortete: »Sie können tun, was Ihnen beliebt, doch meine ich, daß es auch sonst Mittel gäbe, Ihnen Ihr Recht zu sichern. Mehrere Schiffe liegen derzeit in Tayo bereit, um nach Brasilien zu segeln. Lassen Sie sich in ein öffentliches Register eintragen, und ich werde unter Eid bestätigen, daß Sie noch am Leben sind. Diese Erklärung lassen Sie von einem Notar bescheinigen, und wir schicken sie mit einer Vollmacht mit dem nächsten Schiff nach Brasilien. Bis die Antwort eintrifft, bitte ich Sie, mein Gast zu sein.«

Ich folgte dem Rat des Kapitäns, und es waren noch nicht sieben Monate vergangen, als ich ein großes Paket von den Söhnen meiner Bevollmächtigten erhielt. Unter den Papieren befanden sich die Abrechnungen über den Ertrag der Plantage von jenem Jahr an, in dem ihre Väter mit dem alten portugiesischen Kapitän abgerechnet hatten. Die Bilanz zeigte tausendeinhundert Moydors zu meinen Gunsten.

Ebenfalls lag eine Abrechnung über weitere vier Jahre bei, bis die Regierung die Vermögensverwaltung übernommen hatte. Diese Summe betrug dreitausendzweihunderteinundvierzig Moydors. Die Abrechnung des Augustinerstiftes belief sich auf achthundertzweiundsiebzig Moydors in Gold. In einem Brief beglückwünschte mich mein Partner herzlichst, daß ich noch am Leben war, und berichtete mir über den Zustand meiner Plantage und über den jährlichen Ertrag. Er lud mich dringend ein, herüberzukommen und von meinem Eigentum Besitz zu ergreifen. Als ein Geschenk für mich schickte er mir noch sieben schöne Leopardenfelle, die er aus Afrika erhalten hatte, fünf Kisten Süßigkeiten aller Art und hundert Stück ungemünzten Goldes. Mit dem gleichen Transport erhielt ich tausendzweihundert Kisten Zucker, achthundert Rollen feinsten Tabak und den Rest des diesjährigen Saldos in Gold.

Mein Herz klopfte mir vor Freude wie toll, als ich die Bestätigung meines Vermögens in Händen hielt. Ich war nun plötzlich Besitzer von über fünftausend Pfund Sterling in Gold geworden, besaß ein Vermögen in Brasilien, das mir ein jährliches Einkommen von mehr als tausend Pfund sicherte, und befand mich in einer Lage, wie ich sie mir nie hätte träumen lassen. Vor allen Dingen belohnte ich zuerst den, dem ich am

meisten verdankte, den alten Kapitän, der mir ein so treuer Freund gewesen war.
Ich überlegte nun, was weiter zu tun war. Eine Fahrt nach Brasilien schien unbedingt erforderlich zu sein, doch vorher wollte ich mein Geld in sicheren Händen wissen. Nach einigem Nachdenken hielt ich es für das beste, zuerst nach England zurückzukehren und dort meinen Besitz selbst anzulegen.
Ich vergaß auch nicht die Witwe, deren Mann mein erster Wohltäter gewesen war. Von einem Bankhaus in Lissabon ließ ich ihr, der früheren Verwalterin meines ersten Vermögens, hundert Pfund überreichen und ihr Nachricht geben, daß ich zeit meines Lebens für sie sorgen würde. Auch meinen beiden Schwestern schickte ich je hundert Pfund, sie befanden sich zwar nicht in Not, lebten aber in bescheidenen Verhältnissen.
Dann verkaufte ich in Portugal meine Ladung und ließ mir für mein ganzes Geld gute Wechsel geben.
Eine seltsame Scheu hielt mich ab, die Rückreise nach England auf dem Meer anzutreten, als hätte ich geahnt, daß auch diesmal das Meer mein Unglück bedeutet hätte. Eines der beiden Schiffe, auf denen ich die Reise unternehmen wollte, wurde von algerischen Piraten beraubt, das zweite ging in der Nähe von Torbag unter, und die ganze Besatzung ertrank.
Mein Kapitän, dem ich meine Befürchtungen mitgeteilt hatte, riet mir, über die Bai von Biscaya nach La Rochelle zu fahren, dann nach Paris und von Paris über Calais nach Dover. Es bestand aber auch die Möglichkeit, nach Madrid zu reisen, den Landweg durch Frankreich einzuschlagen und das Meer ganz zu meiden. Dazu entschloß ich mich, da ich ja keine Eile hatte. Der Kapitän stellte mir einen englischen Gentle-

man vor, den Sohn eines Kaufmanns in Lissabon, der gewillt war, mich zu begleiten. Noch zwei englische Kaufleute und zwei junge portugiesische Edelleute schlossen sich uns an, die aber nur bis Paris reisen wollten. Außer Freitag hatte ich noch einen englischen Seemann in meine Dienste genommen, und wir waren mit den Dienern der anderen im ganzen elf Männer.

Wir verließen Lissabon auf guten Pferden und bildeten einen kleinen bewaffneten Trupp, zu dessen Anführer man mich, als den Ältesten, ernannt hatte.

Reise über die Pyrenäen – Kampf mit Wölfen

Als wir in Madrid eingetroffen waren, wollten wir uns dort einige Zeit aufhalten, um den Hof von Spanien zu sehen, der Frühherbst war aber schon hereingebrochen, und wir mußten uns beeilen, unsere Reise fortzusetzen. So verließen wir Madrid schon gegen Mitte Oktober wieder. Als wir die Grenze von Navarra erreichten, wurden wir unterwegs in verschiedenen Städten durch die Nachricht beunruhigt, daß auf der französischen Seite der Pyrenäen viel Schnee gefallen sei. Mehrere Reisende hatten wieder nach Pamplona zurückkehren müssen, nachdem sie vergeblich versucht hatten, das Gebirge zu durchqueren. Als wir in Pamplona eintrafen, fanden wir diese Nachricht bestätigt. Ich, der an ein heißes Klima und an leichte Kleidung gewöhnt war, fand die Kälte unerträglich. Noch dazu waren wir vor wenigen Tagen in Altkastilien gewesen, wo es nicht nur warm, sondern sogar heiß gewesen war. Und nun wehte von den Pyrenäen herab ein eisiger Wind, der uns Finger und Zehen erstarren ließ.

Ganz verwirrt aber war der arme Freitag, als er die schneebedeckten Berge sah und eine Kälte empfand wie nie in seinem Leben zuvor. Um die Sache noch ärger zu machen, fing es an, heftig und andauernd zu schneien, und die Bevölkerung sagte uns, der Winter sei vorzeitig eingetreten, die Straßen seien unpassierbar, weil sie an vielen Stellen gänzlich vom Schnee verweht waren. Wir lagen zwanzig Tage in Pamplona fest, und als wir schon umkehren wollten, um von Frontarabia ein Schiff nach Bordeaux zu nehmen, trafen vier französische Edelleute bei uns ein, die an der französischen Seite festgelegen hatten wie wir an der spanischen. Sie versicherten uns, daß auf dem Weg, den wir einschlagen wollten, keine Gefahr drohte. Zusammen mit noch zwölf anderen Reisenden, teils französischen, teils spanischen Herren, die sich uns mit ihren Dienern anschlossen, engagierten wir daher einen Führer und brachen auf. Wir verließen am 15. November die Stadt Pamplona. Zu meinem Erstaunen schlug der Führer wieder den Weg nach Madrid ein, etwa zwanzig Meilen ritten wir auf der gleichen Straße zurück, auf der wir gekommen waren. Nachdem wir zwei Flüsse durchquert hatten, kamen wir in eine Ebene, wo wir uns plötzlich wieder in einem warmen Klima befanden, in einer lieblichen Landschaft, in der kein Schnee zu sehen war. Unvermittelt wandten wir uns aber wieder gegen Norden und ritten auf einem anderen Weg dem Gebirge zu. In endlosen Serpentinen überschritten wir den Rücken des Gebirgszuges, ohne viel von Schnee belästigt worden zu sein. Ganz unerwartet lagen in der Ferne die fruchtbaren, freundlichen Provinzen Languedoc und Gascogne vor uns, doch der Führer sagte uns, daß wir noch einen weiten und rauhen Weg bis dahin hätten.

Uns allen wurde jedoch ein wenig bange zumute, als es plötzlich einen Tag und eine Nacht lang so gewaltig schneite, daß wir kaum weiter konnten. Aber unser Führer sprach uns Mut zu, es werde nicht mehr lange dauern, da es ja wirklich alle Tage tiefer hinab und mehr nach Norden ging. Also verließen wir uns auf unseren Führer und zogen weiter.

Es mochte etwa zwei Stunden vor Eintritt der Nacht gewesen sein – der Führer befand sich uns etwas voraus –, als drei riesige Wölfe aus einem Hohlweg hervorstürzten. Zwei der Tiere fielen sofort unseren Führer an, eines sprang gegen den Kopf des Pferdes, während der zweite Wolf sich so schnell auf den Mann stürzte, daß er weder Zeit noch Geistesgegenwart genug hatte, seine Pistole zu ziehen, sondern nur aus allen Kräften um Hilfe rief. Ohne auch nur im geringsten Angst zu haben, ritt Freitag zu dem Mann und streckte den Wolf mit einem Pistolenschuß nieder. Die zwei anderen Wölfe ließen sofort vom Pferd ab und flohen in den Wald zurück.

Der Knall von Freitags Pistole hatte zu unserem Schrecken ringsum ein wahres Höllenkonzert losbrechen lassen; wir wußten nicht, wie viele Wölfe es waren, die alle auf einmal losheulten, aber es mußte eine ziemlich große Schar sein. Zu allem Unglück war der Führer ernstlich verwundet, denn das wütende Tier hatte ihn in den Arm und in das Bein gebissen.

Als wir herankamen, war Freitag gerade damit beschäftigt, dem Verwundeten vom Pferd zu helfen. Ganz unerwartet tauchte da aus dem Dunkel des Dickichts ein Bär auf, so riesig, wie ich nie zuvor einen gesehen hatte. Während wir nicht wenig überrascht waren und Angst hatten, rief Freitag lachend: »Master, gebt mir die Erlaubnis, daß ich ihm die Hand schüttle. Ich bringe euch zum Lachen!«

»Du Narr«, rief ich, »er wird dich auffressen!«

»Frißt er mich auf«, antwortete Freitag, »so esse ich ihn vorher auf. Bleibt alle hier!«

Dann sprang er vom Pferd, zog rasch seine Stiefel aus und schlüpfte in ein Paar flacher Schuhe, die er aus seiner Tasche gezogen hatte. Bevor wir ihn fragen konnten, was er vorhatte, war er mit seinem Gewehr schnell wie der Wind fortgelaufen. Der Bär war langsam weitergetrottet und schien sich weder um uns noch um Freitag zu kümmern, bis der Bursche nahe an ihn herangekommen war und ihm zurief, als könnte ihn das Tier verstehen: »Du, ich rede mit dir! Hör mich!«

Wir folgten in einiger Entfernung. Die Bäume standen hier nicht allzu dicht beisammen. Freitag holte den Bären rasch ein, hob einen großen Stein auf und traf ihn damit am Schädel. Der Bär drehte sich sofort um, und nun war es Freitag, der verfolgt wurde, und zu all dem machte der Bär verteufelt lange Sätze und bewegte sich so rasch vorwärts wie ein Pferd in einem mittelmäßigen Galopp. Freitag lief direkt auf uns zu, als suchte er unsere Hilfe. Wir brachten daher unsere Gewehre in Anschlag, um auf den Bären zu feuern und Freitag zu retten, auf den ich im Augenblick zwar sehr zornig war, weil er uns den Bären zuerst auf den Hals gelockt hatte und nun vor ihm davonlief.

Er aber schrie: »Nicht schießen, nicht schießen!« Der flinke Kerl lief kaum zwei Fuß vor dem Bären her, wandte sich plötzlich zur Seite, zu einer großen Eiche hin, lehnte sein Gewehr an den Stamm und kletterte rasch auf den Baum. Der Bär blieb unter dem Baum stehen, beschnüffelte lange das Gewehr und kletterte dann wie eine Katze den Baum hinauf.

Freitag war auf einen großen, dicken Ast hinausgeklettert, und der Bär folgte ihm ohne Zögern, konnte sich aber dann, als der Ast sich verjüngte, nur mit Mühe festhalten. »Nun, Ihr Herren, schauen Sie zu, wie ich den Bären das Tanzen lehren will!« rief Freitag und schüttelte den Ast so heftig, daß das plumpe Tier hilflos hin und her schwankte.

»Wie, du kommst nicht weiter? Bitte, komm doch!« forderte Freitag das Tier auf und schüttelte den Ast noch mehr. Der Bär kroch, als hätte er ihn verstanden, etwas näher, hielt dann an und schaute zurück; er wirkte so verdutzt, daß wir in lautes Lachen ausbrachen.

Nun hielten wir den richtigen Augenblick für gekommen und

riefen Freitag zu, sich ruhig zu verhalten, da wir auf den Bären schießen wollten, er aber schrie: »Bitte, nicht schießen! Ich will es tun!« Und wieder tanzte er so verrückt auf dem Ast herum, daß der Bär sich nur mit großer Mühe festhalten konnte. Wir glaubten, der Bursche wollte den Bär herunterschütteln, doch das Tier war zu klug, es kroch nicht weiter vor und hielt sich mit den großen Tatzen fest. »Gut, du willst nicht weiterkommen«, unterhielt sich Freitag mit ihm, »dann komme ich eben zu dir!« Er schob sich bis zur äußersten Spitze des Astes, und als dieser sich weit herunterbog, sprang er zu Boden und packte sein Gewehr.

»Nun, Freitag«, sagte ich, »was willst du jetzt machen? Warum schießt du nicht auf ihn?«

»Noch nicht!« antwortete er. »Wenn ich jetzt schieße, werde ich ihn nicht töten.«

Als der Bär sah, daß sein Feind fort war, kroch er auf dem Ast zurück, schaute bei jedem Schritt vorsichtig hinter sich, bis er den Stamm des Baumes erreichte und schwerfällig herunterkletterte. Gerade bevor er seine Tatzen auf den Boden setzen konnte, trat Freitag dicht an ihn heran, steckte ihm die Mündung seines Gewehres ins Ohr und erschoß ihn. Dann drehte sich der Schlingel um, als wollte er sehen, ob wir auch gewiß lachten, und als wir das wirklich taten, fing er selbst laut zu lachen an.

Wir hätten dem Bären gern das Fell abgezogen, aber die Dämmerung war schon hereingebrochen, und der Führer trieb uns zur Eile an, denn wir hatten noch gute drei Meilen bis zum nächsten Dorf zurückzulegen. Der Boden war überall mit Schnee bedeckt, wenn er auch nicht so hoch lag wie in den Bergen. Wir ließen den Wald hinter uns und befanden uns nun in einem offenen Stück Land. Unser Führer hatte offensichtlich Furcht und sagte uns, daß die Wölfe, vom Hunger getrieben, aus den höhergelegenen Gebieten und aus den Wäldern ins flache Land heruntergekommen waren und bereits in den Dörfern viel Unheil angerichtet hatten. Man berichtete, sie hätten viele Schafe und Pferde gerissen und auch schon Menschen angefallen. Vor uns lag, wie der Führer behauptete, eine kleine Ebene, die aus teils baumbewachsenem, teils offenem Gelände bestand, wo wir bestimmt Wölfe antreffen würden.

Gleich nach Sonnenuntergang erreichten wir diese Ebene. Auf einer kleinen Lichtung kreuzten fünf große Wölfe unseren Weg, sie liefen einer hinter dem anderen in voller Eile, nahmen von uns überhaupt keine Notiz und waren in wenigen Minuten wieder verschwunden. Unser Führer, der mir nicht gerade tapfer schien, forderte uns auf, die Gewehre schußbereit zu halten, doch so eifrig wir uns auch umschauten, wir sahen keinen Wolf mehr. Als wir aber in das offene Gelände hinausritten, sahen wir ein totes Pferd auf dem Boden liegen, um das sich mindestens ein Dutzend Wölfe balgten. Wir störten sie nicht, sondern ritten schweigend und in Eile weiter. Plötzlich hörten wir aus dem Wald, der links von uns lag, ein schreckliches Wolfsgeheul, und gleich darauf brachen über hundert Stück hervor.

Ich ließ meine Gefährten eine geschlossene Linie bilden und befahl ihnen, daß immer nur jeder zweite Mann schießen durfte, die übrigen sollten sich bereit halten und den angreifenden Tieren eine zweite Salve geben, sobald sie noch näher kamen. Dann sollten alle ihre Pistolen ziehen – jeder von uns trug ein Paar bei sich –, so daß wir sechs Salven hintereinander abgeben konnten. Doch das hatten wir nicht nötig. Schon nach der ersten Salve blieben die Wölfe stehen, erschreckt

von Knall und Pulverblitz. Vier stürzten tot nieder, andere liefen verwundet und blutend davon.
Der Großteil der Tiere aber zog sich nicht zurück. Ich forderte meine Gefährten auf, so laut zu schreien, wie sie nur konnten, da ich mich erinnerte, daß der Klang der menschlichen Stimme auch das wildeste Tier in Furcht versetzen konnte. Dann schickten wir den Wölfen eine zweite Salve nach, die sie in Galopp brachte. Bald waren sie im Wald verschwunden, und wir sahen nichts mehr von ihnen.
Wir hielten nicht an, sondern ritten sofort weiter, und um keine Zeit zu verlieren, luden wir die Gewehre im Sattel. Kaum waren wir damit fertig, als wir aus der Ferne wieder den abscheulichen Chor eines Wolfsrudels hörten.
Die Nacht war hereingebrochen, und die Dunkelheit verschlimmerte unsere Lage. Das Wolfsgeheul wurde immer stärker, und plötzlich bemerkten wir drei Rudel Wölfe, eines kam von hinten, eines von links und eines von vorne. Wir waren eingekreist, sie griffen uns jedoch nicht an, und wir setzten unseren Weg fort, so rasch die Pferde laufen konnten. Bevor wir das Dorf erreichten, mußten wir noch ein Stück dichten Waldes durchqueren. Zu unserem Entsetzen sahen wir unter den Waldbäumen Dutzende von Wölfen lauern. Wir wußten zuerst nicht, was wir tun sollten, doch brachten uns die Wölfe sehr bald zu einem Entschluß. Sie griffen uns an. Es waren gewiß dreihundert Tiere. Zu unserem Glück sahen wir dicht vor uns einige große Baumstämme am Boden liegen, die wahrscheinlich im Sommer gefällt worden waren. Wir flüchteten hinter die Stämme, sprangen aus den Sätteln, nahmen die Pferde in die Mitte und verschanzten uns hinter den Stämmen, die uns als Brustwehr dienten. Gleich darauf stürzten sich die Wölfe auf uns, vor allem die Pferde, auf die

sie es voller Gier abgesehen hatten, schienen sie in Wut zu bringen. Ich befahl meinen Leuten zu feuern, immer ein Mann um den anderen, und sie zielten so sicher, daß sie mit der ersten Salve gleich mehrere Angreifer töteten, doch die Wölfe kamen wie die Teufel über uns, die hintersten drängten die vordersten vorwärts.

Wir feuerten noch einmal, sie stutzten etwas und ließen von uns ab. Doch dauerte die Ruhe nur einen Augenblick, schon kamen wieder neue daher. Wir schossen unsere Pistolen ab und töteten mindestens zwanzig Wölfe, aber das hielt die anderen nicht ab, mit ihrem teuflischen Geheul den Angriff fortzusetzen. Ich winkte daher meinem zweiten Diener, gab ihm mein Pulverhorn und befahl ihm, entlang des ganzen Baumstammes eine breite Zündlinie von Pulver auszustreuen.

Er war gerade fertig, als ein Rudel Wölfe heulend heranstürzte und einige bereits auf den Stamm gesprungen waren. Ich schoß meine Pistole dicht bei der Zündlinie ab, die fing sofort Feuer und versengte die Wölfe. Sieben Tiere sprangen aus Furcht vor dem Feuer gerade vor unsere Füße, und wir töteten sie mit gutgezielten Pistolenschüssen. Das Knattern und Brennen des Pulvers hatte die übrigen Tiere derart erschreckt, daß sie sich zurückzogen. Schließlich kehrte das ganze Rudel um und lief davon. Mindestens zwanzig lahmgeschossene Wölfe blieben zurück, die wir mit unseren Säbeln töteten.

Wir hatten noch eine Meile zu reiten und brachen sofort wieder auf. Das Geheul der Wölfe in den Wäldern begleitete uns, aber wir bekamen keinen einzigen mehr zu Gesicht und erreichten nach einiger Zeit das Dorf, in dem wir übernachten wollten.

Wir fanden die Bewohner alle in großer Furcht und die Män-

ner bewaffnet. In der vorhergehenden Nacht waren Wölfe und sogar Bären in das Dorf eingedrungen, und den Männern blieb nichts anderes übrig, als Tag und Nacht Wache zu halten, um Menschen und Tiere vor diesen Raubtieren zu schützen.
Am nächsten Morgen fühlte sich unser Führer sehr schlecht. Seine Wunden hatten sich entzündet, sein Arm und Schenkel waren so geschwollen, daß er unmöglich weiterreiten konnte. Wir mieteten daher einen anderen Führer bis Toulouse, dort war das Klima wieder warm, das Land fruchtbar, und es gab keinen Schnee und keine Wölfe oder andere Gefahren.
Auf unserer Reise durch Frankreich fiel nichts Bemerkenswertes vor. Wir gelangten glücklich nach Paris, und ich reiste, ohne mich lange in dieser Stadt aufzuhalten, nach Calais weiter, von wo ich nach Dover übersetzte und am 14. Januar landete.
Ich befand mich nun am Ziel meiner Reise. Bald hatte ich mein ganzes Vermögen sicher angelegt, und schließlich erteilte ich den Auftrag zum Verkauf meines Anteils an der Plantage in Brasilien, da ich nicht mehr dorthin zurückkehren wollte. Für meinen Plantagenanteil erhielt ich dreiunddreißigtausend Pfund.
Ich unterzeichnete den Kaufvertrag in der Form, in der man ihn mir aus Lissabon geschickt hatte, und sandte ihn meinem alten Freund in Lissabon zurück, der mir dafür Wechsel im Betrag von zweiunddreißigtausendachthundert Goldstücken übermittelte.

Ende

Ich hatte zu lange auf der einsamen Insel im Weltmeer gelebt, war zu lange gewohnt gewesen, niemanden fragen zu müssen, ganz ungebunden zu sein und täglich neue Aufgaben vor mir zu sehen, als daß ich mich in das bürgerliche Leben in England, wo ich mich niedergelassen hatte, wieder hätte finden können. Zwar hatte ich geheiratet und war Vater von zwei Söhnen und einer Tochter geworden, aber die Sehnsucht nach der Ferne blieb mir. Nach dem Tod meiner Frau trieb es mich wieder in die Welt hinaus. Vor allem der Gedanke an meine Insel und an die armen Spanier dort ließ mir keine Ruhe.

Meine langen, gefährlichen Reisen in den afrikanischen, indischen, chinesischen Gewässern und in Rußland will ich jetzt nicht beschreiben. Auf einer meiner Reisen kam ich auch an meiner »Insel der Verzweiflung« vorüber und erkundigte mich nach dem Schicksal der Männer dort. Zu meiner Freude fand ich dort eine blühende Siedlung vor. Zwar hatten die beiden Meuterer, denen Friede und Arbeit allzu ungewohnt waren, anfangs den Spaniern viel Schwierigkeiten gemacht, doch nachdem man sie zur Vernunft gebracht hatte, waren sie recht anständige, fleißige Pflanzer geworden. Von Brasilien aus schickte ich ein Schiff mit allen notwendigen Dingen – Pulver, Blei, Waffen und Handwerkszeug – sowie eine Ladung lebender Tiere, Kühe, Schweine und Schafe nach der Insel. Es gäbe noch viel zu erzählen, etwa wie die Kariben meine Insel überfielen, von den Kämpfen der Spanier mit ihnen, wie sie jene endgültig verjagten, wie die Spanier beschlossen, immer auf der Insel zu bleiben, wie ihre Pflanzungen gediehen – doch davon später einmal! Ich will nur noch kurz erwähnen, daß auf einer meiner weiteren Reisen mein treuer Diener in einem Seegefecht mit Eingeborenen gefallen ist. Um diesen Treuesten der Treuen habe ich lange getrauert.

Am 10. Januar 1705 kam ich wieder in London an, nachdem meine Reise zehn Jahre und neun Monate gedauert hatte.

Nun beschloß ich, in England zu bleiben. Nachdem ich zweiundsiebzig Jahre lang ein Leben voller Abenteuer geführt habe, will ich mich nun auf meine letzte große Reise vorbereiten, die länger sein wird als alle vorhergegangenen und von der ich nicht mehr zurückkehren werde.

Ich bin alt, und ich bin müde, aber mir bleibt die Erinnerung und das Glück, mein Leben in Frieden beschließen zu dürfen.

Nachwort

Daniel Defoe wurde um 1660 als Sohn eines wohlhabenden Fleischers und Kerzenziehers in der Londoner Pfarre St. Giles geboren. Sein Vater, ein strenggläubiger Puritaner, ermöglichte ihm die Ausbildung zum Geistlichen. Daniel Defoe entschied sich jedoch anders, er wurde Kaufmann und Händler, freilich war er bei all seinen Unternehmungen nie sehr erfolgreich. Zeit seines Lebens setzte er sich in zahlreichen Schriften gegen soziale und politische Mißstände ein, gegen religiöse Intoleranz und engstirnigen Nationalismus. Als er in einer Satire die englische Staatskirche angriff, wurde er zu Gefängnishaft und Pranger verurteilt.

Er war fast sechzig Jahre alt, als er seinen bekanntesten Roman »The Life and Adventures of Robinson Crusoe« schrieb. Als Vorlage diente ihm der Tatsachenbericht eines schottischen Seemanns, Alexander Selkirk, der als Schiffbrüchiger einige Zeit auf der Insel Juan Fernandez gelebt hatte. Defoe dachte sich für seinen Robinson eine exotische, tropische Insel aus, irgendwo im Mündungsgebiet des großen Flusses Orinoko. Der Roman ist aber nicht nur die abenteuerliche Geschichte eines Schiffbrüchigen, er ist auch eine moralische Erzählung und schildert die Wandlung eines leichtfertigen jungen Menschen zum verantwortungsbewußten Mann. Puritanische Ideale sind dabei ausschlaggebend: Urbarmachung der Erde, Fleiß, Redlichkeit, tiefe Religiosität. Auf seiner Insel ahmte Robinson eine Lebensart nach, die der seiner Heimat England entsprach – daß es auch andere Möglichkeiten geben könnte, kam ihm nicht in den Sinn. Der Wohlstand in seinem späteren Leben ist nach puritanischem Denken die Belohnung für seine Läuterung.

So fortschrittlich und human Daniel Defoes Ansichten waren, in der Schilderung der sogenannten Wilden unterlag er den Irrtümern und Vorurteilen – und dem Nichtwissen! – seiner Zeit. Wenn wir heute das Buch lesen und uns vom Zauber der Robinsonade einfangen lassen, müssen wir uns bewußt sein, daß es Menschenfresser und Wilde, wie sie hier geschildert werden, in Wirklichkeit nie gegeben hat. Als die Europäer begannen, andere Kontinente zu erobern, sprachen sie den Ureinwohnern das »Menschsein« ab. Das war notwendig, wie wäre es sonst zu verantworten gewesen, daß man Völker rücksichtslos ihres Landes beraubte, sie ausrottete oder versklavte! Kannibalismus gab es bei Indianern nicht, bei anderen Naturvölkern nur sehr selten – und auch dann war es kein grausiges Festmahl, sondern eine kultische Handlung, in der man die geistigen Kräfte des Gegners in sich aufnehmen wollte.

Die Überlegenheit, die der Europäer für sich in Anspruch nahm, sein Hochmut anderen Völkern und Kulturen gegenüber, prägt auch das Verhalten von Robinson. Den Knaben Xury, der ihm bei seiner Flucht aus maurischer Gefangenschaft behilflich ist, verkauft er an den Kapitän, und auf der Insel ist ganz selbstverständlich Robinson der »Herr« und Freitag der »Diener«.

Trotz dieser Befangenheit im Denken seiner Zeit war Defoe den »Wilden« gegenüber toleranter als die meisten seiner Zeitgenossen. Zweifel quälen Robinson, ob er das Recht habe, die »Menschenfresser« zu bestrafen und zu töten, wenn sie selbst in dieser Sitte kein Unrecht sähen. Und bedenkt man, daß noch zu Ende des 19. Jahrhunderts in Nordamerika Diskussionen darüber geführt wurden, ob Indianer denn tatsächlich schon »Menschen« seien oder noch nicht, sollte man

es Robinson Crusoe positiv anrechnen, daß er seine »Wilden« nicht verurteilte, daß er sie zu verstehen suchte und ihnen das »Menschsein« nicht absprach.
Obwohl »Robinson Crusoe« von der Kritik abgelehnt wurde, war das Buch ein großer Erfolg bei den Lesern. Dennoch starb Daniel Defoe im Jahr 1731, 13 Jahre nach der Veröffentlichung, von der Mitwelt fast unbeachtet in London.
»Moll Flanders«, die Geschichte einer Schelmin, ist von seinen vielen Romanen neben »Robinson Crusoe« das bedeutendste Werk.

Käthe Recheis

Weltberühmte Lieblingsbücher

– Eine Auswahl –

H. C. Andersen, Andersens Märchen
James M. Barrie, Peter Pan
L. Frank Baum, Der Zauberer von Oos
Lewis Carroll, Alice im Wunderland
Carlo Collodi, Pinocchio
Daniel Defoe, Robinson Crusoe
Brüder Grimm, Grimms Märchen
Wilhelm Hauff, Hauffs Märchen
Erich Kästner, Till Eulenspiegel
Rudyard Kipling, Das Dschungelbuch
Selma Lagerlöf, Nils Holgersson
Hugh Lofting, Doktor Dolittle und seine Tiere
A. A. Milne, Pu der Bär
Edith Nesbit, Die Kinder von Arden
Robert L. Stevenson, Die Schatzinsel
Theodor Storm, Der Schimmelreiter
P. L. Travers, Mary Poppins
Mark Twain, Die Abenteuer des Tom Sawyer